Também de Sarah Dessen:

Os bons segredos

SARAH DESSEN

Uma canção de ninar

Tradução
FLÁVIA SOUTO MAIOR

O selo jovem da Companhia das Letras

Copyright © 2002 by Sarah Dessen
Todos os direitos reservados, inclusive o de reprodução total ou parcial em qualquer meio. Publicado mediante acordo com Viking Children's Books, um selo do Penguin Young Readers Group, uma divisão da Penguin Random House LLC.

O selo Seguinte pertence à Editora Schwarcz S.A.

Grafia atualizada segundo o Acordo Ortográfico da Língua Portuguesa de 1990, que entrou em vigor no Brasil em 2009.

TÍTULO ORIGINAL This Lullaby
CAPA Alceu Chiesorin Nunes
FOTO DE CAPA E.V Binstock/ Getty Images
PREPARAÇÃO Lígia Azevedo
REVISÃO Renato Potenza Rodrigues e Larissa Lino Barbosa

Dados Internacionais de Catalogação na Publicação (CIP)
(Câmara Brasileira do Livro, SP, Brasil)

Dessen, Sarah
   Uma canção de ninar / Sarah Dessen ; tradução Flávia Souto Maior. — 1ª ed. — São Paulo : Seguinte, 2016.

   Título original: This Lullaby.
   ISBN 978-85-5534-011-6

   1. Ficção juvenil I. Título.

16-04203   CDD-028.5

Índice para catálogo sistemático:
1. Ficção : Literatura juvenil 028.5

[2016]
Todos os direitos desta edição reservados à
EDITORA SCHWARCZ S.A.
Rua Bandeira Paulista, 702, cj. 32
04532-002 — São Paulo — SP
Telefone: (11) 3707-3500
Fax: (11) 3707-3501
www.seguinte.com.br
www.facebook.com/editoraseguinte
contato@seguinte.com.br

*No meio do inverno,
finalmente percebi que
dentro de mim há
um invencível verão.*
Camus

*Ela vai voltar logo.
Está só escrevendo.*
Caroline

junko

1

O nome da música é "Canção de ninar". A esta altura, já devo tê-la ouvido um milhão de vezes. Mais ou menos.

Sempre me disseram que meu pai a escreveu no dia em que nasci. Ele estava na estrada, em algum lugar no Texas, já separado da minha mãe. Segundo dizem, quando ele ficou sabendo do meu nascimento, sentou com o violão e simplesmente compôs essa música, bem ali, em um quarto de hotel de beira de estrada. Gastou uma hora, só alguns acordes, duas estrofes e um refrão. Ele compôs a vida toda, mas ficou conhecido apenas por essa. Meu pai morreu como um artista de um sucesso só. Ou dois, se eu entrar na conta.

"Canção de ninar" tocava enquanto eu esperava numa cadeira de plástico na concessionária, na primeira semana de junho. Fazia calor, tudo florescia e o verão estava quase chegando. O que significava, é claro, que era hora da minha mãe casar de novo.

Era a quarta vez. Quinta, contando meu pai. Eu preferia não contar. Mas, aos olhos dela, eles foram casados — se é que uma cerimônia no meio do deserto feita por alguém que eles tinham acabado de conhecer conta como casamento. Para minha mãe, conta. Mas ela troca de marido pelos mesmos motivos que as pessoas tingem o cabelo: tédio, apatia, ou a esperança de que aquilo vai resolver tudo. Quando eu era mais nova e, curiosa, perguntava sobre meu pai e como eles haviam se conhecido, ela apenas suspirava, fazia um sinal com a mão e dizia: "Ah, Remy, foi nos anos 70. Você sabe como era".

Minha mãe acha que sei tudo. Mas ela está errada. Tudo o que eu sabia sobre a década de 1970 era o que tinha aprendido na escola e no History Channel: Guerra do Vietnã, presidente Carter, discotecas. E tudo o que sabia sobre meu pai era "Canção de ninar". Durante a vida toda, eu a escutei na trilha sonora de comerciais e filmes, em casamentos, na rádio quando os ouvintes pediam. Meu pai pode não estar mais aqui, mas a música — sentimental, tola, insípida — continua. Pode até acabar durando mais do que eu.

Foi no meio do segundo refrão que Don Davis, da Don Davis Motors, botou a cabeça para fora do escritório e me viu.

— Remy, querida, sinto muito por te fazer esperar. Entre.

Eu levantei e fui até ele. Em oito dias, Don viraria meu padrasto, entrando para um grupo que não era lá muito seleto. Ele era o primeiro vendedor de carros, o segundo geminiano, o único com renda própria. Os dois se conheceram bem ali na sala dele, quando fomos comprar um Camry para ela. Eu estava junto porque conheço minha mãe: ela pagaria o preço de tabela sem pestanejar, como se não houvesse outra opção, como se estivesse comprando laranjas ou papel higiênico no mercado, e, claro, ninguém diria nada, porque minha mãe é mais ou menos conhecida e todo mundo acha que ela é rica.

O primeiro vendedor que nos atendeu parecia recém-saído da faculdade e quase caiu para trás quando minha mãe foi direto até o Camry último modelo, completo, enfiou a cabeça lá dentro para sentir o cheiro de carro novo, sorriu e anunciou com um floreio característico: "Vou levar!".

"Mãe!", protestei, tentando não ranger os dentes. Eu havia passado a viagem inteira dando instruções detalhadas sobre o que dizer, como agir, tudo o que precisávamos para fazer um bom negócio. Ela garantia que estava me ouvindo, mesmo que não parasse de mexer nas saídas do ar-condicionado e de brincar com os vidros automáticos. Aposto que só estava com pressa para comprar um carro novo porque eu tinha acabado de comprar um.

Depois que minha mãe estragou tudo, sobrou para mim tomar a frente. Comecei a fazer perguntas ao vendedor, o que o deixou nervoso. Ele não parava de olhar para ela, atrás de mim, como se eu fosse um cão feroz adestrado que ela poderia simplesmente mandar sentar. Estou acostumada com isso. Mas, quando ele começou a se contorcer, fomos interrompidos pelo próprio Don Davis, que nos levou para seu escritório e se apaixonou pela minha mãe em questão de quinze minutos. Eles ficaram ali sentados, olhando um para o outro com brilho nos olhos, enquanto eu fechava o carro por três mil a menos e ainda incluía um plano de manutenção, impermeabilizante e um tocador de CD que armazenava vários discos. Deve ter sido o melhor acordo de toda a história da Toyota, mas acho que ninguém notou. Simplesmente se espera que eu cuide de tudo, porque sou a gerente, terapeuta, faz-tudo e, agora, cerimonialista da minha mãe. Que honra.

— Então, Remy — Don começou a dizer quando nos sentamos, ele no trono de couro giratório do outro lado da mesa e eu na cadeira desconfortável-o-suficiente-para-acelerar-a-venda em frente. Tudo na concessionária era pensado para fazer lavagem cerebral nos clientes. Havia comunicados para os vendedores, encorajando ótimas ofertas, simplesmente "espalhados" por toda parte onde um cliente poderia ler. As salas eram dispostas de modo que desse para "ouvir sem querer" o vendedor suplicando ao gerente por um desconto. E a janela para a qual eu estava olhando dava para o local onde as pessoas retiravam os carros novos. De tantos em tantos minutos, um vendedor aparecia mais ou menos no meio dela para entregar a chave a um cliente, depois sorria enquanto ele dirigia rumo ao pôr do sol, exatamente como nos comerciais. Quanta bobagem.

Don se mexia na cadeira, arrumando a gravata. Ele era um cara corpulento, barrigudo e meio careca: a palavra "massudo" vinha à mente. Mas ele adorava minha mãe, coitado.

— Do que você precisa?

— Certo — eu disse, pegando no bolso de trás a lista que havia trazido. — Falei com a loja de smokings e você precisa passar lá esta semana para a última prova. A lista do jantar de ensaio está praticamente fechada em setenta e cinco pessoas, e o bufê vai precisar do último cheque até segunda.

— Está bem. — Ele abriu a gaveta e tirou a pasta de couro onde guardava o talão de cheques, então pegou uma caneta no bolso do paletó. — Quanto é o bufê?

Olhei para o papel nas mãos, engoli em seco, e disse:

— Cinco mil.

Ele assentiu e começou a escrever. Para Don, cinco mil não eram nada. O casamento estava custando uns vinte, e aquilo não parecia incomodá-lo. E ainda tinha a reforma que havia sido feita na nossa casa para que pudéssemos viver todos juntos como uma família feliz; a dívida da picape do meu irmão, que Don não pretendia cobrar; e o custo diário de viver com a minha mãe. Ele estava fazendo um enorme investimento. Mas, também, era seu primeiro casamento. Ele era um novato. Já minha família era profissional nisso.

Ele destacou o cheque, deslizou-o sobre a mesa na minha direção e sorriu.

— O que mais? — perguntou.

Consultei a lista novamente.

— Só falta a banda, eu acho. O pessoal do espaço perguntou a respeito...

— Está tudo sob controle — ele disse, fazendo um sinal com a mão. — Eles vão estar lá. Diga para sua mãe não se preocupar.

Sorri ao ouvir aquilo, porque ele esperava que eu sorrisse, mas ambos sabíamos que ela não estava nem um pouco preocupada com o casamento. Escolheu o vestido e as flores e deixou o resto comigo, alegando que precisava de cada segundo livre para trabalhar no próximo livro. A verdade era que minha mãe detestava detalhes. Ela adorava mergulhar em projetos por cerca de dez minutos, depois perdia o interesse. Por toda a casa havia pequenas pilhas de coisas que já haviam atraído sua atenção: kits de aromaterapia, um software para montar árvores genealógicas, livros de culinária japonesa, um aquário com os quatro lados cobertos de algas e apenas um sobrevivente — um peixe branco e gordo que havia devorado todos os outros.

A maioria das pessoas atribui o comportamento errático dela ao fato de ser escritora, como se isso explicasse alguma coisa. Para mim, não passa de uma desculpa. Quer dizer... neurocirurgiões também podem ser loucos, mas ninguém diz que está tudo bem. Felizmente para minha mãe, só eu tenho essa opinião.

— ... já está chegando! — Don exclamou, apontando para o calendário. — Dá para acreditar?

— Não — respondi, tentando imaginar qual teria sido a primeira parte da frase. — É incrível.

Ele sorriu para mim, depois voltou a olhar para o calendário, onde eu agora via que o dia do casamento, 10 de junho, estava circulado várias vezes, com diferentes canetas. Não dava para culpá-lo por estar empolgado. Antes de conhecer minha mãe, Don tinha chegado a uma idade em que a maioria de seus amigos já não esperava mais que se casasse. Ele morava sozinho havia quinze anos, em um apartamento perto da estrada, e passava a maior parte do dia vendendo mais Toyotas do que qualquer outra pessoa no estado.

Mas, em nove dias, ele teria não só Barbara Starr, extraordinária romancista, mas receberia meu irmão Chris e eu no pacote. E estava feliz com isso. Era mesmo incrível.

Naquele exato momento, tocou o interfone em sua mesa, bem alto, e uma voz de mulher saiu pelo alto-falante.

— Don, Jason está com um oito-cinco-sete e precisa de ajuda. Ele pode entrar?

Don olhou para mim, depois voltou a pressionar o botão e disse:

— É claro. Só preciso de cinco segundos.

— Oito-cinco-sete? — perguntei.

— Jargão de concessionária — ele respondeu rápido, levantando. Ajeitou o cabelo, cobrindo a pequena área careca que eu só notava quando estava sentado. Atrás dele, do outro lado da janela, um vendedor de rosto avermelhado entregava as chaves de um carro novo a uma mulher com uma criança pequena. A criança puxava sua saia, tentando chamar atenção, mas ela não parecia notar. — Detesto ter que te expulsar, mas...

— Já terminei — eu disse, guardando a lista no bolso.

— Agradeço muito por tudo o que está fazendo por nós, Remy — ele disse, dando a volta na mesa. Então colocou uma mão sobre meu ombro, como um pai, e eu tentei não lembrar de todos os padrastos que tive antes dele que fizeram a mesma coisa, aplicaram o mesmo peso, com o mesmo significado. Eles também acharam que seria para sempre.

— Não precisa agradecer — eu disse no momento em que ele tirou a mão do meu ombro e abriu a porta para mim. Havia um vendedor ali, ao lado do que devia ser o tal oito-cinco-sete: um cliente em cima do muro, deduzi. Era uma mulher baixinha, agarrada à bolsa, vestindo um moletom com estampa de gatinho.

— Don — o vendedor disse com tranquilidade —, esta é Ruth,

e estamos fazendo de tudo para que vá embora hoje num Corolla novo.

Ruth alternou o olhar entre mim e Don, nervosa, depois focou em Don.

— Eu só... — ela começou a dizer.

— Ruth, Ruth — Don disse calmamente. — Vamos sentar um pouquinho e conversar sobre o que podemos fazer para te ajudar. Tudo bem?

— Tudo — Ruth respondeu, meio incerta, e se dirigiu à sala de Don. Ao passar, ela olhou para mim, como se eu fizesse parte do esquema, e precisei me esforçar muito para não falar para ela sair correndo e não olhar para trás.

— Remy — Don disse em voz baixa, como se tivesse notado. — Vejo você mais tarde, certo?

— Certo — respondi. Ruth entrou e o vendedor a conduziu até a cadeira desconfortável, de frente para a janela. Agora, um casal asiático entrava em sua nova picape. Ambos sorriram ao ajustar o cinto de segurança, admirando o interior. A mulher abaixou o visor e se olhou no espelho. Os dois respiraram fundo, absorvendo aquele cheiro de carro novo, e ele colocou a chave na ignição. Depois saíram, acenando para o vendedor. Com o pôr do sol ao fundo.

— Agora, Ruth — Don disse, se acomodando na cadeira. A porta fechava e eu mal podia ver o rosto dele. — O que posso fazer para te deixar feliz?

Eu estava passando pelos carros expostos quando lembrei que minha mãe havia me pedido encarecidamente para lembrar Don dos drinques naquela noite. Sua nova editora estaria na cidade, supostamente de passagem, voltando de Atlanta, e aproveitaria a ocasião para encontrá-la. Na verdade, o romance da minha mãe estava superatrasado e a editora estava perdendo a paciência.

Eu me virei e voltei para a sala de Don. A porta ainda estava fechada e mal dava para ouvir as vozes lá dentro.

O relógio na parede era como os das escolas, com grandes números pretos e o ponteiro dos segundos vacilante. Já era uma e quinze da tarde. Um dia após minha formatura da escola e lá estava eu, nem indo para a praia nem me recuperando de uma ressaca, como os outros. Estava cuidando de um casamento, como uma funcionária paga, enquanto minha mãe ficava deitada em sua cama king-size, com as cortinas fechadas, dormindo o sono que alegava ser crucial para seu processo criativo.

Isso foi suficiente para eu começar a sentir aquela queimação que efervescia lentamente no meu estômago quando percebia como a balança estava a favor dela. Era ressentimento, ou o que havia restado da minha úlcera. Talvez ambos. A música ambiente parecia cada vez mais alta, como se alguém estivesse aumentando o volume, e fui inundada por uma versão de uma música da Barbra Streisand. Cruzei as pernas e fechei os olhos, pressionando os dedos nos braços da cadeira. Só mais algumas semanas, eu disse a mim mesma, depois vou embora.

Então alguém sentou com tudo na cadeira à minha esquerda, esbarrando em mim e me jogando contra a parede. Acertei o cotovelo na moldura da porta, bem o ossinho, e senti como que um choque. De repente, fiquei irritada. *Muito* irritada. É incrível como basta um empurrão para alguém perder o controle.

— Que porra é essa? — eu disse, preparada para arrancar a cabeça do vendedor idiota que havia decidido se aproximar demais de mim. Meu cotovelo ainda estava latejando, e eu sentia uma onda de calor subindo pelo pescoço: mau sinal. Eu me conhecia.

Virei a cabeça e vi que não era vendedor nenhum. Era um cara de cabelo preto cacheado, mais ou menos da minha idade, usando uma camiseta laranja. Por algum motivo, ele estava sorrindo.

— Oi — ele disse, alegre. — Tudo bem?

— Qual é o seu problema? — rebati, passando a mão no cotovelo.

— Problema?

—Você acabou de esbarrar em mim, babaca.

Ele piscou.

— Nossa — ele disse enfim. — Que língua afiada.

Só fiquei olhando para ele. Não é um bom dia, amigo, pensei. Você não me pegou num bom dia.

— É que eu te vi na loja — ele disse, como se estivéssemos discutindo o clima ou a política mundial. — Ali perto do mostruário de pneus.

Eu tinha certeza de que estava olhando com cara feia, mas ele não parava de falar.

— Fiquei pensando que a gente tinha alguma coisa em comum. Senti uma química, vamos dizer. E tive a sensação de que alguma coisa grande estava para acontecer. Com nós dois. A sensação de que nascemos para ficar juntos.

—Você se deu conta de tudo isso olhando para os pneus? — perguntei, tentando esclarecer.

—Você não sentiu? — ele perguntou.

— Não. Só senti você me jogando contra a parede — eu disse calmamente.

— Foi um acidente — ele disse, abaixando a voz e se aproximando de mim. — Um descuido. O resultado infeliz do entusiasmo que senti ao saber que estava prestes a falar com você.

Olhei para ele. Tocava agora uma versão animada do jingle da Don Davis Motors.

— Sai daqui — eu disse.

Ele sorriu de novo, passando a mão no cabelo. A música aumentava cada vez mais, o alto-falante estalava como se estivesse prestes a entrar em curto-circuito. Olhamos para cima, depois um para o outro.

— Quer saber de uma coisa? — ele disse, apontando para o alto-falante, que estalou ainda mais alto antes de retomar a música-tema no volume máximo. — De agora em diante — ele voltou a apontar para cima — *esta* vai ser nossa música.

— Ai, meu Deus — eu disse.

Fui salva — aleluia — quando a porta da sala de Don se abriu e Ruth saiu, acompanhada pelo vendedor. Ela carregava um maço de papéis e levava no rosto cansado aquele olhar estupefato de quem acabou de gastar muito dinheiro. Mas tinha o chaveiro folheado a ouro falso todinho para ela.

Levantei e o cara ao meu lado me seguiu.

— Espera, eu só quero...

— Don? — chamei, ignorando-o.

— Então fica com isso — ele disse, agarrando minha mão.

O cara virou a palma para cima antes que eu tivesse tempo de reagir, tirou uma caneta do bolso de trás e começou — não estou brincando — a escrever um nome e um número de telefone entre meu polegar e meu indicador.

— Você é louco — exclamei, puxando a mão, o que borrou os últimos números e derrubou a caneta da mão dele. Ela caiu no chão e rolou para baixo de uma máquina de chicletes.

— Ei, Romeu! — alguém gritou da loja, gerando uma onda de gargalhadas. — Vamos embora, cara!

Olhei para ele, ainda sem acreditar. Era um desrespeito ao meu espaço. Eu já tinha jogado bebida em garotos na balada por muito menos.

Ele olhou para trás, depois novamente para mim.

— A gente se vê logo — disse, sorrindo.

— Até parece — respondi, mas ele já estava desviando da picape e do utilitário expostos e saindo pela porta de vidro, onde um furgão branco surrado esperava no meio-fio. A porta de trás se abriu e ele entrou, mas o furgão acelerou, fazendo-o tropeçar, então logo parou novamente. Ele suspirou, colocou as mãos na cintura e olhou para cima. Pegou na maçaneta da porta de novo e tentou entrar no mesmo instante em que o carro se movimentou mais uma vez, enquanto alguém buzinava. A sequência se repetiu o caminho todo até o estacionamento, com os vendedores rindo, até que alguém colocou o braço para fora e ofereceu a mão, que ele ignorou. Os dedos da mão estendida se agitaram, no início só um pouco, depois com avidez, e então ele finalmente a agarrou, pegando impulso para entrar no carro. A porta bateu, a buzina soou novamente e o furgão saiu do estacionamento com o motor roncando e o escapamento pegando no chão.

Olhei para minha mão, onde o rabisco em tinta preta marcava 933-54-alguma-coisa, com uma palavra embaixo. Minha nossa, a letra dele era horrível. Um D grande, a última letra borrada. Que nome idiota. Dexter.

Quando cheguei em casa, a primeira coisa que notei foi a música. Clássica, sublime, preenchendo o ambiente com o som de oboés e a harmonia de violinos. Depois, o perfume de velas, baunilha, doce o bastante para te fazer estremecer. E, finalmente, o último sinal: um rastro de papéis amassados, passando pela cozinha e levando ao solário.

Graças a Deus, pensei. Ela voltou a escrever.

Deixei as chaves sobre a mesa ao lado da porta e me abaixei, pegando uma bolinha de papel perto dos meus pés. Eu a desamassei enquanto caminhava para a cozinha. Minha mãe era muito supersticiosa em relação ao trabalho e só escrevia na velha máquina que costumava levar pelo país quando produzia artigos sobre música como freelancer para um jornal de San Francisco. A máquina era barulhenta, soava uma campainha sempre que chegava ao fim da linha e parecia um refugo dos dias de correio a cavalo. Ela tinha um computador novinho e ultramoderno, que só usava para jogar paciência.

A página tinha o número um no canto superior direito e começava com o entusiasmo típico da minha mãe.

> *Melanie sempre foi o tipo de mulher que amava um desafio. Na carreira, nos amores, na alma, vivia para se ver diante de algo que a afrontasse, testasse sua determinação, fizesse a conquista valer a pena. Ao entrar no Hotel Plaza, em um dia frio de novembro, ela tirou a echarpe da cabeça e sacudiu a chuva dos cabelos. Encontrar Brock Dobbin não estava em seus planos. Ela não o via desde que estivera em Praga, quando deixaram as coisas tão mal resolvidas quanto antes. Agora, um ano depois, com o casamento dela tão próximo, ele estava de volta à cidade. E ela estava lá para encontrá-lo. Daquela vez, venceria. Ela estava*

Ela estava... o quê? Havia apenas uma mancha de tinta depois da última palavra, arrastando-se até o fim da página, quando havia sido arrancada da máquina.

Continuei pegando os papéis descartados ao caminhar. Não variavam muito. Em um deles, a história se passava em Los Angeles, não em Nova York, e em outro Brock Dobbin virava Dock Brobbin, mas logo o nome anterior voltava. Detalhes. Minha mãe sempre demorava um pouco para encontrar o caminho. Porém, quando encontrava, estava feita. Ela havia terminado o último livro em três semanas e meia, e era grande o bastante para servir de calço de porta.

A música e as batidas da máquina de escrever ficaram mais altas quando entrei na cozinha, onde meu irmão, Chris, passava uma camisa sobre a mesa. O saleiro, o pimenteiro e o porta-guardanapos haviam sido empurrados para um canto.

— Oi — ele disse, tirando o cabelo da frente do rosto. O ferro chiou quando Chris o levantou, para depois pressionar bem o colarinho da camisa.

— Há quanto tempo ela está fazendo isso? — perguntei, puxando a lata de lixo que ficava sob a pia e jogando os papéis.

Ele deu de ombros, deixando escapar um pouco do vapor.

— Algumas horas, acho.

Olhei atrás dele, além da sala de jantar até o solário, onde dava para ver minha mãe debruçada sobre a máquina de escrever, com uma vela ao lado, datilografando sem parar. Era sempre esquisito de ver. Ela espancava as teclas, jogando o corpo todo em cima delas, como se não conseguisse escrever rápido o bastante. Fazia isso por horas a fio, depois aparecia com câimbra nos dedos, dor nas costas e umas boas cinquenta páginas, que provavelmente bastariam para deixar sua editora satisfeita por um tempo.

Sentei à mesa e dei uma olhada na pilha de correspondência perto da fruteira enquanto Chris virava a camisa, empurrando o ferro lentamente sobre um dos punhos. Ele passava roupa muito devagar, tanto que cheguei a arrancar o ferro da mão dele mais de uma vez por não suportar ver aquilo. A única coisa que me irrita mais do que ver uma coisa sendo feita de forma errada é ver essa mesma coisa sendo feita *devagar*.

— A noite promete? — perguntei. Ele havia se aproximado da camisa, bem concentrado no bolso da frente.

— Jennifer Anne vai dar um jantar — ele disse. — O traje é esporte fino.

— Esporte fino?

— Significa nada de jeans — ele disse bem devagar, ainda concentrado —, mas também nada de blazer. Gravata opcional. Algo assim.

Revirei os olhos. Havia seis meses, meu irmão não seria capaz de identificar um traje *esporte*, muito menos *fino*. Dez meses antes, em seu aniversário de vinte e um anos, Chris havia sido pego em uma festa vendendo maconha. Não foi seu primeiro contratempo com a lei: durante o ensino médio, ele acumulou algumas invasões de domicílio (acordos foram feitos), uma acusação por dirigir alcoolizado (retirada) e outra por posse de substância controlada (serviço comunitário e multa alta, foi por pouco). Mas a detenção na festa acabou em prisão, e ele cumpriu pena. Apenas três meses, mas ficou assustado o bastante para tomar vergonha na cara e arrumar um emprego na Jiffy Lube, uma rede de manutenção automotiva, onde conheceu Jennifer Anne quando ela levou seu Saturn para a revisão dos cinquenta mil quilômetros.

Ela era o que minha mãe chamava de "uma peça rara", o que significava que não tinha medo de nós e deixava isso claro. Era uma garota pequena com longos cabelos loiros e muito inteligente — embora odiássemos admitir. Havia feito mais pelo meu irmão em seis meses do que fizemos em vinte e um anos. Com ela, ele estava se vestindo melhor, trabalhando mais e seguindo as regras gramaticais, além de usar termos como "rede de contatos", "multitarefas" e "esporte fino". Ela trabalhava como recepcionista de um conglomerado de consultórios médicos, mas se referia a si mesma como "especialista em administração". Jennifer Anne era capaz de fazer qualquer coisa parecer melhor do que era. Eu a ouvira descrever o cargo de Chris como "perito multinível em lubrificação automotiva", o que soava como se ele trabalhasse na Nasa.

Chris levantou a camisa da mesa e a segurou no alto, dando uma sacudida enquanto a campainha da máquina de escrever apitava no outro cômodo.

— O que você acha?

— Parece razoável — respondi. — Mas você deixou uma parte amassada na manga direita.

Ele olhou para a camisa e suspirou.

— É difícil demais — disse, colocando a roupa de volta na mesa. — Não sei por que as pessoas se dão ao trabalho de fazer isso.

— Não sei por que *você* se dá ao trabalho — eu disse. — Desde quando precisa estar com a roupa lisinha? Você achava usar calça chique.

— Que engraçadinha — ele disse, fazendo cara feia para mim. —Você não seria capaz de entender.

— Ah, tá. Foi mal, sempre esqueço que você é o irmão inteligente.

Ele esticou a camisa, sem olhar para mim.

— O que eu quis dizer — continuou, lentamente — é que você teria que saber como é querer fazer algo legal por outra pessoa. Por consideração. Por *amor*.

— Ai, meu Deus — exclamei.

— É verdade. — Chris pegou a camisa novamente. O amassado ainda estava lá, mas eu não pretendia dizer nada. — Estou falando de amor. Compromisso. Duas coisas que, infelizmente, faltam na sua vida.

— Sou muito comprometida — eu disse, indignada. — E acabei de passar a manhã inteira planejando o casamento da mamãe. É uma grande demonstração de amor da minha parte.

— Você nunca teve um compromisso sério — ele disse, dobrando a camisa com cuidado sobre o braço, como um garçom.

— Quê?

— E reclama tanto do casamento que fica difícil dizer que está fazendo por amor.

Fiquei ali parada, encarando-o. Ultimamente, não dava para argumentar com ele. Era como se tivesse passado por uma lavagem cerebral de algum culto religioso.

— Quem é você? — perguntei.

— Só estou dizendo que estou muito feliz — ele respondeu com calma. — E queria que você também estivesse.

— Eu estou feliz — rebati, falando sério, embora o tom tenha saído amargo pela irritação. — Estou feliz — repeti com a voz mais estável.

Chris estendeu o braço e deu um tapinha no meu ombro, como se soubesse das coisas.

—Vejo você mais tarde — ele disse, virando e subindo a escada em direção ao quarto. Eu o observei se afastar, carregando a camisa ainda amassada, e me dei conta de que estava rangendo os dentes, algo que me pegava fazendo com muita frequência ultimamente.

Plim!, fez a campainha da máquina de escrever. Minha mãe deu início a uma nova linha. Melanie e Brock Dobbin já deviam estar no meio do caminho para a desilusão amorosa, pelo som das teclas. Os livros da minha mãe eram do tipo que causava suspiros, ambientados em locais exóticos, povoados por personagens que tinham tudo e, ao mesmo tempo, nada. Ricos, mas pobres em amor. E assim por diante.

Fui até a entrada do solário, cuidando para não fazer barulho, e olhei para ela. Quando escrevia, parecia estar em outro mundo, alheia a nós: mesmo quando éramos pequenos e chorávamos e berrávamos, ela apenas levantava a mão de onde estava sentada, de costas para nós, ainda datilografando, e fazia "shhhhhhh". Como se fosse o suficiente para nos calar, como se enxergássemos o mundo em que ela estava naquele momento, o Hotel Plaza ou alguma praia em Capri, onde uma mulher de trajes refinados desejava um homem que tinha certeza que havia perdido para sempre.

Quando Chris e eu estávamos no ensino fundamental, minha

mãe estava na pior. Ela ainda não tinha publicado nada, a não ser artigos em jornal, e nem isso andava fazendo, já que as bandas sobre as quais escrevia — como a do meu pai, toda aquela coisa da década de 70 que agora chamam de "rock clássico" — começaram a se separar ou simplesmente parar de tocar no rádio. Ela arrumou um emprego de professora de redação na faculdade local, que não pagava praticamente nada, e moramos em uma série de prédios horrorosos, todos com nomes como Colina dos Pinheiros e Lago da Floresta, mas que não tinham lagos, pinheiros ou florestas em lugar nenhum. Naquela época, ela escrevia sentada à mesa da cozinha, normalmente durante a noite ou de madrugada, às vezes à tarde. Suas histórias sempre foram exóticas: ela pegava os folhetos gratuitos das agências de viagem e recolhia a revista *Gourmet* das pilhas do centro de reciclagem para usar como material de pesquisa. Enquanto meu irmão ganhou o nome de seu santo favorito, o meu foi inspirado em uma marca cara de conhaque que ela viu em um anúncio na *Harper's Bazaar*. Não importava que estivéssemos vivendo de macarrão instantâneo enquanto seus personagens saboreavam champanhe e caviar, que relaxassem usando terninho Dior enquanto nossas roupas eram de brechó. Minha mãe sempre amou o glamour, mesmo sem nunca tê-lo visto de perto.

    Chris e eu a interrompíamos constantemente enquanto ela trabalhava, o que a deixava louca. Em uma feirinha, ela encontrou uma dessas cortinas feitas com longos fios de contas e a colocou sobre a entrada da cozinha. Tornou-se nosso símbolo subentendido: se a cortina estivesse aberta, a cozinha estava liberada. Se estivesse fechada, minha mãe estava trabalhando, e tínhamos que procurar comida e distração em outro lugar.

    Quando eu tinha uns seis anos, adorava ficar ali e passar os dedos pelas contas, vendo como balançavam de um lado para o outro. Faziam um som bem suave, como sininhos. Dava para espiar através delas e ver minha mãe. Ela parecia exótica, como uma vidente ou fada, uma fonte de magia. Ela era exatamente isso, mas eu ainda não sabia.

A maior parte das nossas coisas dessa época se perdeu há muito tempo, ou foi doada, mas a cortina de contas sobreviveu à viagem para a Grande Casa Nova, como a chamávamos quando nos mudamos. Foi uma das primeiras coisas que minha mãe pendurou, antes mesmo dos nossos desenhos da escola ou da sua gravura favorita do Picasso. Havia um prego, de modo que ela podia ser recolhida, mas agora ela estava estendida, em parco estado, ainda cumprindo sua função. Cheguei mais perto, espiando minha mãe. Ela estava absorta no trabalho, dedos voando, e eu fechei os olhos e fiquei escutando. Era como uma música que eu havia escutado a vida toda, ainda mais do que "Canção de ninar". Todos aqueles toques nas teclas, todas aquelas letras, tantas palavras. Passei os dedos sobre as contas e observei sua imagem ficando ondulada, como se estivesse na água, desfazendo-se lentamente e tremulando antes de se tornar inteira de novo.

2

Era hora de terminar com Jonathan.

— Por que você vai fazer isso mesmo? — Lissa perguntou. Ela estava sentada na cama, olhando meus CDs e fumando um cigarro que deixava meu quarto com um cheiro horrível, embora ela tivesse jurado que não deixaria, porque estava perto da janela. Sempre odiei cheiro de cigarro, mesmo antes de parar de fumar, mas com Lissa eu acabava permitindo mais coisas do que deveria. Acho que todo mundo tem pelo menos um amigo assim. — Eu gosto do Jonathan.

— Você gosta de todo mundo — eu disse, me aproximando mais do espelho enquanto passava o lápis de boca.

— Não é verdade — ela retrucou, pegando um CD e examinando a contracapa. — Nunca gostei do sr. Mitchell. Ele sempre ficava olhando pros meus peitos quando eu levantava para resolver uma equação na lousa. Ele olhava para os peitos de *todo mundo*, aliás.

— Lissa — eu disse —, a escola já acabou. Além disso, professores não contam.

— Só estou dizendo que não gosto dele — ela justificou.

Continuei argumentando:

— Acontece que já é verão, e eu vou para a faculdade em setembro. E Jonathan... Sei lá. Não vai dar. Não vale a pena mudar toda a minha agenda se vamos acabar terminando em algumas semanas.

— Mas vocês podem não terminar.

Inclinei o corpo para trás, admirando minha obra, e esfumacei um pouco o lábio superior, deixando-o uniforme.

— Nós vamos terminar — afirmei. — Não vou para Stanford com mais problemas do que o absolutamente necessário.

Ela mordeu o lábio e colocou uma mecha de cabelo atrás da orelha, abaixando a cabeça com a expressão de tristeza que sempre fazia quando falávamos sobre o fim do verão. A zona de segurança de Lissa eram as oito semanas que faltavam antes de seguirmos caminhos diferentes, e ela odiava pensar no que aconteceria depois.

— É claro que não — ela disse em voz baixa. — Por que faria isso?

— Lissa — eu disse, suspirando. — Não estou falando de você. Você sabe disso. Só estou dizendo... — Apontei para a porta do quarto, levemente entreaberta, pela qual ainda dava para ouvir o ruído da máquina de escrever da minha mãe e os violinos ao fundo. —Você sabe.

Ela assentiu. Mas, na verdade, eu sabia que não entendia. Lissa era a única que estava nostálgica com o fim da escola. Ela chegou a chorar pra valer na formatura, o que fez com que saísse de olhos e rosto vermelhos em todas as fotos e vídeos, dando motivo para reclamar pelos próximos vinte anos. Enquanto isso, eu, Jess e Chloe mal podíamos esperar para pegar o diploma e ficar livre finalmente. Lissa sempre sentiu as coisas de maneira muito profunda. Por isso éramos tão protetoras em relação a ela, e por isso eu estava tão preocupada em deixá-la. Lissa tinha sido aceita na universidade local com bolsa de estudos integral, uma oportunidade boa demais para deixar passar. O fato de seu namorado, Adam, ter entrado na mesma universidade ajudava. Ela já tinha planejado tudo: eles iriam juntos para a orientação dos calouros, fariam algumas aulas juntos, morariam em dormitórios próximos. Como no colégio, só que maior.

Só de pensar já me dava coceira. Mas eu não era Lissa. Passei os últimos dois anos com um único objetivo: sair. Ir embora. Conseguir as notas de que precisava para finalmente viver uma vida só minha. Sem organizar casamentos. Sem romances conturbados. Sem uma sequência de padrastos. Apenas eu e meu futuro, finalmente juntos. Agora eu conseguia acreditar num final feliz.

Lissa ligou o rádio, enchendo o quarto de uma música dançante com *lá-lá-lá* no refrão. Abri a porta do guarda-roupa para analisar minhas opções.

— O que se deve vestir para terminar com alguém? — ela perguntou, enrolando uma mecha de cabelo no dedo. — Preto, de luto? Ou alguma coisa alegre e colorida, para distrair da dor? Talvez seja melhor usar algum tipo de camuflagem, para você poder desaparecer rápido caso ele não aceite muito bem.

— Estou pensando em alguma cor escura, que emagreça, e um decote — eu disse, pegando minha calça preta. — E calcinha e sutiã limpos.

— Você se veste assim toda noite.

— Mas hoje é uma noite como todas as outras — respondi. Eu sabia que tinha uma camisa vermelha limpa em algum lugar do guarda-roupa, mas não estava conseguindo encontrar. O que significava que alguém havia mexido ali. Meu guarda-roupa era como todas as minhas coisas: limpo e organizado. A casa da minha mãe costumava ser um caos, então meu quarto sempre foi o único espaço que eu podia deixar como queria. Em ordem, perfeitamente organizado, tudo onde poderia ser facilmente encontrado. Talvez eu fosse um pouco obsessiva. Mas e daí? Pelo menos não era desleixada.

— Não para o Jonathan — ela afirmou. Quando olhei para ela,

acrescentou: — Quer dizer... é uma noite importante pra ele, que vai levar um fora. E nem sabe disso ainda. Deve estar comendo um hambúrguer, passando fio dental ou pegando as roupas na lavanderia, e não faz a mínima ideia. Nem suspeita.

Desisti da camisa vermelha e peguei uma regata. Não sabia o que dizer a ela. Sim, era um saco ser dispensado. Mas não era melhor quando alguém era sincero? Quando admitia que seus sentimentos pela outra pessoa nunca seriam fortes o bastante para justificar o tempo dos dois? Era um favor a ele, na verdade. Eu ia deixá-lo disponível para algo melhor. Eu era praticamente uma santa, pensando bem.

Isso mesmo.

Meia hora depois, chegamos ao Quik Zip. Jess esperava por nós. Como sempre, Chloe estava atrasada.

— Oi — eu disse, indo em sua direção. Ela estava encostada em seu carro, um Chevy antigo com para-choque amassado que mais parecia um tanque. Tomava uma coca Zip extragrande, nossa droga da vez. Era a maior pechincha da cidade, por um dólar e cinquenta e nove centavos, e tinha inúmeras funções.

—Vou comprar Skittles — Lissa avisou, batendo a porta. — Alguém quer alguma coisa?

— Zip diet — eu disse a ela, e fui pegar o dinheiro. Mas ela fez um sinal avisando que não precisava, já entrando. — Extragrande!

Ela indicou que havia escutado e a porta se fechou. Caminhava alegre, com as mãos no bolso, para o corredor dos doces. O gosto de Lissa por açúcar era notório: ela era a única pessoa que eu conhecia capaz de discernir chocolate com passas e passas cobertas com chocolate. *Havia* uma diferença.

— Cadê a Chloe? — perguntei, mas Jess apenas deu de ombros, sem tirar os lábios do canudo. — Não falamos sete e meia em ponto?

Ela me olhou com uma sobrancelha levantada.

— Calma, dona Certinha — ela disse, balançando o copo. O gelo bateu nas laterais, espirrando o que restava do líquido. — Só passaram seis minutos.

Suspirei, encostando no carro. Odiava quando as pessoas se atrasavam. Mas Chloe estava sempre cinco minutos atrasada, em um dia *bom*. Lissa costumava chegar antes, e Jess era Jess: firme como uma rocha, sempre pontual. Ela era minha melhor amiga desde o quinto ano, e a única com quem eu sabia que sempre poderia contar.

Nós nos conhecemos porque nossas carteiras ficavam lado a lado, conforme o sistema alfabético da sra. Douglas. Mike Schemen, que vivia com o dedo no nariz, depois Jess, depois eu, com Adam Struck, que tinha problema nas adenoides, do meu outro lado. Fomos praticamente obrigadas a virar melhores amigas, já que estávamos cercadas pelos irmãos meleca.

Jess era grande, mesmo naquela época. Não exatamente gorda. Ela tinha ossos largos, era alta e robusta. Corpulenta. Quando éramos mais novas, era maior do que todos os meninos da classe, jogava queimada com brutalidade, podia acertar a bola em alguém com tanta força a ponto de deixar uma marca que durava até o último sinal bater. Muitos a achavam cruel, mas estavam errados. Não sabiam o que eu sabia: que sua mãe havia morrido naquele verão, deixando os dois irmãos menores para ela cuidar enquanto seu pai trabalhava em tempo integral na usina de energia. Que o dinheiro era sempre curto, e que Jess não tinha mais direito de ser criança.

Oito anos depois, após atravessar o inferno no ensino fundamental e um ensino médio razoável, ainda éramos próximas. Em grande parte porque eu sabia essas coisas a seu respeito, embora Jess ainda guardasse muito só para si. Mas também porque ela era uma das poucas pessoas que não aturavam minhas bobagens, o que era digno de respeito.

— Olha só — ela disse em um tom de voz monótono, cruzando os braços. — A rainha chegou.

Chloe estacionou ao nosso lado, desligando o motor da Mercedes e abaixando o quebra-sol para verificar o batom no espelhinho. Jess suspirou alto, mas eu ignorei. Aquilo vinha de longe, ela e Chloe. Só dávamos bola se as coisas estivessem muito quietas ou entediantes.

Chloe saiu batendo a porta e foi até nós. Estava linda, como sempre: calça preta, camisa azul, uma jaqueta descolada que eu nunca tinha visto. Sua mãe era comissária de bordo e tinha compulsão por compras, uma combinação mortal que fazia com que Chloe sempre tivesse coisas novas, dos melhores lugares. Nossa fashionista.

— Ei — ela disse, colocando o cabelo atrás da orelha. — Cadê a Lissa?

Apontei com a cabeça para o Quik Zip, onde ela já estava no balcão, conversando com o caixa. Vimos quando ela acenou, despedindo-se dele, e saiu com um saquinho de Skittles na mão.

— Alguém quer? — ela perguntou, sorrindo ao ver Chloe. — Oi! Nossa, que jaqueta legal.

— Obrigada — Chloe respondeu, passando a mão na roupa. — É nova.

— Que surpresa — Jess disse com sarcasmo.

— Isso é diet? — Chloe rebateu, olhando para a bebida na mão de Jess.

— Já chega, já chega — eu disse, tentando acalmar os ânimos. Lissa entregou minha bebida e eu dei um gole grande, apreciando o sabor. Era o néctar dos deuses. De verdade. — Qual é o plano?

— Vou encontrar o Adam no Double Burger às seis e meia — Lissa disse, colocando outra bala na boca. — Depois alcanço vocês no Bendo, ou onde estiverem.

— O que vai ter no Bendo? — Chloe perguntou, balançando as chaves.

— Não sei — Lissa disse. — Uma banda. E tem uma festa em Arbors, Matthew Ridgefield vai abrir um barril de chope. Ah, e Remy vai terminar com Jonathan.

Todas olharam para mim.

— Não necessariamente nessa ordem — acrescentei.

— Então já era? — Chloe riu, tirando um maço de cigarros do bolso da jaqueta. Ela me ofereceu um, mas fiz que não com a cabeça.

— Ela parou de fumar — Jess disse. — Lembra?

— Ela para toda hora — Chloe respondeu, riscando um fósforo e se aproximando da chama. — O que ele fez, Remy? Deixou você esperando? Declarou amor eterno?

Apenas sacudi a cabeça, sabendo o que estava por vir.

Jess sorriu e disse:

— Ele usou uma roupa que não combinava.

— Fumou no carro dela — Chloe acrescentou. — Só pode ter sido isso.

— Talvez — Lissa continuou, beliscando meu braço — ele tenha cometido um erro gramatical horrível e chegado com quinze minutos de atraso.

— Ah, que horror! — Chloe estremeceu, e as três caíram na gargalhada. Fiquei ali parada, aguentando as críticas e me dando conta, não pela primeira vez, que as três só se davam bem quando estavam me provocando.

— Muito engraçado — eu disse. O.k., talvez eu tivesse mesmo uma certa fama de esperar demais dos relacionamentos. Mas pelo menos eu tinha *critério*. Chloe só namorava universitários que a traíam, Jess evitava a questão não namorando ninguém, e Lissa... Bem, Lissa ainda estava com o mesmo cara com quem perdera a virgindade, então ela nem contava. Mas é claro que eu não ia falar nada disso. Não queria criar intriga.

— Certo, certo — Jess disse, por fim. — Como vamos fazer?

— Lissa vai encontrar o Adam — respondi. — Eu, você e Chloe vamos para o Esconderijo e depois para o Bendo. Tudo bem?

— Tudo — Lissa disse. — Encontro vocês depois.

Quando ela saiu e Chloe foi parar o carro no estacionamento da igreja ao lado, Jess levantou minha mão e tentou ler o que estava escrito.

— O que é isso? — perguntou. Olhei para baixo, vendo as letras pretas, bem borradas, mas ainda ali, na palma da mão. Antes de sair de casa, eu pretendia esfregar até a tinta sair, mas acabei esquecendo. — Um número de telefone?

— Não é nada — respondi. — É de um cara idiota que conheci hoje.

— Arrasando corações, hein? — ela exclamou.

Nós nos amontoamos no carro de Jess. Eu na frente, Chloe atrás. Ela fez cara feia ao empurrar de lado um cesto cheio de roupas sujas, um capacete de futebol americano e algumas joelheiras dos irmãos de Jess, mas não disse nada. As duas podiam ter suas diferenças, mas ela sabia o limite.

— Para o Esconderijo? — Jess perguntou quando deu a partida no motor. Confirmei, e ela engatou a ré, saindo devagar. Estendi o braço e liguei o rádio enquanto Chloe acendia outro cigarro no banco de trás, jogando o fósforo pela janela em seguida. Pouco antes de chegarmos à pista, Jess apontou com a cabeça para uma grande lata de lixo perto das bombas de combustível, a pouco mais de cinco metros de distância.

— Quer apostar? — ela perguntou.

Estiquei o pescoço, estimando a distância, peguei o copo de refrigerante dela quase vazio e o balancei, sentindo o peso.

— Dois dólares — respondi.

— Meu Deus — Chloe disse do banco de trás, suspirando alto. — Agora que saímos do colégio, podemos parar com essas coisas?

Jess a ignorou, apertando o copo, flexionando o pulso e colocando o braço para fora da janela. Ela estreitou os olhos, levantou o queixo e, com um movimento suave, ergueu o braço e jogou o copo, formando um arco sobre a nossa cabeça e o carro. Observamos o objeto girar no ar, em uma espiral perfeita, até desaparecer, ainda com a tampa e o canudo, dentro da lata de lixo, com uma batida.

— Incrível — eu disse. Jess sorriu para mim. — Nunca consegui descobrir como você faz isso.

— Podemos ir agora? — Chloe perguntou.

— Como sempre, o segredo está no pulso — Jess explicou, entrando na rua movimentada.

O Esconderijo, onde começavam todas as nossas noites, pertencia a Chloe. Quando seus pais se divorciaram, no terceiro ano do fundamental, o pai se mudou da cidade com a nova namorada, vendendo a maior parte das propriedades que havia acumulado trabalhando no ramo de construções. Só manteve um terreno, mais afastado do centro, passando a escola. Ali, não havia nada além de uma cama elástica que ele havia comprado para Chloe em seu aniversário de sete anos. A mãe dela rapidamente a baniu do quintal — não combinava com a decoração de estilo inglês, com cercas vivas esculpidas e bancos de pedra —, e a cama elástica acabou indo parar no terreno, esquecida, até termos idade suficiente para dirigir e precisarmos de um lugar para nós.

Sempre sentávamos na cama elástica, que ficava no meio do gramado, com a melhor vista das estrelas e do céu. Ela ainda tinha certa elasticidade, suficiente para que um movimento brusco de uma fizesse as outras balançarem. O que era bom lembrar quando estávamos com copos.

— Cuidado — Chloe disse a Jess, ao sentir um solavanco no

braço enquanto colocava rum no meu refrigerante. Era uma daquelas garrafinhas de avião, que sua mãe trazia do trabalho. O armário de bebidas dela parecia ter sido projetado para duendes.

— Sossega — Jess respondeu, cruzando as pernas e se apoiando nas mãos.

— É sempre assim quando a Lissa não está — Chloe resmungou, abrindo outra garrafinha para si mesma. — A distribuição do peso fica toda desequilibrada.

— Chloe, dá um tempo. — Tomei um gole da coca Zip, agora turbinada, e ofereci para Jess apenas por educação. Ela nunca bebia, nunca fumava. Sempre dirigia. Ser mãe de seus irmãos por tanto tempo fazia com que agisse da mesma forma conosco.

— A noite está linda — eu disse, e ela concordou. — É difícil acreditar que acabou.

— Graças a Deus — Chloe disse, limpando a boca com o dorso da mão. — E já foi tarde.

— Vamos beber em homenagem a isso — eu disse, e me aproximei para brindar com a garrafinha dela. Ficamos lá sentadas, em um silêncio repentino, sem nenhum barulho além das cigarras no alto das árvores que nos cercavam.

— É tão estranho que não esteja diferente — Chloe finalmente disse.

— O quê? — perguntei.

— Tudo — ela disse. — Bem... era isso que estávamos esperando, não era? O fim da escola. É uma coisa nova, mas parece exatamente igual.

— É porque nada começou ainda — Jess disse. Ela estava com o rosto virado para cima, observando o céu. — No fim do verão, as coisas vão parecer novas. Porque vão ser.

Chloe pegou outra garrafinha — agora de gim — no bolso da jaqueta e tirou a tampa.

— Esperar é uma droga — ela afirmou, tomando um gole. — Quer dizer... esperar tudo começar.

Ouvimos o som de uma buzina. Primeiro alto, depois diminuindo ao passar pela avenida que ficava atrás de nós. O bom do Esconderijo era aquilo: dava para escutar tudo, mas ninguém conseguia nos ver.

— Isso é só por enquanto — eu disse. — Passa mais rápido do que você imagina.

— Espero que sim — Chloe disse, e me apoiei nos cotovelos, inclinando a cabeça para trás para olhar o céu, que estava riscado de vermelho. Era o momento do dia que mais conhecíamos, aquele período que ia do pôr do sol até escurecer. Parecia que a gente sempre esperava o anoitecer ali. Dava para sentir a cama elástica subindo e descendo, movida pela nossa própria respiração, levando-nos aos poucos para o céu e de volta, conforme as cores desbotavam lentamente e as estrelas começavam a aparecer.

Quando chegamos ao Bendo, eram nove horas e eu já estava meio alta. Paramos o carro no estacionamento e olhamos para o segurança na porta.

— Perfeito — afirmei, baixando o quebra-sol para verificar a maquiagem no espelhinho. — É o Rodney.

— Cadê minha identidade? — Chloe perguntou, procurando na jaqueta. — Nossa, eu estava com ela agora há pouco.

— Não está no sutiã? — perguntei, virando para ela. Ela piscou, colocou a mão dentro da camisa e tirou o documento de lá. Chloe guardava tudo dentro do sutiã: identidade, dinheiro, prendedor de cabelo. Ela tirava coisas dali num passe de mágica, como moedas de trás da orelha ou coelhos da cartola.

— Bingo — ela exclamou, guardando a identidade no bolso da frente.

— Que fina — comentou Jess.

— Olha quem está falando — Chloe rebateu. — Pelo menos eu *uso* sutiã.

— Pelo menos eu tenho *motivo* para usar — Jess respondeu.

Chloe apertou os olhos. Ela usava sutiã P e sempre fora sensível a esse assunto.

— Pelo menos...

— *Chega* — eu disse. — Vamos entrar.

Quando nos aproximamos, Rodney, sentado no banquinho que segurava a porta aberta, viu a gente. O Bendo era uma casa noturna para maiores de dezoito anos, mas íamos lá desde o segundo ano do ensino médio. Era preciso ter vinte e um para beber, mas com identidades falsas Chloe e eu normalmente conseguíamos. Principalmente quando quem estava na porta era o Rodney.

— Remy, Remy — ele disse enquanto eu pegava o documento falso do bolso. Meu nome, meu rosto, a data de aniversário do meu irmão, para que eu pudesse dizer sem hesitar, se fosse preciso. — Qual é a sensação de se formar no ensino médio?

— Não sei do que você está falando — eu disse, sorrindo para ele. — Você sabe que estou no terceiro ano da faculdade.

Ele mal olhou para minha identidade, mas apertou minha mão, acariciando-a ao aplicar o carimbo de maioridade. Nojento.

— Que curso você está fazendo?

— Literatura inglesa — respondi. — Mas também faço umas matérias de administração.

— Tenho um negócio aqui para você administrar — ele disse, pegando a identidade de Chloe e carimbando a mão dela, que a puxou rápido, borrando a tinta.

— Você é um babaca — Jess disse, mas ele apenas deu de ombros, fazendo sinal para que entrássemos, de olho no próximo grupo de meninas que subia os degraus.

— Me sinto tão suja — Chloe disse quando entramos.

—Vai se sentir melhor depois que tomar uma cerveja.

O Bendo já estava lotado. A banda ainda não tinha entrado, mas o bar já estava cheio e o ar repleto de fumaça espessa misturada com cheiro de suor.

—Vou pegar uma mesa — Jess gritou para mim, e acenei com a cabeça, seguindo para o bar com Chloe. Passamos pela multidão, desviando das pessoas até encontrar um espaço decente perto do chope.

Apoiei o corpo nos cotovelos, tentando chamar o barman, quando senti alguém encostar em mim. Tentei me afastar, mas o lugar estava lotado, então me encolhi um pouco, colocando os braços na lateral do corpo. Bem baixinho, ouvi uma voz no meu ouvido.

De um modo esquisito, brega, como-se-tivesse-saído-diretamente-de-um-dos-romances-de-minha-mãe, a voz disse:

— Ah. Então nos encontramos novamente.

Virei só um pouco a cabeça e, bem ali, praticamente em cima de mim, estava o cara da concessionária. Ele vestia uma camiseta vermelha de uma marca de sabão em pó — NÃO É SÓ FRESCOR: É O FRESCOR DA MONTANHA, ela proclamava — e estava sorrindo para mim.

— Ai, meu Deus — exclamei.

— Não, é Dexter — ele disse, estendendo a mão para mim. Ignorei. Olhei para trás em busca de Chloe, mas vi que ela tinha sido abordada por um cara de camisa xadrez que eu não sabia quem era.

— Duas cervejas! — gritei para o barman, que finalmente havia me visto.

— Três! — berrou o tal Dexter.

— Você não está comigo — eu disse.

— Tecnicamente, não — ele disse, dando de ombros. — Mas isso pode mudar.

— Olha só — eu disse, enquanto o barman colocava três copos de plástico na minha frente. — Eu não...

— Você ainda está com o meu número — ele disse, me interrompendo e pegando uma das cervejas. Colocou uma nota de dez sobre o balcão, o que o redimia, mas não muito.

— Não deu tempo de lavar.

— Você ficaria impressionada se eu dissesse que tenho uma banda?

— Não.

— Nem um pouco? — ele perguntou, arregalando os olhos. — Nossa, pensei que as gatinhas adorassem músicos.

— Em primeiro lugar, não me chame de "gatinha" — retruquei, pegando minha cerveja. — E em segundo lugar, tenho uma regra inquebrável sobre músicos.

— E qual é?

Virei as costas para ele e comecei a abrir caminho com os cotovelos pela multidão, na direção de Chloe.

— Nada de músicos.

— Eu posso escrever uma música pra você — ele ofereceu, indo atrás de mim. Eu andava tão rápido que estava derramando as cervejas. E mesmo assim ele conseguia me acompanhar.

— Não quero música nenhuma.

— Todo mundo quer uma música!

— Eu não. — Dei um tapinha no ombro de Chloe e ela se virou. Estava fazendo charme, olhos arregalados e rosto corado. Entreguei a cerveja e disse: — Vou procurar a Jess.

— Já estou indo — ela disse, acenando para o cara com quem estava falando.

O músico louco continuava atrás de mim, falando sem parar.

— Acho que você gosta de mim — ele concluiu enquanto eu pisava no pé de alguém, provocando um grito. Segui em frente.

— Não mesmo — respondi, finalmente vendo Jess em uma mesa no canto, a cabeça apoiada na mão, parecendo entediada. Quando me viu, fez um sinal como se perguntasse "O que é isso?", e sacudi a cabeça.

— Quem é esse cara? — Chloe perguntou atrás de mim.

— Ninguém — afirmei.

— Dexter — ele respondeu, virando-se um pouco para estender a mão a ela enquanto ainda me acompanhava. — Tudo bem?

— Tudo — ela disse, um pouco constrangida. — Remy?

— Continue andando — eu disse olhando para trás, enquanto desviava de dois caras com dreads no cabelo. — Ele vai acabar perdendo o interesse.

— Ah, garota de pouca fé — ele disse alegremente. — Só estou começando.

Chegamos à mesa em bando: eu; Dexter, o músico; e Chloe. Eu estava sem fôlego, ela parecia confusa, mas ele simplesmente sentou ao lado de Jess, estendendo a mão.

— Oi — ele disse. — Estou com elas.

Jess olhou para mim, mas eu estava cansada demais para fazer qualquer coisa além de sentar e tomar um gole de cerveja.

— *Eu* estou com elas — ela disse. — Mas não estou com você. Como isso é possível?

— Na verdade, é uma história interessante — ele respondeu.

Ninguém falou nada por um minuto. Finalmente, eu resmunguei e disse:

— Nossa, gente, agora ele vai *contar* a história!

— Foi assim — ele começou a falar, recostando-se no sofá. — Eu estava em uma concessionária hoje e vi uma menina. Foi um lance que rolou através de uma sala lotada. Um momento especial, sabem?

Revirei os olhos. Chloe perguntou:

— E essa menina era a Remy?

— Isso. Remy — ele disse, repetindo meu nome com um sorriso. Depois, como se fôssemos um casal feliz em lua de mel recontando nossa história para estranhos, ele acrescentou: — Quer contar a próxima parte?

— Não — respondi categoricamente.

— Então — ele continuou, batendo na mesa para dar ênfase e fazendo todas as bebidas pularem. — Acontece que sou um cara impulsivo. De ação. Fui até lá, sentei ao lado dela e me apresentei.

Chloe olhou para mim, sorrindo.

— Sério? — ela perguntou.

—Você pode ir embora agora? — pedi assim que a música parou e começou um barulho no palco, seguido de alguém dizendo "Testando, testando".

— O dever me chama — ele disse, levantando. Empurrou o copo de cerveja pela metade na minha direção e perguntou: — Vejo você mais tarde?

— Não.

— Tudo bem, então! Até mais tarde. — Depois saiu, desaparecendo no meio da multidão. Ficamos ali sentadas por um instante. Terminei de tomar a cerveja, fechei os olhos e levantei o copo, pressionando-o junto à têmpora. Como eu podia já estar exausta?

— Remy — Chloe disse finalmente, querendo dar uma de espertinha. —Você está escondendo coisas da gente.

— Não estou — eu disse. — Foi só isso. Tinha esquecido completamente.

— Ele fala demais — Jess concluiu.

— Gostei da camiseta — Chloe afirmou. — Ele tem um estilo interessante.

Naquele exato momento, Jonathan sentou ao meu lado.

— Oi — ele disse, colocando a mão na minha cintura. Depois pegou a cerveja do músico louco, achando que era minha, e deu um gole grande. Eu o teria interrompido, mas o simples fato de ter feito aquilo era parte do nosso problema. Eu odiava quando os caras agiam como se eu fosse propriedade deles, e Jonathan fazia isso desde o início. Ele era do meu ano e parecia um cara legal, mas assim que começamos a namorar quis que todos ficassem sabendo, e aos poucos começou a abusar dos limites. Fumava meus cigarros, quando eu ainda não tinha parado. Usava meu celular toda hora sem pedir. Ficava confortável demais no meu carro, o que deve ter sido o alerta derradeiro. Não suporto que ninguém mexa nas configurações do som ou nas moedas no cinzeiro, mas Jonathan ainda insistia em *dirigir*, mesmo com seu longo histórico de batidas bobas e multas por excesso de velocidade. A parte mais idiota é que eu deixava, corando como se estivesse apaixonada (improvável) ou com tesão (mais provável). Ele esperava que eu andasse no banco do passageiro no meu próprio carro, para sempre. E isso levava a mais "comportamento de Ken" — ou seja, de supernamorado —, como me agarrar em público e beber a cerveja que ele achava ser minha sem pedir.

— Preciso voltar pra casa rapidinho — ele disse, perto do meu ouvido. Tirou a mão da minha cintura e a colocou no meu joelho. —Vamos comigo?

Concordei, e ele terminou de tomar a cerveja, depois bateu o copo na mesa. Jonathan exagerava nas festas, outra coisa com a qual eu não lidava muito bem. Eu também bebia. Mas ele bebia *demais*. Chegava a vomitar. Nos seis meses em que estivemos juntos, passei um bom período das festas na porta do banheiro, esperando ele sair para podermos ir embora. Não era legal.

Ele levantou, tirando a mão do meu joelho e envolvendo meus dedos com os dele.

— Já volto — eu disse a Jess e Chloe quando alguém passou entre nós e Jonathan finalmente teve que me soltar devido à multidão que nos separava.

— Boa sorte — Chloe disse. — Não acredito que você deixou Jonathan beber a cerveja daquele cara.

Eu me virei e o vi olhando para mim, impaciente.

— Mal sabe ele... — Jess disse em voz baixa, e Chloe riu.

— Tchau — eu disse, abrindo caminho pela multidão. Jonathan me aguardava com o braço estendido, para segurar minha mão de novo.

— Certo, olha só... — eu disse, me afastando. — Precisamos conversar.

— Agora?

— Agora.

Ele suspirou e sentou na cama, deixando a cabeça bater na parede.

— Tudo bem — disse, como se estivesse concordando com o dentista em fazer um tratamento de canal. — Pode falar.

Puxei os joelhos para cima da cama e ajeitei minha regata. "Passar em casa pra pegar uma coisa" logo havia se transformado em "dar alguns telefonemas" e logo ele estava me agarrando, me jogando em cima dos travesseiros antes mesmo que eu pudesse começar a prepará-lo para o fora. Mas agora ele estava prestando atenção.

— O negócio é o seguinte — comecei —, as coisas estão realmente começando a mudar pra mim.

Era assim que eu preparava o caminho. Tinha aprendido, no

decorrer dos anos, que havia uma série de técnicas para terminar um relacionamento. As reações eram diversas: alguns caras ficavam indignados e irritados, alguns resmungavam e choravam, outros agiam com indiferença e frieza, como se você já estivesse indo tarde. Eu imaginava que Jonathan fazia parte desse último grupo, mas não dava para ter certeza.

— Bem — continuei —, eu andei pensando que...

Então o telefone tocou, um som agudo, e perdi a chance novamente. Jonathan pegou o aparelho.

— Alô? — Seguiram-se uma série de "hum-hum" e alguns "é", e ele levantou, atravessou o quarto e entrou no banheiro, ainda murmurando.

Passei os dedos pelo cabelo, odiando a dificuldade para encontrar o momento certo a noite toda. Ainda ouvindo a voz de Jonathan, fechei os olhos e alonguei os braços acima da cabeça, depois coloquei os dedos na lateral do colchão, perto da parede. E senti alguma coisa.

Quando Jonathan finalmente desligou, deu uma olhada no espelho e voltou para o quarto, eu estava lá sentada, de pernas cruzadas, com uma calcinha vermelha esticada ao meu lado. (Eu a peguei usando um lenço de papel, até parece que ia tocar naquilo.) Ele veio andando todo confiante, mas ao ver a calcinha parou de repente.

— Huuumptz — ele disse, ou algo do tipo, perdendo o ar, mas rapidamente se acalmando. — Ei, hum, o que...

— O que é isso? — perguntei com a voz firme.

— Não é sua?

Olhei para o teto, balançando a cabeça. Até parece que eu usaria uma calcinha vermelha de poliéster barato. Eu tinha meus padrões. Ou não tinha? Olha só com quem tinha desperdiçado os últimos seis meses.

— Há quanto tempo? — perguntei.
— O quê?
— Há quanto tempo você está me traindo?
— Não foi...
— Há quanto tempo? — repeti, enfatizando cada palavra.
— Eu não...
— *Há quanto tempo?*

Ele engoliu em seco e, por um instante, foi o único som que se ouviu no quarto. Então ele disse:

— Só algumas semanas.

Pressionei as têmporas com os dedos. Era só o que me faltava. Eu não só havia sido traída, mas outras pessoas deviam saber, o que me transformava em vítima, a coisa que eu mais detestava no mundo. Coitadinha da Remy. Eu queria matá-lo.

— Você é um cretino — eu disse. Ele estava todo vermelho, trêmulo, e me dei conta de que ele seria um dos que resmungam ou choram, caso as coisas tivessem acontecido de outra maneira. Incrível. Era mesmo impossível saber.

— Remy. Me deixa explicar... — Jonathan estendeu o braço, tocando no meu, mas pela primeira vez fui capaz de fazer o que queria e puxei o braço de volta, como se ele tivesse me queimado.

— Não toque em mim — avisei. Peguei minha jaqueta, amarrei-a na cintura e saí do quarto, com Jonathan cambaleando atrás de mim. Bati todas as portas conforme passava pela casa e cheguei ao lado de fora com tanto ímpeto que, quando me dei conta, já estava diante da caixa de correio. Sabia que ele me observava enquanto eu ia embora, mas não me chamou nem disse nada. E eu não queria que ele fizesse isso, nem mesmo esperava. Mas a maioria dos caras teria pelo menos a decência de tentar.

Então agora eu estava caminhando pelo bairro dele, extremamente irritada, sem carro, em plena noite de sexta-feira. Minha primeira sexta-feira como adulta, fora da escola, no Mundo Real. Que ótimas boas-vindas.

— Onde você se meteu? — Chloe perguntou quando consegui voltar ao Bendo, com a ajuda do transporte público, uns vinte minutos depois.

—Você não vai acreditar... — comecei a explicar.

— Agora não. — Ela pegou meu braço, me puxando pela multidão e me levando de volta para fora, onde vi Jess dentro do carro, com a porta do motorista aberta. — Temos um problema.

Quando nos aproximamos, demorei para ver Lissa. Ela estava encolhida no banco de trás, segurando um monte de papel-toalha grosso, típico de banheiros públicos, restaurantes e escolas. Seu rosto estava vermelho e molhado de lágrimas, e ela soluçava.

— O que aconteceu? — perguntei, abrindo a porta de trás e sentando ao lado dela.

— Adam te-terminou co-comigo — ela disse. — Ele simplesmente me la-largou.

— Meu Deus — eu disse enquanto Chloe sentava no banco da frente e batia a porta. Jess, já virada para nós, olhou para mim e sacudiu a cabeça.

— Quando?

Lissa respirou fundo, depois desatou a chorar novamente.

— Eu nem... — ela murmurou, secando o rosto com o papel-toalha. — Eu nem consigo...

— Hoje à noite, depois que ela o buscou no trabalho — Chloe disse para mim. — Lissa o levou pra casa para tomar um banho, e ele falou ali mesmo. Sem aviso. Nada.

— Eu tive que pa-passar pelos *p-pais* dele — Lissa acrescentou, fungando. — E eles sabiam. Olharam pra mim como se eu fosse um c-cachorro chutado.

— O que ele disse? — perguntei.

— Ele disse — Chloe contou, claramente no papel de porta-voz — que precisava de liberdade porque era verão, a escola tinha chegado ao fim e ele não queria que nenhum dos dois perdesse oportunidades na faculdade. Queria garantir que eles...

— A-a-aproveitassem a vida ao máximo — Lissa finalizou, secando os olhos.

— Cretino — Jess resmungou. — Você está melhor sem ele.

— Eu a-a-mo ele! — Lissa gemeu, e eu a abracei.

— Está tudo bem — eu disse.

— Eu não fazia ideia — ela disse, respirando fundo e estremecendo ao soltar o ar, soltando o papel-toalha que estava segurando. — Como é que eu nem desconfiei?

— Lissa, você vai ficar bem — Chloe disse a ela em tom suave.

— É como se eu fosse o Jonathan — ela disse, soluçando e se apoiando em mim. — Nós estávamos vivendo a vida, pegando as roupas na lavanderia...

— Quê? — Jess questionou.

— ... alheios — Lissa continuou — ao fato de que à n-n-noite seríamos *ch-chutados*.

— Falando nisso — Chloe virou para mim —, como foi?

— Nem pergunte — respondi.

Lissa estava se desfazendo em lágrimas, com o rosto enterrado no meu ombro. Pelo vidro do carro, dava para ver que o Bendo estava lotado, com fila na porta.

—Vamos sair daqui — eu disse a Jess, e ela concordou. — Esta noite foi uma droga.

Chloe se afundou no banco do passageiro, apertando o acendedor de cigarros do carro enquanto Jess ligava o motor. Lissa assoou o nariz no papel-toalha que entreguei a ela, depois começou uma série de soluços pequenos e rápidos, se encolhendo junto a mim. Quando saímos com o carro, acariciei a cabeça dela, sabendo o quanto estava magoada. Não tem nada pior do que a primeira vez.

Tivemos que parar para outra rodada de refrigerante. Depois Chloe foi embora, e Jess foi me deixar em casa junto com Lissa.

Estávamos quase na entrada do bairro quando ela desacelerou de repente e disse, em voz baixa, para mim:

— Olha o Adam ali.

Virei para a esquerda e confirmei: Adam e seus amigos estavam no estacionamento em frente ao Coffee Shack. O que realmente me incomodou foi que estava *sorrindo*. Cretino.

Olhei para trás, mas Lissa estava com os olhos fechados, deitada no banco de trás, ouvindo o rádio.

— Vamos lá — eu disse para Jess. Virei para trás. — Liss?

— Hum? — ela disse.

— Fique quietinha, tudo bem? Fique abaixada.

— Tudo bem — ela respondeu, sem entender direito.

Nos aproximamos. Jess perguntou:

— Você ou eu?

— Eu — respondi, tomando o último gole da bebida. — Estou precisando disso hoje.

Jess acelerou um pouco mais.

— Está pronta? — ela me perguntou.

Confirmei, equilibrando a Zip diet na mão. Perfeito.

Jess pisou fundo no acelerador. Quando Adam olhou na nossa direção, já era tarde demais.

Não foi meu melhor momento. Mas também não foi ruim. Conforme passávamos em alta velocidade, o copo girou no ar, parecendo não ter peso. Atingiu Adam bem atrás da cabeça, derramando uma onda de refrigerante e gelo nas suas costas.

— Merda! — ele gritou depois que passamos. — Lissa! Droga! Remy! Sua vaca!

Ele ainda estava gritando quando o perdi de vista.

Depois de um pacote e meio de Oreo, quatro cigarros e lenços de papel suficientes para toda a população mundial, finalmente consegui fazer Lissa ir para a cama. Ela apagou de imediato, as pernas entrelaçadas no edredom.

Peguei um cobertor, um travesseiro, entrei no closet e deitei no chão. De onde eu estava, dava para ver Lissa, e me certifiquei de que ela dormia profundamente ao empurrar a pilha de caixas de sapato que eu deixava no canto e tirar o embrulho que escondia lá.

A noite tinha sido tão ruim. Eu não fazia aquilo sempre, mas às vezes era necessário. Ninguém sabia.

Me encolhi, cobri a cabeça com o cobertor e abri a toalha dobrada, pegando meu discman. Coloquei fones de ouvido, apaguei a luz e pulei para a faixa sete. Havia uma claraboia no closet, e se eu ficasse na posição certa a luz da lua recaía sobre mim. Às vezes dava até para ver as estrelas.

A música começou devagar. Um pouco de violão, só alguns acordes. Então uma voz, aquela que eu conhecia tão bem. A letra que eu sabia de cabeça. Ela era importante para mim. Ninguém precisava saber. Mas era.

Esta canção de ninar
Tem poucas palavras
Apenas alguns acordes
Neste quarto vazio

Mas você pode ouvir e ouvir
Aonde quer que vá
Vou te decepcionar
Mas esta canção vai continuar a tocar...

Eu ia adormecer ouvindo aquilo, ouvindo a voz dele. Sempre funcionava. Toda vez.

3

— Aiiiiiiiiii!

— Filho da mãe!

— Caramba!

Na sala de espera, duas moças que aguardavam para fazer a unha se entreolharam, depois olharam para mim.

— Depilação da virilha — expliquei.

— Ah — disse uma delas, voltando para sua revista. A outra simplesmente ficou ali parada, ouvidos afiados como um cão de caça, esperando o próximo grito. Não demorou muito para a sra. Michaels soltar:

— Cacetada! — A sra. Michaels era esposa do pastor local, e amava Deus quase tanto quanto amava um corpo sem pelos. Em um ano de trabalho no salão Joie, ouvi mais xingamentos provenientes da sala dos fundos, onde Talinga trabalhava com a cera, do que de todas as outras juntas. E isso incluía manicures ruins, cortes de cabelo malfeitos e até uma mulher que ficou extremamente agitada com um tratamento corporal com algas que a deixou verde como limão.

O Joie não era um salão ruim. Só que não era possível agradar todo mundo, principalmente mulheres, quando se tratava de aparência. Era por isso que Lola, a dona, tinha me dado um aumento, na esperança de que, talvez, apenas talvez, eu desistisse de ir para Stanford e ficasse na recepção para sempre, mantendo as pessoas sob controle.

Eu havia arrumado o emprego porque queria um carro. Minha mãe tinha me oferecido o antigo Camry dela, com planos de comprar um novo para si. Mas, para mim, era importante fazer aquilo sozinha. Amava minha mãe, mas tinha aprendido havia muito tempo a não fazer mais acordos com ela do que o necessário. Seus caprichos eram lendários, e eu podia imaginá-la pegando o carro de volta quando decidisse que não estava mais feliz com o novo.

Então esvaziei minha poupança — formada ao longo de um bom tempo com dinheiro que ganhei trabalhando como babá ou de presente de Natal — e fiz uma boa pesquisa sobre novos modelos antes de ir às concessionárias. Discuti, negociei, blefei e aguentei tanta bobagem dos vendedores que quase tive um treco, mas, no fim, consegui o carro que queria: um Civic novo automático com teto solar, a um preço muito diferente do roubo sugerido pela montadora para o varejo. No dia em que fui buscar o veículo, dirigi até o Joie e preenchi uma ficha, pois tinha visto uma placa que dizia PRECISA-SE DE RECEPCIONISTA na frente uma semana antes. De uma hora para a outra, eu tinha prestações de um carro para pagar e um emprego, antes mesmo de começar o segundo ano do ensino médio.

Agora o telefone tocava e a sra. Michaels saía da sala de depilação. No início, eu me surpreendia com o estado em que as pessoas ficavam logo depois: como vítimas da guerra ou de um incêndio. Ela andou com o corpo duro — depilação da virilha era especialmente brutal — até minha mesa.

— Salão Joie — eu disse ao telefone. — Remy falando.

— Remy, aqui é Lauren Baker — a mulher do outro lado da linha disse com a voz apressada. A sra. Baker sempre parecia frágil e ofegante. — Você *precisa* me encaixar para fazer a unha hoje. Carl arrumou um cliente importante e vamos no La Corolla. Eu pintei a mesinha de centro esta semana e minhas mãos estão simplesmente...

— Um segundo, por favor — eu disse no meu tom de voz profissional, direto ao ponto, e apertei o botão de espera. À minha frente, a sra. Michaels fez cara feia ao pegar a carteira, deslizando um cartão de crédito dourado na minha direção. — Ficou setenta e oito.

Ela assentiu e eu passei o cartão, devolvendo-o em seguida. Seu rosto estava vermelho, a área ao redor das sobrancelhas praticamente em carne viva. Ai. Ela assinou o canhoto, depois olhou para sua imagem no espelho atrás de mim, fazendo uma careta.

— Minha nossa — ela disse. — Acho que não posso ir ao correio com essa cara.

— Bobagem! — Talinga, a depiladora, disse ao passar. Ela fingiu ter um bom motivo, mas na verdade estava lá só para garantir que a gorjeta da sra. Michaels fosse boa. — Ninguém vai notar. Vejo você mês que vem, certo?

A sra. Michaels acenou e saiu, ainda andando com o corpo duro. Quando chegou à calçada, Talinga pegou a gorjeta, deu uma olhada nas notas e fez *humpf* antes de se jogar numa cadeira e cruzar as pernas para aguardar a próxima cliente.

— Sra. Baker? — eu disse depois de apertar o botão da linha um. Dava para ouvir sua respiração rápida mesmo antes de ela começar a falar. — Posso encaixar você às três e meia, mas precisa chegar na hora, porque a Amanda tem uma cliente às quatro que nunca atrasa.

— Às três e meia? — a sra. Baker disse. — Sabe, mais cedo seria melhor, na verdade, porque tenho uma...

— Às três e meia — repeti, enfatizando as vogais. — É pegar ou largar.

Fez-se uma pausa. Ouvi uma respiração ansiosa, então ela disse:
— Estarei aí.
— Certo. Até mais tarde.

Desliguei o telefone, anotando o nome dela na agenda. Talinga olhou para mim e disse:

—Você é durona, garota.

Dei de ombros. A verdade era que eu conseguia lidar com aquelas mulheres porque a maioria delas tinha aquela mentalidade eu-eu-eu, de gente acostumada a ter tudo na mão, na qual eu era bem versada por causa da minha mãe. Elas queriam burlar as regras, conseguir coisas de graça, atropelar o horário das outras e, ainda assim, ser amadas por todos. Eu era boa no trabalho porque tinha toda uma vida de experiência.

Em uma hora, atendi as duas mulheres que esperavam para fazer a unha, pedi o almoço da Lola, fiz a contabilidade do dia anterior e, entre duas depilações de sobrancelha e uma de axila, ouvi todos os detalhes sórdidos do último e desastroso encontro arranjado de Talinga. Perto das duas, as coisas ficaram mais calmas e eu estava só sentada à minha mesa, tomando uma coca diet e olhando para o estacionamento.

O Joie ficava num centro comercial chamado Mayor's Village. Era todo de concreto, na beira da estrada, mas havia um jardim com algumas árvores e uma fonte para que parecesse um pouco mais sofisticado. À nossa direita ficava o Mayor's Market, que vendia produtos orgânicos caros. Havia também o Jump Java, uma cafeteria, assim com uma locadora de vídeo, um banco e um lugar que revelava fotos em uma hora.

Enquanto olhava para fora, vi um furgão branco e surrado parar no estacionamento, em uma vaga perto da Gone to the Birds, especializada em alimentos para pássaros. As portas da frente e da lateral estavam abertas e três caras saíram, todos mais ou menos da minha idade, usando camisa social, gravata e jeans. Reuniram-se por um instante, discutindo alguma coisa, depois se separaram, cada um entrando em uma loja. Um baixinho ruivo de cabelo cacheado veio na nossa direção, colocando a camisa dentro da calça ao se aproximar.

— Ah, droga — eu disse. — Lá vêm os mórmons. — Embora tivéssemos uma placa bem legal na janela que dizia FAVOR NÃO IMPORTUNAR OS CLIENTES, eu sempre tinha que expulsar pessoas vendendo chocolate ou bíblias. Tomei um gole de refrigerante, me preparando, quando o sino da porta tocou e ele entrou.

— Oi — ele disse, indo direto na minha direção. Era bem sardento, como a maioria dos ruivos, mas seus olhos eram de um verde-escuro bonito e seu sorriso era agradável. Vista de perto, a camisa social tinha uma mancha no bolso e parecia ser de uma loja de segunda mão. Além disso, a gravata era de prender.

— Oi — eu disse. — Posso ajudar?

— Queria saber se vocês estão com alguma vaga aberta.

Olhei para ele. Não havia nenhum homem trabalhando no Joie. Não era uma restrição de Lola, mas, francamente, o trabalho não interessava à maioria deles. Tivemos um cabeleireiro, Eric, mas no início do ano ele tinha ido para o Sunset, nosso maior concorrente, levando nossa melhor manicure junto. Desde então, era só estrogênio, o tempo todo.

— Não — respondi. — Não estamos.

— Tem certeza?

— Absoluta.

Ele não pareceu convencido, mas ainda estava sorrindo.

— Será... — ele disse, jogando charme — que eu poderia preencher uma ficha para o caso de abrir alguma vaga?

— É claro — respondi, abrindo a última gaveta, onde ficavam as fichas de inscrição. Peguei uma e entreguei a ele, junto com uma caneta.

— Obrigado — ele disse. Sentou no canto, perto da janela. Eu o observei escrevendo o nome no alto com letra de forma e depois franzindo a testa ao contemplar as perguntas.

— Remy — Lola chamou, entrando na sala de espera —, recebemos aquela encomenda da Redken?

— Ainda não — respondi. Lola era uma mulher grande que usava roupas justas e brilhantes. Ela tinha uma risada imensa, para combinar com sua figura, e inspirava tanto respeito e temor em suas clientes que ninguém aparecia para cortar o cabelo com fotos ou outras referências: simplesmente a deixavam decidir. Ela olhou para o cara sentado no canto.

— O que você está fazendo aqui? — perguntou.

Ele levantou os olhos, nem um pouco alarmado. Era admirável.

— Estou me candidatando a uma vaga — ele respondeu.

Ela olhou para ele de cima a baixo.

— Essa gravata é de prender?

— É sim, senhora — ele disse, confirmando.

Lola olhou para mim, depois voltou a olhar para ele e caiu na gargalhada.

— Ai, meu Deus, olha só esse garoto. E você quer trabalhar pra mim?

— Sim. Quero. — Ele era tão educado que dava para ver que ganharia pontos com Lola rapidamente. Ela valorizava muito o respeito.

— Você sabe fazer unha?

Ele parou para pensar.

— Não. Mas aprendo rápido.

— Sabe depilar virilhas?

— Não.

— Cortar cabelo?

— Não, isso eu não sei mesmo.

Ela inclinou a cabeça, sorrindo para ele.

— Querido, você é inútil.

Ele assentiu.

— Minha mãe sempre disse isso — afirmou. — Mas eu toco em uma banda, e todos os integrantes precisam arrumar emprego hoje, então estou tentando de tudo.

Lola riu novamente. A risada parecia ter subido de seu estômago, borbulhando.

— Você tem uma banda?

— Sim. Acabamos de chegar da Virginia para passar o verão aqui. Todos precisamos trabalhar durante o dia, então viemos até aqui e nos separamos.

Então não eram mórmons, pensei. Eram músicos. Pior ainda.

— O que você toca? — Lola perguntou.

— Bateria.

— Como o Ringo?

— Isso mesmo. — Ele sorriu, e acrescentou em voz baixa: — Sabe, sempre colocam o ruivo no fundo. Senão todas as meninas cairiam em cima de mim.

Lola caiu na gargalhada, tão alto que Talinga e Amanda apareceram no corredor.

— O que foi? — Amanda perguntou.

— Minha nossa, é uma gravata de prender? — Talinga indagou.

— Olha só — Lola disse, recobrando o fôlego —, não temos nada para você aqui. Mas vamos até a cafeteria que te ajudo a arrumar um trabalho. Aquela garota me deve um favor.

— Sério?

Ela fez que sim com a cabeça.

— Vamos logo. Não tenho o dia todo.

Ele levantou em um salto, deixando cair a caneta que ainda tinha nas mãos. Abaixou para pegá-la e me devolveu a ficha de inscrição.

— Obrigado — ele disse.

— De nada.

—Vamos, Ringo! — Lola gritou da porta.

Ele deu um pulo, sorrindo, aproximou-se um pouco mais e me disse:

— Sabe, ele ainda fala de você.

— Quem?

— Dexter.

É claro. Que sorte! Era a banda dele.

— Por quê? — perguntei. — Ele nem me conhece.

— Não importa — ele afirmou, dando de ombros. — Você é um desafio. Ele nunca vai desistir.

Fiquei ali sentada, indignada. Ridículo.

Ele não pareceu notar. Bateu a mão na mesa, como se tivéssemos feito um acordou ou algo do tipo, antes de acompanhar Lola.

Quando saíram, Talinga olhou para mim e perguntou:

—Você conhece o garoto?

— Não — respondi, pegando o telefone que tocava novamente. Mundo pequeno, cidade pequena. Era apenas uma coincidência.

— Não conheço.

Fazia uma semana desde que eu e Jonathan havíamos terminado e eu mal havia pensado nele, em Dexter, o músico, ou em qualquer coisa além do casamento da minha mãe. A distração vinha a calhar, mas eu não admitiria em voz alta.

Jonathan tinha ligado várias vezes no início, mas depois de um tempo simplesmente parou, sabendo que eu nunca voltaria para ele. Chloe me fez enxergar que eu realmente havia conseguido o que queria: minha liberdade. Só não tinha sido do jeito que eu queria. E ainda me incomodava o fato de ter sido traída. Era o tipo de coisa que me fazia acordar à noite, irritada, sem conseguir lembrar dos sonhos.

Por sorte, eu também tinha que lidar com Lissa. Ela havia passado a semana anterior em total negação, certa de que Adam mudaria de ideia. Tudo o que podíamos fazer era frustrar seu impulso de telefonar/ dar uma passada/ ir ao trabalho dele, o que sabíamos que só pioraria as coisas. Se ele quisesse vê-la, que fosse atrás dela. Se quisesse voltar, ela tinha que fazer Adam se esforçar para isso.

E o casamento já estava logo aí. Saí cedo do trabalho, às cinco, e fui para casa me arrumar para o jantar de ensaio. Ao chegar, percebi que a casa estava exatamente como eu a havia deixado. Um caos.

— Mas não tem como eles chegarem a tempo! — minha mãe estava berrando enquanto eu entrava e deixava as chaves sobre a mesa. — Eles precisam estar aqui em uma hora ou não vamos conseguir!

— Mãe — eu chamei, reconhecendo de imediato seu tom de voz de quem estava à beira de um ataque de nervos. — Calma.

— Eu compreendo — ela disse, ainda com a voz estridente. — Mas é meu casamento!

Olhei para a sala vazia, exceto por Jennifer Anne, sentada no sofá já vestida para o jantar, lendo um livro intitulado *Fazendo planos, construindo sonhos*, que tinha na capa a imagem de uma mulher pensativa. Ela olhou para mim e virou a página.

— O que está acontecendo? — perguntei.

— O serviço de limusine está tendo alguns problemas. — Ela ajeitou o cabelo. — Parece que um dos carros se envolveu em um acidente e o outro está preso no trânsito.

— Isso é simplesmente *inaceitável*! — minha mãe gritou.

— Onde está Chris?

Ela olhou para o teto.

— No quarto dele — disse. — Parece que alguns ovos se abriram. — Ela fez uma careta e voltou ao livro.

Meu irmão criava lagartos. No andar de cima, ao lado do seu quarto, onde antes era um closet, ele tinha uma série de aquários nos quais criava lagartos-monitores. Era difícil descrevê-los: menores que iguanas, maiores que lagartixas. Tinham a língua parecida com a de cobra e comiam pequenos grilos que sempre escapavam pela casa, saltavam pelas escadas e cantavam escondidos em sapatos dentro do armário. Ele tinha até uma incubadora, que mantinha no chão do quarto. Quando havia ovos lá dentro, ela funcionava em ciclos durante o dia todo, fazendo um clique suave para manter a temperatura necessária para que os bebês se desenvolvessem até chegar à maturidade.

Jennifer Anne odiava lagartos. Eles eram, na verdade, o único ponto de impasse na transformação que ela provocou em Chris, a única coisa da qual ele não abriria mão por ela. Como resultado, Jennifer Anne se recusava a chegar perto do quarto dele. Sempre que estava em casa, ficava no sofá ou sentada à mesa da cozinha, normalmente lendo algum livro motivacional e suspirando alto o bastante para todos ouvirem — à exceção de Chris, que normalmente estava no andar de cima, cuidando dos animais.

Mas, no momento, eu tinha problemas mais sérios.

— Eu compreendo — minha mãe disse, quase às lágrimas —, mas o que você não está ouvindo é que tenho cem pessoas esperando por mim no Hilton e não vou estar lá!

— Ei, ei, ei — eu disse, chegando por trás dela e aproximando a mão do telefone com cuidado. — Mãe. Deixa eu falar com eles.

— É um absurdo! — ela bradou, mas me deixou pegar o fone. — É...

— Mãe — eu disse com calma —, pode terminar de se arrumar. Eu cuido disso. Tudo bem?

Ela simplesmente ficou ali parada por um segundo, piscando. Já estava de vestido, com a meia-calça na mão. Sem maquiagem, sem joias. O que significava mais uns bons vinte minutos, com sorte.

— Tudo bem — ela disse, como se estivesse me fazendo um favor. — Vou lá pra cima.

— Certo. — Eu a vi sair da sala, passando a mão no cabelo. Quando ela se foi, coloquei o fone no ouvido. — É o Albert?

— Não — respondeu a voz, desconfiada. — É o Thomas.

— O Albert está?

— Só um minuto. — Ouvi um ruído abafado, a mão de alguém tampando o fone. Depois:

— Alô?

— Albert, é a Remy Starr.

— Oi, Remy! Olha, estamos com um problemão com os carros...

— Minha mãe está surtando.

— Eu sei, eu sei. Mas o Thomas estava tentando explicar para ela. Vamos fazer o seguinte...

Cinco minutos depois, subi as escadas e bati na porta da minha mãe. Quando entrei, ela estava sentada diante da penteadeira — exatamente igual, só tinha trocado de vestido e passava um pincel no rosto. Ah, progresso.

— Tudo resolvido — eu disse a ela. — Um carro vai estar aqui às seis. É um sedã, não uma limusine, mas está tudo acertado para amanhã, e é isso o que realmente importa. Certo?

Ela suspirou, colocando a mão sobre o peito, como se aquilo finalmente tivesse acalmado seu coração acelerado.

— Maravilha. Obrigada.

Sentei na cama dela, tirando o sapato, e olhei para o relógio. Eram cinco e quinze. Eu conseguia me arrumar em exatos dezoito minutos, incluindo secar o cabelo, então deitei e fechei os olhos.

Dava para ouvir os barulhos que minha mãe fazia para se aprontar: vidros de perfume tilintando, pincéis roçando, potinhos de cremes sendo remexidos sobre a superfície espelhada da penteadeira. Minha mãe já era glamorosa muito antes de ter motivos para tal. Sempre foi pequena e esguia, cheia de energia e propensa a explosões dramáticas: ela gostava de usar muitas pulseiras que retiniam quando mexia os braços, varrendo o ar ao falar. Mesmo quando era professora na faculdade local e a maioria de seus alunos ficava pescando depois de trabalhar o dia inteiro, ela se arrumava para a aula, com maquiagem completa, perfume e trajes de cores gritantes que eram sua marca registrada. Tingia o cabelo de preto agora que estava ficando grisalho, e o usava curto e liso, com franja volumosa. Com suas saias longas e esvoaçantes e seu corte de cabelo, poderia se passar por uma gueixa se não fosse tão barulhenta.

— Remy, querida — ela disse de repente, e dei um salto, percebendo que havia quase caído no sono. — Pode fechar para mim?

Levantei e fui até ela, pegando o colar que me entregou.

— Você está linda — eu disse. Era verdade. Ela estava usando um vestido vermelho decotado, brincos de ametista e o anel com um diamante enorme que Don tinha lhe dado. Cheirava a L'Air du Temps, que eu achava o perfume mais maravilhoso do mundo quando era pequena. A casa inteira estava com aquele cheiro: impregnava nas cortinas e nos tapetes como fumaça de cigarro, de forma obstinada e eterna.

— Obrigada, querida — ela disse quando fechei o colar. Olhando para nossa imagem no espelho, fiquei novamente impressionada com a pouca semelhança entre nós. Eu era loira e magra, ela tinha o cabelo mais escuro e mais curvas. Eu também não havia puxado ao meu pai. Não tinha muitas fotos dele quando jovem, mas nas que tinha visto ele sempre parecia meio largado, com visual de roqueiro da década de 60, de barba e cabelo comprido. Também parecia estar permanentemente chapado, o que minha mãe nunca contestava. *Ah, mas ele tinha uma voz tão linda*, ela dizia, agora que ele não estava mais entre nós. *Uma música e eu me rendi.*

Minha mãe se virou e pegou minhas mãos.

— Ah, Remy — ela disse, sorrindo. — Dá pra acreditar? Vamos ser tão *felizes*.

Assenti.

— Não é a primeira vez que subo ao altar — ela disse, virando de volta.

— Não — concordei, ajeitando uns fios de cabelo que haviam se soltado na parte de trás do penteado.

— Mas dessa vez parece real. Permanente. Você não acha?

Eu sabia o que ela queria que eu dissesse, mas hesitei. Aquele ritual, que eu lembrava de ter vivido ao lado dela duas vezes, parecia um filme ruim. Àquela altura, as outras madrinhas e eu encarávamos as cerimônias mais como reencontros de turma, onde ficávamos em um canto discutindo quem tinha engordado ou ficado careca desde o último casamento da minha mãe. Eu já não tinha mais nenhuma ilusão a respeito do amor. Ele vinha, ele ia, deixava vítimas ou não. As pessoas não eram feitas para ficar juntas para sempre, independentemente do que diziam as músicas. Eu estaria fazendo um favor a ela se pegasse os quatro álbuns de casamento guardados embaixo da cama e mostrasse as fotos, obrigando-a a ver as mesmas coisas, as mesmas pessoas, as mesmas poses com o bolo/ brinde com champanhe/ primeira dança que veríamos nas próximas quarenta e oito horas. Talvez ela fosse capaz de esquecer, tirar aqueles maridos e lembranças da frente. Mas eu não era.

Minha mãe ainda estava sorrindo para mim no espelho. Às vezes eu achava que, se ela pudesse ler minha mente, morreria. Ou ambas morreríamos.

— Dessa vez é diferente — ela disse, convencendo a si mesma.

— É claro, mãe — eu disse, colocando as mãos nos ombros dela. Eles me pareceram pequenos, de certo modo, de onde eu estava. — Com certeza.

No caminho do meu quarto, Chris pulou em cima de mim.

— Remy! Você precisa ver isso.

Olhei no relógio — cinco e meia — e o acompanhei até o quarto dos lagartos. Era apertado, e ele tinha que manter a temperatura alta o tempo todo, o que tornava aquilo semelhante a ficar preso num elevador que não levava a lugar nenhum.

— Olha — ele disse, pegando minha mão e me puxando para perto da incubadora. Estava sem tampa e dentro dela havia um pote cheio de uma coisa que parecia mofo. Em cima disso, três ovinhos. Um estava rachado, o outro estava meio mole e o terceiro tinha um pequeno buraco em cima.

— Ali — Chris sussurrou, apontando para o ovo com buraco.

— Chris — eu disse, olhando novamente no relógio. — Eu ainda nem tomei banho.

— Espere um pouco — ele pediu, cutucando o ovo novamente. — Vale a pena.

Agachamos ali, juntos. Minha cabeça estava começando a doer devido ao calor. Quando eu estava prestes a levantar, o ovo se mexeu. Ele balançou um pouco e então alguma coisa apareceu pelo buraco. Uma cabeça minúscula que, quando o ovo se quebrou, foi seguida por um corpo. Era escorregadio e viscoso, e tão pequeno que poderia caber na ponta do meu dedo.

— *Varanus tristis orientalis* — Chris disse, como se lançasse um feitiço. — Um lagarto-monitor pintado. Foi o único que sobreviveu.

O lagartinho parecia um pouco confuso, piscando e se movimentando com dificuldade. Chris estava radiante, como se tivesse acabado de criar o universo sozinho.

— É muito legal, não é? — ele disse quando o lagarto voltou a se mexer com seus pezinhos membranosos. — Somos a primeira coisa que ele viu.

O lagarto ficou olhando para nós, e nós ficamos olhando para ele, cada um compreendendo o outro. Era pequeno e indefeso, e eu já sentia pena dele. Tinha acabado de chegar a um lugar complicado. Mas não precisava saber disso. Ainda não. Lá, naquele quarto quente e apertado, o mundo ainda devia parecer pequeno o suficiente para encarar.

4

— E, finalmente, vamos brindar à filha de Barbara, Remy, que planejou e organizou todo este evento. Não teríamos conseguido sem ela. A Remy!

— A Remy! — todos repetiram em uníssono, olhando para mim antes de tomar mais champanhe.

— Agora — minha mãe disse, sorrindo para Don, que por sua vez não tirava o sorriso do rosto desde que o organista começou a tocar, duas horas antes —, por favor, divirtam-se!

O quarteto de cordas começou a tocar, minha mãe e Don se beijaram e eu finalmente pude respirar. A salada havia sido servida, e todos sentaram. Bolo: o.k. Enfeites de centro de mesa: o.k. Barman e bebidas: o.k. Esses e mais um milhão de outros detalhes resolvidos significavam que, depois de seis meses, dois dias e mais ou menos quatro horas, eu podia relaxar. Pelo menos por alguns minutos.

— Certo — eu disse a Chloe —, agora vou tomar um pouco de champanhe.

— Finalmente! — ela exclamou, empurrando uma taça na minha direção. Ela e Lissa estavam meio altas, coradas e risonhas o bastante para chamar atenção para nossa mesa mais de uma vez. Jennifer Anne, sentada à minha esquerda com Chris, estava bebendo água com gás e nos observando de cara feia.

— Bom trabalho, Remy — Chris disse, espetando um tomate e colocando na boca. — Você realmente fez com que tudo fosse perfeito para a mamãe.

— A partir de agora ela está por conta própria — eu disse. — Da próxima vez, pode ir para Las Vegas e casar diante de um sósia do Elvis. Estou fora.

Jennifer Anne ficou boquiaberta.

— Da próxima vez? — ela perguntou, chocada. Depois olhou para minha mãe e Don, que estavam na mesa principal, comendo de mãos dadas. — Remy, é um *casamento*. Diante de Deus. É para sempre.

Chris e eu olhamos para ela. Do outro lado da mesa, Lissa arrotou.

— Ai, meu Deus — ela disse quando Chloe começou a gargalhar. — Desculpem.

Jennifer Anne revirou os olhos, claramente ofendida por dividir a mesa com um bando de gente grossa e cética.

— Christopher — ela era a única pessoa que o chamava assim —, vamos tomar um ar.

— Mas eu ainda estou comendo a salada — ele respondeu, com molho no queixo.

Jennifer Anne pegou o guardanapo dela e o dobrou com delicadeza. Já havia terminado a salada e deixado os talheres cruzados no meio, indicando ao garçom que o prato podia ser retirado.

— É claro — Chris disse, levantando. — Ar. Vamos.

Quando eles saíram, Chloe pulou duas cadeiras e veio sentar mais perto de mim, seguida de maneira desajeitada por Lissa. Jess não estava, precisara ficar em casa com o irmão mais novo que estava com faringite. Por mais quieta que ela fosse, eu sempre tinha a sensação de que perdíamos o equilíbrio quando ela não estava por perto, como se lidar com Lissa e Chloe sozinha fosse demais para mim.

— Cara — Lissa disse enquanto Jennifer Anne levava Chris para o saguão, sem parar de falar —, ela odeia a gente.

— Não — eu disse, tomando outro gole de champanhe. — Sou eu que ela odeia.

— Ah, pode parar — Chloe disse, mexendo na salada.

— Por que ela te odiaria? — Lissa perguntou, voltando a virar o copo. Seu batom estava borrado de um jeito engraçado.

— Porque ela acha que sou uma pessoa ruim — eu disse. — Vou contra tudo em que acredita.

— Não é verdade! — ela exclamou, ofendida. — Você é uma pessoa *maravilhosa*, Remy.

Chloe riu.

— Não vamos exagerar.

— Ela é! — Lissa disse, alto o suficiente para que alguns colegas de Don da concessionária na mesa ao lado olhassem para nós.

— Não sou maravilhosa — eu disse, apertando o braço de Lissa. — Mas sou um pouco melhor do que costumava ser.

— Com isso eu concordo — Chloe disse, jogando o guardanapo sobre o prato. — Você não fuma mais.

— Certo — concordei. — E raramente bebo até cair.

Lissa assentiu.

— Isso também é verdade.

— E, para terminar — eu disse, tomando o resto da bebida —, não estou dormindo com *tantos* caras quanto costumava.

— Isso, isso — Chloe disse, levantando a taça para fazer um brinde. — Atenção, Stanford — ela alertou, sorrindo para mim. — Remy agora é quase uma santa.

— Santa Remy — eu disse, experimentando a bebida. — Acho que gostei.

O jantar estava bom. Ninguém além de mim pareceu achar que o frango estava meio borrachudo, mas eu tinha feito muita campanha a favor da carne vermelha e perdido, então devia ser ressentimento. Jennifer Anne e Chris não voltaram; mais tarde, a caminho do banheiro, vi que eles haviam desertado para uma mesa onde eu tinha colocado vários figurões da câmara de comércio com quem Don tinha amizade. Ela batia papo com o presidente do conselho municipal, movimentando o garfo enquanto argumentava, e Chris estava sentado ao seu lado, com uma mancha na gravata, enfiando comida na boca. Quando me viu, sorriu, desculpando-se, e deu de ombros, como se aquilo estivesse totalmente fora de seu controle, como tantas outras coisas.

Nesse ínterim, o champanhe corria solto na nossa mesa. Um dos sobrinhos de Don, que estudava em Princeton, dava em cima da Chloe, e Lissa, nos dez minutos em que fiquei fora, havia passado de um pouquinho alta a completamente embriagada, e agora estava perto de se transformar em uma bêbada chorona.

— A questão — ela falou, apoiando-se em mim — é que eu realmente achava que ia casar com Adam. Achava mesmo.

— Eu sei — afirmei, sentindo alívio ao ver Jess vindo em nossa direção, usando um de seus poucos vestidos. Ela parecia desconfortável, como sempre acontecia quando não estava de jeans. Ao sentar, fez cara feia.

— Meia-calça — ela resmungou. — Essa coisa idiota me custou quatro dólares e parece uma lixa.

— Ah, se não é a Jessica — Chloe disse em voz alta, fazendo graça. — Você não tem nenhum vestido desta década?

— Cala a boca — Jess respondeu, e o sobrinho de Don levantou as sobrancelhas. Chloe nem se importou. Voltou para o champanhe e para uma história comprida que estava contando sobre si mesma.

— Jess — Lissa sussurrou, caindo do meu ombro para o dela. — Estou bêbada.

— Estou vendo — Jess disse, empurrando-a de volta na minha direção. — Nossa, estou tão feliz por ter vindo!

— Não fale assim — eu disse a ela. — Está com fome?

— Comi um pouco de atum em casa — ela disse, olhando de soslaio para o enfeite de centro de mesa.

— Fique aqui. — Eu levantei, ajeitando Lissa de volta na própria cadeira. — Já volto.

Eu estava voltando para a mesa com um prato de frango com aspargos e arroz na mão quando ouvi o estalido de um microfone e alguns acordes estridentes de guitarra ao fundo.

— Boa noite, pessoal — uma voz disse quando me enfiei entre duas mesas, desviando de um garçom que recolhia os pratos. — Somos o G Flats e gostaríamos de desejar muita felicidade a Don e Barbara!

Todos aplaudiram e eu parei onde estava, virando a cabeça. Don tinha insistido em se responsabilizar pela banda, alegando que conhecia alguém que lhe devia um favor. Agora eu desejava, mais do que nunca, ter contratado o grupo local, mesmo que já tivessem tocado em outros dois casamentos da minha mãe.

Claro que era Dexter, o músico, quem estava diante do microfone, usando um terno preto que parecia grande demais.

— E aí? Vamos começar a festa? — ele disse.

— Ai, meu Deus — exclamei quando a banda, composta de um guitarrista, um tecladista e, ao fundo, o Ringo ruivo que eu havia conhecido no dia anterior, começou a tocar uma versão agitada de "Get Ready". Todos vestiam terno de segunda mão, e Ringo estava com a mesma gravata de prender. Os convidados encheram a pista de dança, mexendo o corpo e arrastando os pés, com minha mãe e Don no meio, dando gritinhos de entusiasmo.

Voltei à mesa, entreguei o prato a Jess e me joguei na cadeira. Lissa, como esperado, estava com os olhos marejados, secando o rosto com um guardanapo enquanto Jess dava tapinhas em sua perna de forma mecânica. Chloe e o sobrinho tinham sumido.

— Não acredito nisso — afirmei.

— O quê? — Jess perguntou, pegando o garfo. — Nossa, o cheiro está ótimo.

— A banda — comecei a explicar, mas não consegui ir além, porque Jennifer Anne apareceu ao meu lado, com Chris a tiracolo.

— A mamãe está te procurando — Chris disse.

— O quê?

— Era pra você estar dançando — Jennifer Anne, rainha da etiqueta, informou, me empurrando delicadamente para fora da cadeira. — Todos os convidados já estão lá.

— Ah, não.

Virei para a pista, onde, é claro, encontrei minha mãe olhando diretamente pra mim, sorrindo de felicidade e acenando para que eu fosse até lá. Então peguei Lissa pelo braço — até parece que eu iria até lá sozinha — e a arrastei comigo por entre o labirinto de mesas até o meio da multidão.

— Não estou com vontade de dançar — ela fungou.

— Nem eu — rebati.

— Ah, Remy, Lissa! — Minha mãe gritou quando nos aproximamos, estendendo os braços para nos puxar para perto. Quando ela encostou em mim, senti que estava quente e que o tecido do vestido era escorregadio e macio. — Não estão se divertindo?

Estávamos bem no meio da multidão, as pessoas dançando à nossa volta. A banda emendou "Shout", acompanhada do berro de alguém atrás de mim. Don, que jogava minha mãe para trás loucamente, agarrou meu braço e me girou, me arremessando em cima de um casal que batia os quadris no que parecia um passo de dança. Quase senti meu braço se soltar do corpo antes de ele me puxar de volta, rebolando como um alucinado.

— Minha nossa — Lissa disse atrás de mim depois de ver aquilo. Mas eu já estava voando de novo, daquela vez na direção oposta.

Don dançava com tanto vigor que temi pelas outras pessoas. Fiquei tentando jogá-lo de volta para minha mãe, mas ela estava distraída dançando com um dos sobrinhos pequenos dele.

— Socorro — sussurrei para Lissa ao passar por ela, ainda com o pulso envolvido pela mão de Don. Ele me puxou para perto e engatou um passo frenético que fez meus dentes baterem. No meio da confusão, consegui ver Chloe parada ao lado da pista de dança, rindo histérica.

—Você é uma ótima dançarina! — Don disse, me inclinando para trás. Tive certeza de que meu decote não ia aguentar (embora eu tivesse feito muitas provas, o caimento do vestido não era o ideal), mas ele logo me levantou, tão rápido que fiquei tonta. — Eu amo dançar — Don gritou na minha direção, me fazendo girar novamente. — Não tenho muita oportunidade de fazer isso!

— Imagino que não — resmunguei quando a música finalmente começou a desacelerar.

— O quê? — ele perguntou, fazendo uma concha com a mão sobre o ouvido.

— Eu disse que você dança muito bem.

Ele riu, secando o rosto.

—Você também — Don afirmou, conforme a banda finalizava com uma batida nos pratos. —Você também.

Escapei enquanto todos aplaudiam e abri caminho até o bar, onde meu irmão mordiscava um pedaço de pão, sozinho pela primeira vez.

— O que foi aquilo? — ele perguntou, rindo. — Parecia um ritual tribal.

— Cala a boca — eu disse.

— E agora, pessoal — ouvi Dexter dizer no palco quando as

luzes diminuíram um pouco —, para o deleite de todos... uma música lenta.

As primeiras notas de "Our Love Is Here to Stay" soaram, um pouco desajeitadas, e as pessoas que estavam evitando a pista nas músicas mais agitadas começaram a levantar da cadeira e formar pares. Jennifer Anne apareceu ao meu lado, cheirando a sabonete para as mãos, e pegou a mão de Chris, ocupando o lugar do pão que ele segurava.

— Vem — ela murmurou, deixando o pão sobre uma mesa próxima. Independentemente do que eu achava de sua personalidade, tinha que admirar sua técnica. *Nada* detinha aquela garota. — Vamos dançar.

— Claro — Chris concordou e a seguiu, limpando a boca. Olhou para mim quando chegaram à pista e moveu os lábios: — Você está bem?

Fiz que sim com a cabeça.

O salão tinha ficado mais calmo junto com a música; as vozes das pessoas se aquietavam conforme dançavam no mesmo ritmo, de rosto colado. No palco, Dexter cantava e o tecladista parecia entediado, olhando no relógio. Me identifiquei com ele.

Qual era a graça de dançar música lenta? Eu odiava o momento em que a música desacelerava para que alguém pudesse encostar o corpo suado no seu. Pelo menos nas danças normais ninguém ficava preso, obrigado a balançar de um lado para o outro com um completo estranho, que só porque estava perto achava perfeitamente normal passar a mão na sua bunda e em qualquer outra coisa que estivesse ao alcance. Quanta bobagem.

E era mesmo. Muita. A dança lenta não passava de uma desculpa para chegar perto de quem você queria, isso quando não te obrigava a ficar perto de quem você *não* queria. Certo, meu irmão e Jennifer Anne pareciam muito apaixonados, e, sim, a letra da música era agradável e romântica. Quer dizer... não era uma música ruim. Só não era minha praia.

Peguei uma taça de champanhe de uma bandeja que passava e tomei um gole, franzindo o nariz ao sentir as borbulhas. Estava tentando conter um ataque de tosse quando senti alguém do meu lado. Era uma garota que trabalhava com Don — Marty ou Patty, algo com um T no meio. Ela tinha cabelo comprido, com permanente e franja grande, e estava usando perfume demais. Sorriu para mim.

— Adoro essa música — ela disse, tomando um gole de bebida e suspirando. — Você não?

Dei de ombros.

— Até que é legal — eu disse, vendo Dexter se aproximar do microfone e fechar os olhos.

— Eles parecem tão felizes — ela continuou, e segui seu olhar até minha mãe e Don, que riam e dançavam enquanto a música ia terminando. A menina fungou, e me dei conta de que estava quase chorando. Era estranho que casamentos provocassem aquilo nas pessoas. — Ele está realmente feliz, não está?

— Está, sim — respondi.

Ela secou as lágrimas e sacudiu as mãos, balançando a cabeça como se pedisse desculpas.

— Ai, meu Deus — ela disse. — Sinto muito. É que eu...

— Tudo bem — interrompi, pelo menos para poupá-la do que estava prestes a dizer. Eu já tinha recebido a cota máxima de sentimentalismo para um dia só.

A última estrofe chegou ao fim. Marty/ Patty respirou fundo, piscando quando as luzes se acenderam. De perto, dava para ver que ela estava chorando de verdade: olhos vermelhos, rosto vermelho, o pacote completo. O rímel, que, não pude deixar de notar, estava um pouco exagerado, começava a escorrer.

— É melhor eu... — ela disse, trêmula, levando a mão ao rosto. — Preciso retocar a maquiagem.

— Foi bom te ver — eu disse a ela, como dizia a todas as pessoas com que era obrigada a falar naquela noite, no mesmo tom de voz empolgado com o casamento.

— Você também — ela respondeu, com menos entusiasmo. E então foi embora, trombando em uma cadeira ao sair.

Já chega, pensei. Preciso de um intervalo.

Passei pela mesa do bolo e saí por uma porta lateral que dava para o estacionamento, onde alguns caras com uniforme de garçom fumavam e comiam bolinhas de queijo que haviam sobrado.

— Ei — eu disse a eles —, posso roubar um?

— Claro. — O cara mais alto, de cabelo volumoso, sacudiu o maço e me entregou um cigarro. Pegou um isqueiro e ficou segurando para mim enquanto eu me aproximava, dando algumas baforadas. Ele abaixou a voz e perguntou: — Qual é o seu nome?

— Chloe — respondi, me afastando dele. — Obrigada. — Me distanciei e virei a esquina, mesmo ouvindo que ele me chamava. Encontrei um lugar perto das lixeiras, junto à parede. Tirei o sapato e olhei o cigarro na minha mão. Estava indo tão bem: dezoito dias. O gosto nem era tão bom, na verdade. Era apenas uma muleta numa noite ruim. Então joguei o cigarro fora, vendo-o arder, e me apoiei na palma das mãos, esticando as costas.

Lá dentro, a banda tinha parado de tocar e recebido aplausos dispersos. Então começou a trilha sonora enlatada do hotel, e alguns segundos depois a porta que ficava na outra extremidade da parede se abriu com tudo e dela saíram os integrantes do G Flats, falando alto.

— Isso é um saco — disse o guitarrista, tirando um maço de cigarros do bolso. — Chega de casamentos. Estou falando sério.

— É dinheiro — afirmou Ringo, o baterista, tomando um gole de água da garrafa que segurava.

— Este não — murmurou o tecladista. — Este foi favor.

— Não — Dexter disse, passando a mão no cabelo. — Este foi pelo dinheiro da fiança. Ou todo mundo já esqueceu? A gente ficou devendo para o Don, lembram?

Todos resmungaram em reconhecimento, depois ficaram em silêncio.

— Odeio tocar covers — o guitarrista disse finalmente. — Não entendo por que não podemos tocar nossas próprias músicas.

— Para esse pessoal? — Dexter questionou. — Fala sério. Acho que o tio Miltie, de Saginaw, não vai querer dançar nenhuma das versões da "Música da batata".

— O nome não é esse — o guitarrista rebateu. — E você sabe disso.

— Calma, gente — disse o baterista ruivo, com um gesto pacificador. — Só faltam mais umas horas. Vamos ver pelo lado bom. Pelo menos podemos comer.

— Podemos comer? — perguntou o tecladista, se animando. — Sério?

— Foi o que Don disse — respondeu o baterista. — Se tiver sobrado comida. Quanto tempo ainda temos de intervalo?

Dexter olhou no relógio.

— Dez minutos.

O tecladista olhou para o baterista, depois para o guitarrista.

— Sou a favor de comer. Vamos?

— Vamos — eles responderam em uníssono.

— Você vem, Dexter? — o tecladista perguntou.

— Não. Me tragam um pão ou algo assim.

— Tá bom, Gandhi — Ringo disse, e alguém riu. — A gente se encontra lá dentro.

O guitarrista jogou o cigarro no chão, Ringo atirou a garrafa de água na direção da lixeira — e errou — e eles entraram, batendo a porta.

Fiquei lá sentada, olhando para ele, sabendo que, pela primeira vez, Dexter não tinha me visto antes. Ele não estava fumando, estava apenas sentado, encostado na parede, batucando com os dedos. Sempre tive uma queda por garotos morenos e, de longe, o terno não parecia tão cafona: ele era quase bonitinho. E alto. Isso era bom.

Levantei e passei a mão no cabelo. Certo, talvez ele fosse irritante. E detestei quando machucou meu cotovelo. Mas agora eu estava ali e parecia apropriado dar alguns passos em sua direção, me revelando, mesmo que fosse só para deixá-lo um pouco desconcertado.

Eu estava prestes a dar a volta na lixeira e ficar à vista quando a porta se abriu novamente e duas meninas — filhas de algum primo de Don — saíram. Eram alguns anos mais novas do que eu e moravam em Ohio.

— Eu falei que ele ia estar aqui fora! — uma delas, a loira, disse à outra. Ambas deram uma risadinha. A mais alta estava um pouco para trás, com a mão na porta, mas a loira foi adiante, se aproximando de Dexter. — A gente estava te procurando.

— Sério? — Dexter perguntou, sorrindo com educação. — Bem, oi.

— Oi — disse a loira.

Fiz uma careta no escuro.

— Você tem um cigarro?

Dexter bateu nos bolsos.

— Não — ele disse. — Não fumo.

— Não acredito! — disse a loira, batendo na perna dele. — Achei que todo músico fumasse. — A menina mais alta, ainda perto da porta, olhou para trás, nervosa. — Eu fumo — a loira continuou —, mas minha mãe me mataria se soubesse. *Sério*.

— Hummm — Dexter murmurou, como se fosse algo realmente interessante.

—Você tem namorada? — a loira perguntou de repente.

— Meghan! — a irmã censurou. — Meu Deus!

— Só estou perguntando — Meghan disse, chegando um pouco mais perto de Dexter.

— Bem — Dexter disse. — Na verdade...

Depois dessa, virei e voltei para dentro, já com raiva de mim mesma. Tinha chegado perto de fazer uma coisa realmente idiota — muito abaixo dos meus padrões, que, a julgar por Jonathan, já eram bem baixos. Era assim que a antiga Remy agia, vivendo o presente, desejando apenas um garoto que a quisesse por uma noite e nada mais. Eu tinha mudado. Tinha parado com tudo aquilo, além do cigarro — certo, com um lapso — e da bebida — na maior parte do tempo. Mas o lance de não dormir com qualquer um ainda estava valendo. Totalmente. E quase joguei tudo pelos ares, ou pelo menos feri um pouco meus princípios, por um aspirante a Frank Sinatra que teria facilmente ficado com Meghan, de Ohio. *Minha nossa.*

De volta ao salão, o bolo já estava na pista de dança e minha mãe e Don posavam ao lado dele, com as mãos entrelaçadas sobre a espátula enquanto o fotógrafo se movimentava ao redor deles, disparando o flash. Fiquei perto da multidão e vi Don dar um pedaço de bolo para minha mãe, colocando-o com cuidado em sua boca. Outro flash disparou, capturando o momento. Ah, o amor.

O resto da noite correu conforme o esperado. Minha mãe e Don saíram com uma chuva de arroz e bolhas de sabão (com parte da equipe de limpeza do hotel olhando feio), Chloe acabou ficando com o sobrinho de Don no saguão e Jess e eu ficamos presas no banheiro, segurando a cabeça de Lissa enquanto ela alternava entre vomitar o jantar de quinze dólares por pessoa e se lamentar.

—Você não ama casamentos? — Jess me perguntou, passando

mais um pouco de papel-toalha umedecido, que eu pressionei na testa de Lissa quando ela se levantou.

— Amo — Lissa choramingou, não entendendo o sarcasmo. Ela passou o papel-toalha no rosto. — Amo muito, muito.

Jess revirou os olhos, mas eu simplesmente balancei a cabeça. Tirei Lissa do cubículo e a levei até a pia. Ela olhou para o reflexo no espelho — maquiagem borrada, cabelo despenteado, vestido com uma mancha marrom suspeita na manga — e fungou.

— Esse deve ser o pior momento da minha vida — ela se lamentou, piscando.

— Calma — eu disse, pegando sua mão. — Amanhã você vai se sentir melhor.

— Não, não vai — Jess afirmou, abrindo a porta. — Amanhã você vai estar de ressaca e se sentir ainda pior.

— Jess — eu disse.

— Mas depois de amanhã... — ela continuou, dando um tapinha no ombro de Lissa. — Depois de amanhã você vai se sentir muito melhor. Você vai ver.

Formávamos um trio totalmente desgrenhado quando saímos no saguão. Era uma da manhã, meu cabelo estava lambido e meus pés doíam. O fim das festas de casamento era tão deprimente. Apenas o noivo e a noiva eram poupados, pegando um avião para a lua de mel, enquanto todos os outros acordavam na manhã seguinte para mais um dia comum.

— Onde está Chloe? — perguntei a Jess enquanto tentávamos passar pela porta giratória carregando Lissa. Ela já estava pegando no sono, embora ainda movimentasse os pés.

— Não tenho ideia. Da última vez que vi, ela estava se jogando pra cima daquele fulano lá atrás, perto do piano.

Olhei, mas não vi Chloe. Ela sempre parecia estar longe quando alguém vomitava. Era como se tivesse uma espécie de sexto sentido.

— Ela é bem grandinha — Jess disse. — Vai ficar bem.

Estávamos colocando Lissa no banco da frente do carro de Jess quando ouvimos um barulho. O furgão branco familiar da banda de Dexter estacionou na frente do hotel. As portas traseiras se abriram e Ringo saiu, agora sem a gravata de prender. O guitarrista saltou do banco do motorista e foi atrás dele. Os dois desapareceram lá dentro, deixando o motor ligado.

— Você precisa de carona? — Jess perguntou.

— Não. Chris está lá dentro me esperando. — Fechei a porta do carro depois de acomodar Lissa. — Obrigada pela ajuda.

— Sem problemas. — Ela tirou a chave do bolso e chacoalhou. — Deu tudo certo, né?

Dei de ombros.

— Terminou — eu disse. — É o que importa.

Quando ela saiu com o carro, dando uma buzinada, comecei a voltar para o hotel para encontrar meu irmão. Ringo e o tecladista estavam voltando para o furgão branco, carregando equipamentos e discutindo.

— Ted nunca ajuda — disse o tecladista, colocando uma caixa de som grande dentro do furgão. — Esse truque de desaparecer está ficando velho.

— Vamos embora logo — Ringo respondeu. — Cadê o Dexter?

— Eles têm cinco minutos — disse o tecladista. — Senão vão voltar a pé. — Então enfiou o braço pela janela do lado do motorista e meteu a mão na buzina, deixando-a soar alto por alguns segundos.

— Ah, que ótimo — Ringo disse com sarcasmo. — Isso vai dar muito certo.

Alguns segundos depois, o guitarrista — o evasivo Ted — saiu pela porta giratória, parecendo irritado.

— Parabéns — ele gritou, dando a volta no furgão. — Muito educado.

— Entra logo ou volta a pé — o tecladista esbravejou. — Estou falando sério.

Ted entrou, a buzina soou mais uma vez e eles esperaram. Nada de Dexter. Finalmente, depois do que pareceu uma discussão nos bancos da frente, o furgão foi embora, virando à direita na avenida principal. A luz da seta, é claro, estava queimada.

No salão, a equipe de limpeza trabalhava, recolhendo copos e tirando toalhas de mesa. O buquê da minha mãe — oitenta dólares em flores — estava abandonado em um aparador, ainda viçoso como quando o pegou na igreja, nove horas antes.

— Eles te deixaram aqui — ouvi alguém dizer.

Me virei. Dexter. Só faltava essa. Ele estava sentado à mesa ao lado da escultura de gelo — dois cisnes entrelaçados que derretiam com rapidez —, diante de um prato.

— Quem? — perguntei.

— Chris e Jennifer Anne — ele respondeu, como se os conhecesse de longa data. Então pegou o garfo e espetou o que quer que estivesse comendo. Parecia bolo, de onde eu estava.

— Quê? — perguntei. — Eles foram embora?

— Estavam cansados. — Dexter mastigou um pouco, depois engoliu. — Jennifer Anne disse que precisava ir embora porque tinha um seminário amanhã cedo no centro de convenções. Algo sobre empreendimento. Aquela garota é muito inteligente. Ela acha que posso ter futuro no setor de lazer, tanto corporativo quanto privado. Seja lá o que for.

Fiquei olhando para ele, sem reação.

— Bom — ele continuou —, eu disse que podiam ir porque a gente te dava uma carona.

— A gente? — repeti.

— Eu e os caras da banda.

Pensei sobre isso. Eu estivera tão perto de sair ilesa. Poderia já estar em casa se tivesse aceitado a carona de Jess. Que ótimo.

— Eles também foram embora — eu disse.

Ele levantou os olhos, com o garfo a caminho da boca.

— Eles o quê?

— Foram embora — repeti devagar. — Buzinaram antes.

—Ah, nossa, bem que eu achei que tinha escutado uma buzina — ele disse, sacudindo a cabeça. — Típico.

Olhei para o salão quase vazio, como se a solução para aquele e todos os meus outros problemas pudesse estar escondida atrás de um vaso de planta. Não tive sorte. Então fiz o que parecia, àquela altura, inevitável. Fui até a mesa em que ele estava, puxei uma cadeira e sentei.

— Ah — ele disse com um sorriso. — Mudou de ideia.

— Não se empolgue — eu disse, colocando a bolsa sobre a mesa. Sentia o corpo todo doer, estava esgotada. — Só estou reunindo energia pra chamar um táxi.

—Você deveria comer um pedaço de bolo antes. — Ele empurrou o prato na minha direção. — Aqui.

— Não quero bolo.

— Está muito bom. Nem um pouco farinhento.

— Eu sei — respondi. — Mas não quero.

—Você nem deve ter comido. — Ele balançou o garfo na minha frente. — Experimente.

— Não — eu disse categoricamente.

—Vamos.

— Não.

— Hummm. — Ele espetou o bolo com o garfo, delicadamente. —Tão gostoso.

—Você está *mesmo* me irritando — eu disse.

Ele deu de ombros, como se já tivesse ouvido aquilo antes, depois puxou o prato e deu mais uma garfada. A equipe de limpeza estava batendo papo no salão da frente, empilhando cadeiras. Uma mulher com uma trança longa no cabelo pegou o buquê da minha mãe, aninhando-o nos braços.

— Tã-tã-tã-tããã — ela disse, e riu quando um de seus colegas de trabalho gritou para parar de sonhar e voltar ao trabalho.

Dexter largou o garfo e empurrou o prato depois de terminar o bolo delicioso e nada farinhento.

— Então — ele disse, olhando para mim —, é a segunda vez que sua mãe se casa?

— Quinta — respondi. — Ela é profissional nisso.

— Minha mãe ganha — ele afirmou. — É a sexta dela.

Eu estava impressionada, tinha que admitir. Nunca havia conhecido alguém com mais ex-padrastos do que eu.

— Sério?

Ele confirmou.

— Mas, você sabe — ele disse com sarcasmo. — Acho que *este* vai durar.

— A esperança é a última que morre.

Ele suspirou.

— Principalmente na casa da minha mãe.

— Dexter, querido — alguém disse atrás de mim —, você comeu o suficiente?

Ele endireitou o corpo na cadeira, elevou a voz e respondeu:

— Sim, senhora, com certeza. Obrigado.

— Sobrou mais um pouco de frango.

— Não, Linda. Estou satisfeito. De verdade.

— Que bom.

Olhei para ele.

—Você conhece *todo mundo*?

Ele deu de ombros.

— Não — ele respondeu —, mas me dou bem com todo mundo. É por causa dessa coisa de ficar trocando de padrasto. Você acaba ficando mais sociável.

— Ah, sei — eu disse.

— Você tem que dançar conforme a música. Sua vida não te pertence, com pessoas entrando e saindo dela o tempo todo. Ser sociável é uma necessidade. Mas aposto que você sabe exatamente do que estou falando.

— Ah, claro — eu disse, sem rodeios. — Sou tão descontraída. É a melhor palavra para descrever minha personalidade.

— Você não é?

— Não — respondi. — Não sou. — Então levantei e peguei a bolsa, sentindo os pés doerem ao se acomodarem no sapato. — Agora preciso ir pra casa.

Ele levantou e pegou o paletó no encosto da cadeira.

— Quer dividir um táxi?

— Acho que não.

— Tudo bem — ele disse, dando de ombros. — Você que sabe.

Caminhei até a porta, achando que ele me seguiria, mas, quando olhei para trás, estava do outro lado do salão, saindo pelos fundos. Eu tinha que admitir que estava surpresa por ele ter desistido depois de tanta insistência. O baterista tinha razão. A conquista — ficar a sós comigo — era tudo o que importava. Depois de me ver de perto, ele devia ter percebido que eu não era tão especial assim. Mas, é claro, eu já sabia disso.

Assim que saí, vi um táxi parado. O motorista cochilava. Entrei atrás, tirando o sapato. Pelos números em verde no painel, eram exatamente duas da manhã. No Hotel Thunderbird, do outro lado da cidade, minha mãe provavelmente estava dormindo, sonhando com a semana seguinte, que passaria em Saint-Barts. Depois ela voltaria para casa para terminar o livro, acomodar o novo marido e tentar mais uma vez ser a sra. Fulano-de-tal, com a certeza de que agora seria diferente.

Quando o táxi virou na avenida principal, vislumbrei alguma coisa no parque, à direita. Era Dexter, a pé, entrando num bairro. Com a camisa branca, ele se destacava, quase como se estivesse brilhando. Andava pelo meio da rua, cercado de casas apagadas, que dormiam em silêncio. Por um instante tive a impressão de que ele era a única pessoa acordada, ou até mesmo viva, no mundo inteiro além de mim.

5

— Remy, é sério. Ele é maravilhoso.

— Lola, por favor.

— Sei o que você está pensando. Sei mesmo. Mas esse é diferente. Eu não faria isso com você. Não confia em mim?

Larguei a pilha de cheques que estava contando e olhei para ela. Lola estava com a mão no queixo, o cotovelo apoiado na mesa. Um de seus brincos, uma enorme argola dourada, balançava para a frente e para trás, refletindo a luz do sol que entrava pela janela da frente.

— Não saio com desconhecidos — repeti a ela.

— Não é um desconhecido, eu o conheço — ela explicou, como se fizesse alguma diferença. — É um garoto legal. Tem mãos ótimas.

— O quê?

Ela levantou as mãos — com unhas impecáveis, claro —, como se eu precisasse de um recurso visual para entender de que parte da anatomia humana estava falando.

— As mãos. Notei outro dia, quando ele veio buscar a mãe, que tinha feito uma esfoliação com sal marinho. Mãos lindas. Ele é bilíngue.

Pisquei, tentando processar a conexão entre as duas características. Não. Nada.

— Lola? — uma voz hesitante chamou de dentro do salão. — Meu couro cabeludo está queimando.

— É só a tintura agindo, querida — ela respondeu, sem nem virar a cabeça. — Eu falei muito bem de você. E como a mãe dele vai voltar hoje à tarde para fazer o pé...

— Não — eu disse. — Pode esquecer.

— Mas ele é perfeito!

— Ninguém — eu disse, voltando aos cheques — é perfeito.

— Lola? — Agora a voz parecia mais nervosa, menos educada. — Está ardendo de verdade...

— Você quer encontrar o amor, Remy?

— Não.

— Não te entendo! Está cometendo um grande erro. — Lola sempre falava alto quando se entusiasmava com alguma coisa. Naquele momento, sua voz retumbava na pequena sala de espera, sacudindo os vidros de esmalte na prateleira em cima de mim. Mais algumas vogais tônicas e cairiam na minha cabeça, o que seria digno de um processo, assim como o caso da mulher cujo couro cabeludo estava queimando, ignorada na sala ao lado.

— Lola! — A mulher, que agora gritava, parecia à beira das lágrimas. — Acho que estou sentindo cheiro de cabelo queimado...

— Ah, pelo amor de Deus! — ela berrou, irritada com nós duas, então deu a volta e saiu batendo o pé. Quando um esmalte roxo caiu sobre minha mesa, não me acertando por pouco, suspirei e abri o calendário. Era segunda-feira. Minha mãe e Don voltariam de Saint-Barts em três dias. Virei outra página, passando o dedo pelos dias para contar mais uma vez quantas semanas faltavam para eu ir para a faculdade.

Stanford. A quase cinco mil quilômetros dali, praticamente uma linha reta cortando o país. Uma universidade incrível, minha primeira opção. Eu tinha sido aceita em mais outras cinco ou seis.

Todo o esforço, as aulas de nível avançado, os grupos de estudo... finalmente haviam ganhado significado.

No primeiro ano, meus professores me rotularam como alguém que só pensava em festas e iria para uma faculdade qualquer. Isso se tivesse sorte. Uma faculdade com um curso fácil, como psicologia com especialização em noitadas e maquiagem. Como se, só porque eu era loira e mais ou menos bonita, com uma vida social ativa (e uma reputação que não era das melhores), e não participava do esquema conselho estudantil/ equipe de debate/ líder de torcida, estivesse destinada à mediocridade. Fui colocada na categoria dos fracassados e dos que passariam raspando. O simples fato de essas pessoas conseguirem voltar do estacionamento depois do almoço excedia as expectativas.

Mas provei que estavam errados. Usei meu próprio dinheiro para pagar um professor particular de física, matéria que quase acabou comigo, e para fazer aulas preparatórias para o vestibular. Fui a única, entre meus amigos, a cursar aulas de nível avançado, à exceção de Lissa, filha de dois ph.Ds, de quem sempre se esperou brilhantismo. Mas eu sempre me esforçava mais quando estava diante de algum obstáculo, ou quando alguém supunha que eu não seria bem-sucedida. Era o que me movia em todas aquelas noites de estudo. O fato de tanta gente achar que eu não conseguiria.

Eu seria a única da minha turma a ir para Stanford. O que significava que poderia recomeçar a vida, nova em folha, bem longe de casa. Todo o dinheiro que havia sobrado do meu salário depois de pagar as parcelas do carro estava guardado na poupança para cobrir os custos de dormitório, livros e despesas cotidianas. O dinheiro para pagar as mensalidades eu tirei da minha parte do fundo deixado pelo meu pai para mim e para Chris. O valor tinha sido reservado, por algum advogado a quem eu gostaria de agradecer pessoalmente, para recebermos quando fizéssemos vinte e cinco anos, ou para despesas estudantis antes disso — o que significava que nem nas épocas de vacas magras minha mãe podia mexer nele. Também significava que, independentemente do quando ela queimasse o próprio dinheiro, meus quatro anos de faculdade estavam garantidos. E tudo porque toda vez que "Canção de ninar" (escrita por Thomas Custer, todos os direitos reservados) tocava em um comercial ou no rádio, ou era cantada por algum artista em Las Vegas, entrava mais dinheiro.

O sino sobre a porta soou e o cara da UPS entrou carregando uma caixa, que colocou na minha mesa.

— Entrega para você, Remy — ele disse, pegando a prancheta. Assinei na tela e peguei a caixa.

— Obrigada, Jacob.

— Ah, e isso também — ele disse, entregando um envelope. — Até amanhã.

— Até — respondi. O envelope não estava selado, o que era estranho, nem lacrado. Abri e tirei três fotografias de dentro. Eram todas do mesmo casal, os dois na faixa dos setenta anos, provavelmente posando em um cenário litorâneo. O homem estava de boné, com uma camiseta que dizia JOGO GOLFE POR COMIDA. A mulher tinha uma câmera presa no cinto e usava sapatos confortáveis. Estavam abraçados e pareciam muito felizes. Na primeira foto, sorriam; na segunda, riam; na terceira, estavam se beijando com doçura, mal encostando os lábios. Como qualquer casal de férias que pediria para alguém, por favor, tirar uma foto deles.

O que seria muito legal, se eu soubesse quem eram aquelas pessoas e o que aquilo significava. Levantei, procurando o furgão da UPS lá fora, mas Jacob já tinha ido embora. Eu deveria saber quem eram aquelas pessoas? Voltei a olhar as fotos, mas o casal apenas sorria para mim, congelado em seu momento tropical, sem dar nenhuma explicação.

— Remy, querida, pode me trazer um pouco de água gelada? — Lola gritou da outra sala. Pelo tom de sua voz, alegre e *alto*, eu sabia que era melhor fazer aquilo no mesmo instante. — E um pouco daquela pomada antibiótica que fica no armário.

— Pode deixar! — gritei em resposta no mesmo tom alegre, enfiando as fotos na bolsa.

Peguei a pomada e algumas gazes e band-aids de que, por experiência, achei que pudesse precisar. Emergências capilares aconteciam o tempo todo, e sabíamos que precisávamos estar preparadas.

Três horas depois, quando o drama finalmente terminou e a cliente saiu com curativos na cabeça, um vale-presente significativo e uma promessa por escrito de que faria as sobrancelhas de graça pelo resto da vida, consegui trancar a gaveta de dinheiro, pegar minha bolsa e sair.

Finalmente tinha a sensação de que era verão. Muito calor, clima úmido, o ar meio defumado e denso, como se estivesse quase fervendo. Lola mantinha o salão bem gelado, então sair era como deixar o Ártico. Eu sempre caminhava até o carro arrepiada.

Entrei, liguei o motor e coloquei o ar-condicionado no máximo. Depois peguei o celular e verifiquei as mensagens. Uma da Chloe, perguntando o que faríamos à noite. Uma da Lissa, dizendo que estava bem, estava ótima — mas num tom choroso, o que ela sabia que já estava me irritando. Por último, meu irmão Chris, lembrando que Jennifer Anne prepararia o jantar para nós às seis em ponto.

Apaguei a última mensagem com um golpe raivoso do dedo. Eu nunca me atrasava. Ele sabia disso. Mais uma prova da lavagem cerebral de Jennifer Anne, que, ao contrário do meu irmão, não me conhecia nem um pouco. Era *eu* quem o fazia levantar todas as manhãs quando Chris começara a trabalhar na Jiffy Lube, porque três alarmes, posicionados em locais variados do quarto, exigindo que ele levantasse para desligá-los, não bastavam. Eu garantia que meu irmão não chegaria atrasado, que não seria demitido, que sairia de casa no máximo às oito e trinta e cinco, para o caso de pegar trânsito na avenida, que sempre...

Fui interrompida por uma pancada. Alguma coisa tinha batido no para-brisa. Não muito forte, mais como um tapa. Levantei os olhos, com o coração na boca, e vi outra imagem do casal de velhinhos de férias. A mesma camiseta JOGO GOLFE POR COMIDA, os mesmos sorrisos enrugados. Agora me encarando, pressionados contra o vidro pela mão de alguém.

E então eu soube. Foi ridículo não ter descoberto antes.

Apertei o botão para abrir a janela. Parado ali, bem ao lado do retrovisor, estava Dexter. Ele tirou a mão do para-brisa e a foto escorregou pelo vidro, alojando-se sob um dos limpadores.

— Oi — ele disse. Estava usando uma camiseta branca por baixo de um uniforme que eu reconhecia: camisa de poliéster, verde com costura preta. No bolso da frente estava bordado FLASH CAMERA, que era o nome do lugar que revelava fotos em frente ao salão.

—Você está me perseguindo — eu disse.

— Não gostou das fotos? — ele perguntou.

— "Jogo golfe por comida"? Tem coisa mais idiota? — eu disse, engatando a ré. — Deveria significar alguma coisa?

— Nada de músicos, nada de jogadores de golfe — ele disse, marcando nos dedos. — O que sobrou? Domadores de leão? Contadores?

Olhei para ele e pisei no acelerador. Dexter teve que sair do caminho para evitar que meu pneu achatasse seu pé.

— Espera — ele disse, colocando a mão na janela aberta —, falando sério. Você pode me dar uma carona? — Devo ter feito cara de desconfiada, porque Dexter logo acrescentou: — Tenho uma reunião com o pessoal da banda em quinze minutos. De acordo com as regras novas, quem se atrasa recebe punições terríveis. É sério.

— Também estou atrasada — falei, o que era mentira, mas eu não era motorista de ninguém.

— Por favor. — Ele se abaixou, ficando na altura dos meus olhos. Depois levantou a outra mão, exibindo um saco engordurado do Double Burger. — Divido minhas batatinhas com você.

— Não, obrigada — eu disse, apertando o botão para fechar o vidro. — Além disso, não deixo ninguém comer no meu carro. As punições são terríveis.

Ele sorriu, parando o vidro com a mão.

— Eu vou me comportar — ele disse. — Prometo. — Então começou a dar a volta na frente do carro, como se eu tivesse concordado. Pegou a foto no para-brisa e a colocou no bolso de trás da calça. Quando vi, ele já tinha entrado, se acomodado no assento e fechado a porta.

Qual era o problema desse cara? Era inútil resistir. Ou talvez eu estivesse muito cansada e com muito calor para iniciar outra discussão.

— Uma carona — eu disse em tom de voz severo. — Só isso. E se você deixar cair uma migalha dentro do carro, está fora. Não vou nem desacelerar pra você descer.

— Ah, por favor — Dexter disse, colocando o cinto de segurança —, você não precisa ser boazinha comigo. Seja rude. Não precisa se segurar.

Ignorei, saí do centro comercial e peguei a estrada. Não andamos nem meia quadra quando o vi pegar sorrateiramente uma batata frita. Ele estava bancando o espertinho, escondendo-a na palma da mão e fingindo um bocejo, mas eu estava calejada. Lissa estava sempre testando meus limites.

— O que eu disse sobre comida? — perguntei, freando no semáforo vermelho.

— *Eu fô cum fobe* — ele murmurou, engolindo. — Eu estou com fome — repetiu.

— Problema seu. Nada de comida no carro, ponto final. Quero manter o carro limpo e agradável.

Ele virou, dando uma olhada no banco de trás, depois no painel e nos tapetes.

— Agradável? — ele disse. — Essa coisa parece um museu. Ainda tem cheiro de novo.

— Exatamente — respondi quando o semáforo ficou verde.

— Entre à esquerda aqui. — Ele apontou, e mudei de faixa. — Aposto que você é uma maníaca controladora.

— Não sou.

— É, sim. Dá para notar. — Ele passou o dedo no painel e olhou para a ponta. — Sem poeira. E você limpou o para-brisa por dentro, não limpou?

— Faz tempo.

— Rá! — ele gritou. — Aposto que ficaria louca se algo estivesse fora do lugar.

— Lógico que não.

— Vamos ver. — Ele enfiou a mão no saco, retirando uma batata frita com cuidado. Era comprida e borrachuda, e se curvou quando ele a segurou entre os dedos. — Um pequeno experimento em nome da ciência — ele disse, balançando-a na minha direção.

— Nada de comida no carro — repeti, como um mantra. Quanto tempo ainda demoraria para chegar à casa dele? Já estávamos perto do hotel onde tinha sido a festa de casamento, então não devia ser longe.

— Aqui à esquerda — Dexter disse, e fiz a curva, assustando alguns esquilos nas árvores. Quando olhei para ele, suas mãos estavam vazias, e a batata fria estava estendida sobre o câmbio. — Não entre em pânico — ele disse, colocando a mão no meu braço. — Respire. Apenas aprecie a liberdade do caos.

Tirei o braço de perto da mão dele.

— Qual é a sua casa?

— Não tem problema nenhum, está vendo? É lindo. É a natureza em toda a sua simplicidade...

Então eu vi: o furgão branco, estacionado todo torto na entrada de uma casa amarela a uns trinta metros de distância. A luz da varanda estava acesa, embora fosse dia, e dava para ver o baterista ruivo, Ringo, o funcionário da cafeteria, sentado nos degraus da frente com um cachorro ao lado. Ele estava lendo jornal; o cachorro arfava com a língua de fora.

— ... o estado natural das coisas, que, na verdade, é a completa imperfeição — ele terminou de falar quando paramos na entrada, espalhando cascalho. A batata frita escorregou, deixando um rastro de gordura, como uma lesma, e foi parar no meu colo. — Ops — Dexter disse, pegando a batata. — Está vendo? Foi o primeiro passo na resolução...

Olhei para ele e destravei as portas.

— ... do seu problema — ele concluiu. Dexter abriu a porta e saiu, levando o saquinho de gordura. Então abaixou, enfiando a cabeça no carro e quase nos deixando cara a cara. — Obrigado pela carona. De verdade.

— De nada — eu disse. Dexter não se mexeu por um instante, o que me deixou meio sem graça. Só nos dois, juntos ali, olho no olho. Então ele piscou e se afastou, fechando a porta. Vi quando o cachorro que estava na varanda de repente levantou e desceu os degraus, balançando o rabinho sem parar para Dexter. Percebi que o carro agora fedia a gordura. Abri o vidro, esperando que o neutralizador de odores pendurado no espelho retrovisor cumprisse sua função.

— Finalmente — disse o baterista, dobrando o jornal. Engatei a ré e me certifiquei de que Dexter ainda estava de costas antes de passar o dedo onde a batatinha estivera, para ver se não tinha ficado engordurado.

— Ainda nem são seis horas — Dexter disse, abaixando para fazer carinho no cachorro que dava voltas ao redor dele, balançando o rabo. Parecia velhinho: tinha o focinho branco e se movimentava com certa dificuldade.

— Eu sei, mas estou sem a chave — disse o baterista, levantando.

— Eu também — Dexter disse. Comecei a dar ré, mas tive que parar para alguns carros passarem. — E a porta dos fundos?

— Está trancada. Além disso, Ted colocou a estante na frente ontem à noite.

Dexter enfiou as mãos no bolso, puxando o forro para fora. Nada.

— Então acho que vamos ter que quebrar uma janela.

— O quê? — perguntou o baterista.

— Não entre em pânico — ele disse daquele jeito despreocupado que já me era familiar. — A gente escolhe uma pequena. Aí você entra.

— De jeito nenhum — disse o baterista, cruzando os braços quando Dexter começou a subir a escada, verificando as janelas da frente da casa. — Por que sou sempre eu que tenho que fazer essas coisas?

— Porque você é ruivo — Dexter disse, e o baterista fez cara feia. — Além disso, sua bunda é menor.

— O quê?

Àquela altura, eu nem estava mais esperando uma brecha no trânsito. Apenas observava Dexter procurando uma pedra na lateral da casa, voltando e se agachando diante de uma janelinha na extremidade da varanda. Ele analisou a janela, depois a pedra, se preparando enquanto o cachorro sentava ao seu lado, lambendo a própria orelha. O baterista ficou um pouco atrás, ainda parecendo ofendido, com as mãos no bolso.

Pode me chamar de maníaca controladora, mas não consegui ficar parada assistindo. Estacionei de novo na entrada, saí do carro e subi os degraus enquanto Dexter estendia o braço para trás, com a pedra na mão, prestes a quebrar a janela.

— Um — ele dizia —, dois...

— Espera! — gritei, e ele parou, deixando cair a pedra, que bateu na varanda com um som seco. O cachorro deu um salto e ganiu, assustado.

— Achei que você tivesse ido embora — Dexter disse. — Não conseguiu, né?

— Tem um cartão de crédito? — perguntei.

Ele e o baterista trocaram olhares. Depois Dexter disse:

— Eu tenho cara de quem tem cartão de crédito? E o que você precisa comprar agora?

— É para arrombar a porta, idiota — afirmei, enfiando a mão no bolso. Minha carteira estava no banco de trás do carro, dentro da bolsa.

— Eu tenho um — o baterista disse calmamente —, mas é só para emergências.

Dexter deu um tapa na cabeça dele, estilo Três Patetas.

— John Miller, você é um idiota. Dá logo o cartão pra ela.

John Miller — seu nome verdadeiro, embora para mim continuasse sendo Ringo — entregou um cartão. Abri a porta de tela, depois peguei o cartão e o deslizei entre a fechadura e o batente da porta, balançando-o. Dava para sentir os dois atrás de mim, observando.

Cada porta era diferente da outra, e o peso da fechadura e a grossura do cartão influenciavam. Aquela habilidade, assim como o arremesso perfeito de um refrigerante extragrande, foi adquirida com o tempo, com muito treino. Nunca para invadir propriedade privada, apenas para entrar na minha própria casa, ou na de Jess, quando perdíamos as chaves. Meu irmão, que usara a técnica para o mal algumas vezes, havia me ensinado quando eu tinha catorze anos.

Algumas puxadas para a esquerda, depois para a direita, e senti a fechadura ceder. Bingo. Aberta. Devolvi o cartão a John Miller.

— Impressionante — ele disse, sorrindo para mim daquele jeito que os garotos sorriem quando estão surpresos. — Como é mesmo seu nome?

— Remy — eu disse a ele.

— Ela está comigo — Dexter explicou, e eu apenas suspirei e me afastei da varanda, acompanhada pelo cachorro. Abaixei e cocei suas orelhas. Ele tinha olhos brancos, embaçados, e um hálito horrível, mas sempre gostei de cachorros. Minha mãe, claro, gostava de gatos. Os únicos animais de estimação que eu tive foram uma longa fila de gatos himalaios grandes e peludos, com vários problemas de saúde e péssimo temperamento. Amavam minha mãe e soltavam pelos na casa toda.

— Esse é o Macaco — Dexter disse. — Somos inseparáveis.

— Azar do Macaco — comentei, levantando e caminhando até o carro.

— Você é durona, Remy — ele disse. — Mas agora está intrigada. Vai voltar.

— Não conte com isso.

Ele não respondeu, só ficou ali, apoiado em uma coluna da varanda enquanto eu saía com o carro. Macaco estava sentado ao seu lado, e juntos eles me observavam ir embora.

6

Chris abriu a porta do apartamento de Jennifer Anne. Ele estava de gravata.

— Atrasada — meu irmão disse, sem rodeios.

Olhei no relógio. Eram 6h03, o que, de acordo com Chloe, Lissa e todas as outras pessoas que sempre *me* faziam esperar, estava dentro da regra oficial de que até-cinco-minutos-não-conta-como-atraso. Mas alguma coisa me dizia que não era uma boa mencionar aquilo.

— Ela chegou! — Chris anunciou olhando para trás. Quando entrei e fechei a porta, ele me lançou um olhar de reprovação.

— Já estou indo — Jennifer Anne respondeu, com a voz suave. — Ofereça algo pra ela beber, Christopher.

— Por aqui. — Chris foi até a sala de estar. Nossos sapatos faziam barulho ao roçar no carpete. Era a primeira vez que eu ia à casa de Jennifer Anne, mas a decoração não me surpreendeu. Tanto o sofá de três lugares quanto o de dois eram meio surrados e combinavam com o papel de parede. Um diploma do colégio técnico estava pendurado na parede com uma grossa moldura dourada. A mesa de centro tinha uma pilha de livros grossos e bonitos sobre a Provença, Paris e Veneza, lugares onde ela nunca tinha ido, arrumados com muito cuidado para parecer que haviam sido empilhados de forma despreocupada.

Chris trouxe um refrigerante que sabia que eu odiava mas achava que eu merecia. Ficamos sentados, ele no sofá de três lugares, eu no de dois. Do outro lado da sala, sobre a lareira falsa, o relógio marcava o tempo passando.

— Não imaginei que seria tão formal — eu disse, apontando com a cabeça para a gravata dele.

— Dá pra perceber — ele respondeu.

Olhei para mim mesma: estava de jeans, camiseta branca e uma blusa de frio amarrada na cintura. Era aceitável, e ele sabia. Ouvi um barulho vindo da cozinha que parecia o forno sendo fechado, então a porta se abriu e surgiu Jennifer Anne, alisando a saia com as mãos.

— Remy — ela disse, vindo até mim e se inclinando para beijar meu rosto. Aquilo era novidade. Fiz o possível para não recuar, até mesmo pela surpresa, porque não queria que meu irmão olhasse feio para mim de novo. Jennifer Anne se acomodou ao lado dele no sofá e cruzou as pernas. — Estou muito feliz por você ter vindo. Brie?

— Como?

— Brie — ela repetiu, pegando uma pequena bandeja de vidro da mesa de canto e a estendendo na minha direção. — É um queijo suave francês.

— Ah — eu disse. Eu só não tinha ouvido o que ela tinha falado, mas agora Jennifer Anne parecia muito satisfeita consigo mesma, como se achasse que tinha trazido um pouco de cultura estrangeira para a minha vida. — Obrigada.

Não tivemos a oportunidade de ver se a conversa progrediria com naturalidade. Jennifer Anne claramente tinha feito uma lista de assuntos a partir do jornal ou da CNN, que acreditava que nos permitiria conversar em um nível aceitável. Devia ser uma tática que tinha aprendido em um de seus livros de negócios. Nenhum deles, percebi, estava nas prateleiras da sala de estar, aos olhos do público.

— Então — ela disse, depois de comermos algumas torradas —, o que acha das eleições na Europa, Remy?

Estava tomando um gole do refrigerante, e fiquei feliz por isso. Mas, quando terminei, tive que responder.

— Não tenho acompanhado as notícias, na verdade.

— Ah, é fascinante — ela disse. — Christopher e eu estávamos discutindo como o resultado pode afetar a economia global, não é, querido?

Meu irmão engoliu a torrada que comia, limpou a garganta e disse:

— É.

E assim continuou. Nos quinze minutos seguintes, tivemos conversas igualmente fascinantes sobre engenharia genética, aquecimento global, a possibilidade de os livros se tornarem completamente obsoletos em poucos anos por causa dos computadores e a chegada de uma nova família de pássaros australianos, exóticos e ameaçados de extinção, ao zoológico local. Quando sentamos para jantar, eu estava exausta.

— O frango está ótimo, amor — meu irmão disse enquanto atacávamos. Jennifer Anne tinha preparado uma receita que parecia complicada, frango recheado com batata doce e coberto por um molho de legumes. A aparência era perfeita, mas era o tipo de prato cuja preparação exigia que alguém manuseasse bastante a comida, que agora enfiávamos na boca.

— Obrigada — Jennifer respondeu, estendendo o braço e acariciando a mão dele. — Mais arroz?

— Por favor. — Chris sorria enquanto ela colocava a comida em seu prato, e eu notei, não pela primeira vez, que mal reconhecia meu irmão. Ele estava ali sentado como se aquela fosse a vida a que estava acostumado, como se sempre usasse gravata para jantar e tivesse alguém preparando refeições exóticas para ele, servidas no que claramente era a louça para visitas. Mas eu sabia que não era assim. Havíamos compartilhado a mesma infância, tínhamos sido criados pela mesma mulher, cuja ideia de refeição caseira envolvia macarrão instantâneo, pão e seleta de legumes. Minha mãe não conseguia nem fazer torradas sem acionar o detector de fumaça. Era até incrível que tivéssemos passado pelo ensino fundamental sem nenhuma deficiência de vitamina. Mas não dava para notar nada daquilo. A transformação de Chris, meu irmão drogado e fichado na polícia, em Christopher, homem de cultura, roupas passadas e carreira bem estabelecida como perito em lubrificação, estava quase completa. Havia só mais umas poucas bizarrices para resolver, como os lagartos. E eu.

— Então sua mãe e Don voltam na sexta? — Jennifer Anne perguntou.

— É — concordei. Talvez fossem aqueles enroladinhos de frango feitos meticulosamente, ou a falsidade da noite inteira, mas alguma coisa de repente ativou meu lado mau. Virei para Chris e disse: — Então, não fizemos aquilo ainda, né?

Ele piscou para mim, com a boca cheia de arroz. Depois engoliu e disse:

— O quê?

— A aposta. — Esperei a ficha cair. Mas ou não caiu ou ele fingiu que não tinha caído.

— Que aposta? — Jennifer Anne perguntou, corajosamente permitindo esse desvio no roteiro da conversa.

— Não é nada — Chris resmungou. Ele tentou me chutar, mas acertou um dos pés da mesa, fazendo a manteigueira balançar.

— Anos atrás — eu disse a Jennifer Anne, enquanto ele tentava me chutar mais uma vez sem sucesso, encostando de leve na sola do meu sapato —, quando minha mãe casou pela segunda vez, Chris e eu começamos a apostar quanto tempo duraria.

— O pão está ótimo — Chris se apressou em dizer para Jennifer Anne. — De verdade.

— Ele tinha dez anos, eu devia ter mais ou menos seis — continuei. — Isso foi quando ela casou com Harold, o professor, se não me engano. No dia que viajaram para a lua de mel, sentamos cada um com um bloco de papel e escrevemos quanto tempo achávamos que ficariam juntos. Então dobramos nossos palpites e colocamos em um envelope lacrado, que guardei no meu armário até o dia em que minha mãe disse que Harold estava saindo de casa.

— Remy — Chris disse, baixinho —, isso não tem graça.

— Ele só está irritado — continuei — porque ainda não ganhou nenhuma vez. Eu sempre ganho. É tipo vinte e um: você não pode estourar. Quem chegar mais perto ganha. E tivemos que criar regras bem específicas com o passar dos anos. Como considerar o dia em que ela nos contava que tinha acabado, não a separação oficial. Tivemos que estabelecer isso porque, quando ela e Martin terminaram, Chris tentou trapacear.

Chris me olhava feio. Não sabia perder.

— Bom, eu acho que isso é horrível — Jennifer Anne disse. — Horrível *mesmo*. — Ela largou o garfo com cuidado e passou o guardanapo nos lábios, fechando os olhos. — Que jeito triste de se pensar num casamento.

— A gente era criança — Chris se apressou em dizer, abraçando-a.

— Só contei por contar — falei, dando de ombros. — É tipo uma tradição familiar.

Jennifer Anne arrastou a cadeira e recolheu a travessa do frango.

— Acho que sua mãe merecia coisa melhor do que dois filhos que botam tão pouca fé nela — ela nos repreendeu.

E então foi até a cozinha, deixando a porta bater.

Chris se aproximou de mim tão rápido que não tive tempo nem de largar o garfo e ele quase furou o próprio olho.

— Que porra é essa? — ele gritou comigo. — Remy, qual é o seu problema?

— Minha nossa, *Christopher*! — exclamei. — Que boca suja. Cuidado para Jennifer Anne não ouvir, senão vai te deixar de castigo depois da aula, ou vai mandar você fazer um trabalho sobre aqueles pássaros australianos.

Ele voltou a sentar na cadeira, saindo de perto de mim.

— Escuta aqui — Chris disse, cuspindo as palavras —, não posso fazer nada se você é uma vaca, sempre tão amargurada e infeliz. Mas eu amo Jennifer Anne e não vou deixar que faça seus joguinhos com ela. Está me ouvindo?

Fiquei olhando para ele.

— Está me ouvindo? — Chris repetiu, ríspido. — Que saco, Remy. É muito difícil gostar de você às vezes, sabia? De verdade. — Então ele arrastou a cadeira, jogou o guardanapo na mesa e foi para a cozinha.

Fiquei ali sentada. Senti como se tivesse levado um tapa: meu rosto estava vermelho e quente. Eu só estava provocando, e ele simplesmente surtou. Durante todos aqueles anos Chris tinha sido a única pessoa que compartilhava minha visão cínica do amor. Sempre dizíamos um ao outro que nunca nos casaríamos, sem chance, atire em mim se eu fizer isso. Agora ele tinha mudado de time. Que idiota.

Conseguia ouvir os dois na cozinha, a voz dela baixa e trêmula, a dele, reconfortante. A comida no meu prato estava fria, como meu coração duro. Era de se esperar que eu me sentisse fria também, já que era uma vaca, sempre tão amargurada e infeliz. Mas não. Não sentia nada, na verdade — apenas que o círculo que eu sempre mantive pequeno tinha ficado menor ainda. Talvez Chris pudesse ser salvo tão fácil. Mas eu não. Nunca seria.

★

Depois de muita discussão sussurrada na cozinha, uma paz desconfortável foi negociada. Pedi desculpas a Jennifer Anne, tentando parecer sincera, e sofri com mais conversa programada enquanto comia o suflê de chocolate, até que finalmente permitiram que eu fosse embora. Chris não falou comigo, nem tentou disfarçar a porta batendo às minhas costas quando saí. Eu não devia ficar surpresa por ele ter cedido tão fácil ao amor. Era por isso que ele sempre perdia nossas apostas: o palpite dele superava a duração, e muito; da última vez, tinha chutado seis meses inteiros a mais.

Entrei no carro e dirigi. O caminho para casa parecia deprimente, sozinha ali, então cruzei a cidade em direção ao bairro de Lissa. Reduzi a velocidade na frente da casa dela, apaguei os faróis e parei perto da caixa de correio. Pela janela da frente dava para ver a sala de jantar, onde ela e os pais comiam. Pensei em ir até lá e tocar a campainha — a mãe dela sempre estava pronta para pegar uma cadeira e botar outro prato na mesa —, mas não estava no clima para conversar com eles sobre a faculdade ou o futuro. No fundo, estava a fim de ceder um pouquinho aos maus hábitos. Então fui para a casa de Chloe.

Ela atendeu a porta segurando uma colher de pau e franzindo a testa.

— Minha mãe chega em quarenta e cinco minutos — disse, segurando a porta aberta para que eu pudesse entrar. — Você pode ficar meia hora, tudo bem?

Concordei. A mãe de Chloe, Natasha, tinha uma política rígida de não receber visitas que não tinham sido convidadas, o que significava que, desde sempre, havia um limite de tempo em que era permitido que ficássemos na casa dela. Natasha parecia não gostar muito de pessoas. Eu imaginava que devia ser difícil para ela trabalhar como comissária de bordo, ou talvez fosse por isso mesmo que escolhera a profissão. De qualquer forma, quase nunca a víamos.

— Como foi o jantar? — ela perguntou olhando para trás enquanto eu a seguia até a cozinha, onde dava para ouvir a frigideira.

— Monótono — respondi. Não era uma mentira tão grande, eu só não queria tocar no assunto. — Posso roubar umas garrafinhas?

Ela virou as costas para o fogão, onde refogava alguma coisa. Tinha cheiro de frutos do mar.

— Foi por isso que você veio?

— Em parte. — Aquilo era o bom da Chloe: eu sempre podia ser direta. Na verdade, ela preferia que fosse assim. Como eu, não curtia enrolação.

Chloe revirou os olhos.

— Fique à vontade.

Puxei um banco, subi nele e abri a porta do armário. Ah, quanta coisa. Garrafinhas que a mãe dela tinha surrupiado do carrinho de bebidas estavam alinhadas na prateleira, cuidadosamente organizadas por tamanho e categoria: bebidas claras à esquerda, conhaques à direita. Peguei dois Bacardis do fundo e reorganizei as fileiras, então olhei para Chloe para ter certeza de que estava tudo bem. Ela fez que sim com a cabeça e me entregou um copo de coca, onde derramei o conteúdo de uma garrafa e pus alguns cubos de gelo. Então tomei um gole. Era forte, queimava ao descer pela garganta, e senti um remorso estranho, como se soubesse que aquele não era o jeito certo de reagir ao que havia acontecido na casa de Jennifer Anne. Mas passou. Essa era a parte ruim. Sempre passava.

— Quer um gole? — perguntei, segurando o copo. — Está bom.

Ela recusou.

— Era só o que faltava — Chloe disse, ajustando a chama. —

Minha mãe chegar em casa, encontrar o boleto da primeira mensalidade da faculdade e eu cheirando a rum.

— Onde ela estava?

— Zurique, acho. — Chloe se inclinou na direção da frigideira para sentir o cheiro. — Fez escala em Londres. Ou Milão.

Tomei mais um gole da bebida.

— Então — eu disse, depois de alguns segundos de silêncio —, sou uma vaca, amargurada e infeliz. Não sou?

— É — ela disse, sem se virar.

Concordei com a cabeça. Pronto. Teoria comprovada. Limpei com a mão a umidade deixada pelo copo na bancada preta.

— E você mencionou isso porque...? — Chloe disse, virando e se inclinando sobre o fogão.

— Porque Chris de repente acredita no amor e eu não. Então sou uma pessoa horrível.

Ela ponderou a respeito.

— Horrível, não — ela disse. — Você tem alguns pontos positivos.

Esperei, arregalando os olhos.

— Você tem roupas bem legais, por exemplo — ela disse.

— Vai à merda — eu disse, e ela riu, tampando a boca com a mão, então eu ri também. Não sei o que estava esperando. Teria dito a mesma coisa a ela.

Chloe não me deixou dirigir quando fui embora. Estacionou meu carro depois da esquina — se estivesse parado na frente da casa, a mãe ficaria possessa — e me levou até o Bendo, onde tive que jurar que só tomaria mais uma cerveja e pediria para Jess me dar uma carona. Jurei. Então entrei, bebi duas cervejas e decidi não incomodar Jess ainda. Sentei no bar, de onde podia ver bem o ambiente, e decidi enrolar um pouco.

Não sei quanto tempo passou até que a vi. Em um instante eu

estava conversando com o barman, um cara alto e magro chamado Nathan, sobre guitarristas de rock clássico, e no outro virei a cabeça e tive um vislumbre dela no espelho atrás do bar. O cabelo estava lambido, o rosto um pouco suado. Parecia bêbada, mas eu a teria reconhecido em qualquer lugar. Os outros que gostavam de acreditar que ela tinha sumido para sempre.

Limpei o rosto e passei a mão no cabelo, tentando dar alguma vida a ele. Ela olhou para mim quando fiz isso, sabendo tão bem quanto eu que era tudo ilusório, pequenos truques. Atrás de nós, a multidão aumentava, e eu sentia as pessoas pressionando meu corpo quando se inclinavam para a frente para pegar as bebidas. A coisa mais doentia era que, de certa forma, fiquei feliz em vê-la. A pior parte de mim, em carne e osso. Me encarando à meia-luz, me desafiando a chamá-la por outro nome que não fosse o meu.

Eu costumava ser pior. Muito pior.

Nem bebia mais tanto assim. Nem fumava maconha. Nem ia com desconhecidos para cantos escuros, carros escuros, quartos escuros. Era estranho como aquilo nunca funcionava à luz do dia, quando se podia ver de verdade a topografia do rosto de alguém, as linhas e saliências, as cicatrizes. No escuro, todos pareciam iguais com as feições borradas. Quando pensava em como eu era dois anos antes, me sentia como uma ferida em um lugar incômodo, fadada a bater nas quinas, reabrir o machucado e nunca sarar.

Beber e fumar não eram realmente o problema. Era outra coisa, algo difícil de admitir em voz alta. Garotas boazinhas não faziam o que eu fiz. Garotas boazinhas esperavam. Mas, mesmo antes de acontecer, nunca me considerei uma.

Eu estava no segundo ano e o vizinho de Lissa, Albert, que estava no último, ia dar uma festa. Os pais dela estavam fora da cidade, então combinamos de dormir lá. Fuçamos escondidas no armário de bebidas e misturamos tudo o que encontramos, coca diet, rum, vodca, licor de menta. Até hoje não suporto licor de cereja, nem mesmo nas tortas do Milton's Market que minha mãe adora. Só o cheiro já me dá ânsia de vômito.

Nunca seríamos convidadas para a festa do Albert, porque estávamos no segundo ano e não éramos ousadas o bastante nem para considerar entrar de penetra. Mas saímos na varanda dos fundos com nossas cocas diet batizadas e os cigarros mentolados que havíamos roubado da avó da Chloe. (Que até hoje também me dão ânsia.) Um cara qualquer, que já estava bêbado e enrolando a língua, acenou para irmos até lá. Depois de uma deliberação aos sussurros, que consistiu em Lissa dizendo que não podíamos e eu e Chloe ganhando dela, fomos.

Foi a primeira noite em que fiquei bêbada de verdade. Comecei mal com o licor de cereja, e uma hora depois me vi tropeçando em uma poltrona da sala de estar do Albert. Tudo girava, e eu via Lissa, Chloe e Jess sentadas num sofá, onde uma menina ensinava o jogo de acertar a moeda no copo. A música estava muito alta, e alguém tinha quebrado um vaso na entrada. Era azul, e os cacos ainda estavam espalhados por todos os lados, distribuídos sobre o carpete verde-limão. Eu lembro de pensar que pareciam vidro no mar.

Topei com um dos amigos do Albert, um cara muito popular do último ano, na escada. Ele tinha me paquerado a noite toda, me puxando para seu colo enquanto jogávamos baralho. Eu tinha gostado, tinha me sentido vingada, como se aquilo provasse que eu não era uma aluna qualquer do segundo ano. Quando ele disse que deveríamos sair para conversar, sozinhos, eu sabia aonde estávamos indo e por quê. Mesmo naquela época não era novidade para mim.

Fomos para o quarto do Albert e começamos a nos beijar no escuro, enquanto ele tateava procurando o interruptor. Quando encontrou, consegui ver um pôster do Pink Floyd, uma pilha de CDs e a Elle McPherson na parede com o mês de dezembro embaixo. Ele me levou para a cama e deitamos, tudo muito rápido.

Sempre me orgulhei de ter o controle da situação. Tinha meus movimentos patenteados, os empurrões e um eventual contorcionismo, que podiam ser usados para diminuir o ritmo das coisas. Mas daquela vez não estavam funcionando. Sempre que tirava uma das mãos dele, outra parecia me encontrar, e toda a minha força havia sumido. Não ajudava o fato de eu estar tão bêbada a ponto de perder o equilíbrio. E estava sendo bom, por um tempo.

O resto da história vem em ondas quando forço muito a memória, sempre aqueles detalhes pungentes: como tudo acontecia rápido, como eu apagava e voltava, um segundo lúcido, outro perdido. Ele estava em cima de mim e tudo girava, eu só conseguia sentir o peso dele empurrando meu corpo para trás, até que me senti como Alice caindo pela toca do coelho. Não queria que minha primeira vez fosse assim.

Quando acabou, disse a ele que estava enjoada e corri para o banheiro. Tranquei a porta com as mãos trêmulas, a princípio incapaz de realizar até mesmo as tarefas mais simples. Me agarrei à pia e tentei respirar fundo, sentindo o ar de volta no meu rosto, zumbindo nos meus ouvidos. Quando levantei a cabeça e olhei no espelho, foi o rosto dela que vi. Bêbada. Pálida. E assustada, agitada, ainda ofegante enquanto olhava de volta para mim, perguntando a si mesma o que tinha feito.

— Não. — O barman balançou a cabeça, colocando uma xícara de café na minha frente. — Ela já parou de beber.

Limpei o rosto com a mão e olhei para o cara ao meu lado, dando de ombros.

— Estou bem — eu disse. Ou balbuciei. Acho. — Foram só algumas doses.

— Esses barmans não sabem de nada... — Estávamos conversando havia quase uma hora, e eu só sabia que o nome dele era Sherman, estava no terceiro ano de uma faculdade de que eu nunca tinha ouvido falar, em Minnesota, e nos últimos dez minutos escorregara a perna cada vez mais perto da minha, fingindo que era porque a multidão o empurrava. Agora ele tirava um cigarro do maço e o oferecia a mim. Recusei e ele o acendeu, tragou a fumaça e a soltou no ar, para cima. — Então — ele disse —, uma garota como você deve ter namorado.

— Não — respondi, mexendo o café.

— Não acredito — ele disse, pegando uma bebida. — Está mentindo para mim?

Suspirei. Era tipo um roteiro, um padrão de como-conversar--com-garotas-no-bar, e eu só estava dando bola porque não tinha muita certeza de que conseguiria levantar sem cair. Pelo menos Jess estava a caminho. Eu tinha ligado para ela. Não tinha?

— É verdade — eu disse. — Sou uma vaca, fazer o quê.

Ele pareceu surpreso com a resposta, mas não de uma forma ruim. Na verdade, parecia meio intrigado, como se eu tivesse acabado de admitir que usava calcinha de couro ou que era superflexível.

— Quem disse isso?

— Todo mundo — falei.

— Tenho uma coisa aqui que vai te animar — ele disse.

— Aposto que tem.

— Não, sério. — Ele arregalou os olhos e fez o sinal universal do baseado. — Lá no carro. Vem comigo.

Fiz que não com a cabeça. Eu não estava tão bêbada. Ainda.

— Não. Estou esperando minha carona.

Ele se aproximou de mim. Tinha cheiro de loção pós-barba, alguma coisa forte.

— Garanto que você vai chegar em casa. Vamos. — E então pôs a mão no meu braço, fechando os dedos em volta do meu cotovelo.

— Me solta — eu disse, tentando puxar o braço de volta.

— Não faz assim — ele disse, de uma forma quase carinhosa.

— É sério — eu disse, puxando com força o cotovelo que ele ainda segurava. — Me solta.

— Ah, vai, Emmy — ele disse, terminando a bebida. Não conseguiu nem lembrar meu nome direito. — Eu não mordo.

Então ele começou a me puxar para fora da banqueta, o que eu normalmente dificultaria bastante, mas, de novo, meu equilíbrio não estava muito bom no momento. Antes que eu percebesse, já estava de pé, sendo arrastada pela multidão.

— Eu disse para soltar, seu babaca! — Puxei o braço com força e acertei seu rosto, fazendo-o cambalear um pouquinho. As pessoas olhavam para a gente, daquele jeito tipo meio-interessadas-pelo-menos-até-a-música-voltar-a-tocar. Como eu tinha deixado aquilo acontecer? Uma observação desagradável do Chris e eu já era uma bêbada que briga em público com um cara qualquer chamado Sherman? Podia sentir a vergonha crescendo dentro de mim, deixando meu rosto vermelho. Todos me olhavam.

— Muito bem, muito bem, o que está acontecendo aqui? — Era Adrian, o segurança, chegando tarde demais, como sempre, para a verdadeira confusão, mas sempre aproveitando a chance de exibir um pouco seu poder.

— Só estávamos conversando no bar, levantamos para ir lá fora e ela surtou — Sherman disse, puxando a gola da camisa. — Maluca. Ela me *bateu*.

Fiquei ali parada, esfregando o braço, me odiando. Sabia que se virasse veria aquela garota de novo, fraca e ferrada. Ela teria ido até o estacionamento sem problemas. Depois daquela primeira festa, tinha ganhado má reputação. Eu a odiava por isso. Tanto que podia sentir um nó se formar na garganta, mas engoli porque eu era melhor que isso. Eu não era Lissa: não expunha minha dor por aí. Eu a mantinha escondida, mais do que qualquer outra pessoa.

— Está inchando — Sherman choramingou, esfregando o olho. Que panaca. Se tivesse batido nele de propósito, seria diferente. Mas foi um acidente. Nem pus muita força no braço.

— Quer que eu chame a polícia? — Adrian perguntou.

De repente eu estava com tanto calor que podia sentir minha camiseta grudando nas costas. O salão balançou, só um pouquinho, e fechei os olhos.

— Ah, não — ouvi alguém dizer, e senti uma mão segurando a minha de leve. — Aí está você! Só me atrasei quinze minutos, amor, não precisava armar confusão.

Abri os olhos e vi Dexter ao meu lado. Segurando minha mão. Eu teria puxado o braço para longe, mas pensei duas vezes, depois do que tinha acabado de acontecer.

— Isso não é da sua conta — Adrian disse.

— Mas foi culpa minha — Dexter respondeu daquele jeito rápido e animado dele, como se todos fôssemos amigos que se encontraram por coincidência em uma esquina qualquer. — Eu me atrasei. E isso deixa meu docinho aqui muito azedo.

— Meu Deus — falei baixinho.

— Docinho? — Sherman repetiu.

— Ela acertou a cara dele — Adrian disse para Dexter. — Vou ter que chamar a polícia.

Dexter olhou para mim, depois para Sherman.

— Ela bateu em você?

Sherman não parecia ter tanta certeza, e preferiu puxar a gola da camisa e olhar para o lado.

— Mais ou menos...

— Amor! — Dexter olhou para mim. — Você fez isso mesmo? Mas é tão pequenininha...

— Quer apanhar também? — eu disse baixinho.

— Quer ir presa? — ele respondeu, tão baixo quanto eu. Voltando ao modo animado, ele acrescentou: — Quer dizer, já vi ela brava antes, mas bater em alguém? Minha Remy? Ela mal deve pesar quarenta quilos.

— Posso chamar a polícia ou não — Adrian disse —, mas tenho que voltar logo para a porta.

— Deixa pra lá — Sherman disse. — Estou indo embora.

Então ele saiu de fininho, mas deu para perceber que o olho estava mesmo inchando. Fracote.

— Você. — Adrian apontou para mim. — Pra casa. Agora.

— Pode deixar — Dexter disse. — E muito obrigado por lidar com a situação de maneira tão cordial e profissional.

Deixamos Adrian ali, ponderando se tinha sido insultado ou não. Assim que saímos, soltei a mão de Dexter e desci a escada, indo em direção ao telefone público.

— Qual é? Nem um agradecimento? — ele perguntou.

— Posso cuidar de mim mesma — eu disse. — Não sou uma mulher fraca que precisa ser salva.

— É óbvio que não — ele disse. — Você quase foi presa por agressão.

Continuei andando. Dexter prosseguiu, disparando na minha frente e andando de costas, para que eu não tivesse outra escolha senão olhar para ele:

— Salvei sua pele. Você poderia ser um pouco menos ingrata. Está bêbada?

— Não — falei, brava, embora talvez tivesse acabado de tropeçar em alguma coisa. — Estou bem. Só quero telefonar pra pedir uma carona pra casa, tudo bem? Tive uma noite péssima.

Ele voltou a andar ao meu lado, com as mãos enfiadas nos bolsos.

— Sério?

— Sério.

Chegamos na cabine telefônica. Procurei nos bolsos: não tinha moedas. De repente, tudo pareceu me atingir de uma vez: a discussão com Chris, a briga no bar, minha autopiedade e, logo na sequência, toda a bebida que tinha consumido em poucas horas. Minha cabeça doía, eu estava morrendo de sede e presa ali. Tampei os olhos e respirei fundo algumas vezes para me acalmar.

Não chore, pelo amor de Deus, eu disse a mim mesma. Você não é assim. Não mais. Respire.

Mas não estava funcionando. Nada estava funcionando naquela noite.

— Vamos — ele disse baixinho. — Me conta o que há de errado.

— Não. — Eu funguei e odiei como aquilo soou. Fraca. — Vai embora.

— Remy — ele respondeu. — Me conta.

Fiz que não com a cabeça. Como eu poderia saber se daquela vez seria diferente? A história poderia ser a mesma, fácil: eu bêbada, em um lugar deserto. Alguém ali, tentando se aproximar de mim. Já tinha acontecido antes. Quem poderia me culpar pelo meu coração frio e duro?

E aquilo foi o bastante. Estava chorando, com raiva de mim mesma, mas não conseguia parar. A única vez que me permiti ser tão fraca assim foi em casa, no closet, olhando para as estrelas com a voz do meu pai preenchendo meus ouvidos. Queria tanto que ele estivesse ali, apesar de saber que era estupidez, que nem saberia como me salvar. Ele mesmo disse, na canção, que me decepcionaria. Mas mesmo assim.

— Remy — Dexter disse, baixinho. Ele não me tocava, mas sua voz parecia muito perto, muito suave. — Está tudo bem. Não chore.

Mais tarde, eu levaria um tempo para lembrar exatamente como aconteceu. Se eu me virei e cheguei perto primeiro, ou se foi ele. Só sabia que não tínhamos nos encontrado no meio do caminho. Era uma distância muito curta, na verdade; não valia a pena brigar por isso. E talvez não importasse tanto quem deu o primeiro passo. Só sabia que ele estava ali.

7

Acordei com a boca seca, a cabeça latejando e o som de uma guitarra vindo de uma das portas do outro lado do cômodo. Estava escuro, mas um feixe de luz ia até onde eu estava, recaindo sobre a beirada da cama onde tinha dormido.

Levantei rápido e minha cabeça começou a girar. Nossa. Aquilo era familiar. Não o lugar, mas a sensação de acordar em uma cama estranha, completamente desorientada. Em momentos assim, ficava feliz por não ter ninguém presente para testemunhar minha absoluta vergonha ao perceber que, sim, eu ainda estava de calça, e, sim, ainda estava de sutiã, e, sim, nada muito grave havia acontecido porque, bem, meninas sempre sabem.

Nossa. Fechei os olhos, respirando fundo.

Certo, eu disse a mim mesma, pense um pouco. Olhei ao redor em busca de qualquer detalhe que pudesse esclarecer o que havia acontecido, já que a última coisa de que me lembrava era de estar com Dexter na cabine telefônica. Havia uma janela à minha esquerda e, no peitoril, o que parecia uma série de globos de neve. Do outro lado, uma cadeira estava coberta de roupas, e havia um monte de CDs empilhados ao lado da porta. Na beirada da cama, em uma pilha, estavam minhas sandálias, a blusa que eu usava amarrada na cintura, meu dinheiro e minha identidade. Eu tinha colocado ali? De jeito nenhum. Mesmo bêbada, teria dobrado direito. Quer dizer... por favor.

De repente, ouvi alguém rir, depois alguns acordes suaves de guitarra.

— *Você me deu uma batata* — alguém cantou, e houve mais uma gargalhada —, *mas eu queria uma poncã... Eu pedi seu amor... Você disse...* Ei, espera aí, esse é o meu queijo cottage?

— Estou com fome — alguém protestou. — E a única coisa que tem aqui é picles.

— Então coma picles — respondeu outra voz. — O queijo cottage é *proibido*.

— Qual é o seu problema, cara?

— Regras da casa, John Miller. Você não compra comida, você não come. Ponto final.

A porta da geladeira bateu, fez-se um segundo de silêncio, depois a guitarra recomeçou.

— Ele é um bebê chorão — alguém disse. — Certo. Onde estávamos?

— *Poncã.* — Dessa vez reconheci a voz. Era Dexter.

— *Poncã* — repetiu a outra voz. — Então...

— *Eu pedi seu amor* — Dexter cantou. — *Você disse "só amanhã"*.

Retirei as mantas que me cobriam, saí da cama e coloquei a sandália. Por algum motivo, isso fez com que me sentisse melhor, mais no controle. Depois pus a identidade de volta no bolso, vesti a blusa de frio e sentei para pensar.

Primeiro de tudo: precisava saber que horas eram. Não havia relógio, mas dava para ver o que parecia um fio de telefone enrolado debaixo da cama, enterrado sob algumas camisetas. O lugar estava uma bagunça. Liguei para o serviço que informava o horário e o clima, ouvi a previsão do tempo para os cinco dias seguintes e depois descobri que era meia-noite e vinte e dois. Bipe.

A cama desarrumada me incomodava muito. Mas não era problema meu. Eu tinha que ir para casa.

Liguei para Jess e roí a unha do mindinho esperando a fúria inevitável.

— *Humpf.*

— Jess?

— Remy Starr. Eu vou acabar com a sua raça.

— Ei, tudo bem, mas escuta...

— Onde você está?! — Ela estava bem acordada e conseguia soar irritada e manter a voz baixa ao mesmo tempo. Jess era muito talentosa. — Chloe está me enchendo o saco por sua causa. Ela disse que te deixou no Bendo para tomar uma cerveja às oito e meia. Tenha dó.

— Acabei ficando um pouco mais.

— Deu pra perceber. E eu acabei indo até lá te procurar e fiquei sabendo que você não só estava bêbada como se meteu numa briga e, para completar, saiu com um cara e desapareceu. O que você tem na cabeça, Remy?

— Você está certa, eu sei. Mas agora preciso...

— Acha que eu gosto de ficar recebendo ligações da Chloe me dizendo que, se você estiver morta ou algo do tipo, a culpa é minha, porque era pra eu ter algum dom sobrenatural que me permitisse saber que eu tinha que te buscar?

Fiquei quieta.

— E então? — ela perguntou.

— Eu fiz merda — disse, sussurrando. —. Sei disso. Mas agora estou na casa de um cara e preciso ir embora. Você pode, por favor, me ajudar?

— Onde você está?

Falei.

— Jess, eu realmente...

Clique. Certo, agora nós duas podíamos ficar irritadas comigo. Mas pelo menos eu estava indo pra casa.

Fui até a porta e encostei o ouvido nela. A guitarra ainda tocava, e dava pra ouvir Dexter cantando aquela música sobre a batata e a poncã repetidas vezes, como se esperasse a inspiração chegar. Abri uma fresta da porta e espiei. Era a cozinha da casa, onde havia uma mesa de fórmica velha com algumas cadeiras que não combinavam, uma geladeira coberta de fotos e um sofá listrado de marrom e verde encostado na janela dos fundos. Pude ver Dexter e o cara que reconheci como Ted, o guitarrista, sentados à mesa, com algumas latas de cerveja. O cachorro, Macaco, dormia no sofá.

— Talvez poncã não seja a melhor opção — Dexter disse, recostando na cadeira de madeira pintada de amarelo exatamente do jeito que os professores da escola dizem para não fazer, equilibrando-se nas pernas de trás. — Talvez a gente precise de outro tipo de fruta.

Ted mexeu nas cordas da guitarra.

— Como qual?

— Não sei. — Dexter suspirou, passando as mãos no cabelo. Eram tão cacheados que o movimento apenas acrescentou volume.

— Que tal romã?

— Não.

— Nectarina?

Ted inclinou a cabeça, depois tocou outro acorde.

— *Você me deu uma batata, mas eu queria uma nectarina...*

Eles se entreolharam.

— Horrível — Dexter afirmou.

— É.

Fechei a porta, me encolhendo quando ela fez um barulhinho. Seria bem ruim ter que encarar Dexter depois do que tinha — ou não tinha — acontecido. Mas a ideia de haver mais gente ali bastava para tornar necessária uma fuga pela janela.

Subi na cama e empurrei os globos de neve para o canto — quem acima dos dez anos colecionava aquilo? Então soltei a trava. No início, ficou emperrada, mas forcei um pouco com o ombro e consegui abrir, rangendo um pouco. Não era muito espaço, mas era suficiente.

Um braço passou e eu estava prestes a me espremer quando tive uma pequena, porém notável, pontada de culpa. Bom, ele tinha me levado para um lugar seguro. E, a julgar pelo gosto na minha boca e minhas experiências anteriores, era altamente provável que eu tinha vomitado em algum momento. Como não lembrava de ter chegado ali, ele devia ter precisado me arrastar. Ou me carregar. Ah, a vergonha.

Voltei para a cama. Precisava fazer a coisa certa. Mas Jess estava a caminho e eu não tinha muitas opções. Olhei em volta: não tinha tempo para arrumar o quarto, mesmo que minhas habilidades fossem impressionantes. Se eu deixasse um bilhete, seria um convite para ele entrar em contato novamente, e eu não sabia se queria isso. Não havia mais nada a fazer além de arrumar a cama. Eu a ajeitei com rapidez e perfeição, incluindo o truque do travesseiro, que era meu segredo. Nem no Four Seasons faziam melhor.

Foi com a consciência menos pesada que passei pela (pequena) janela, tentando ser furtiva e quase conseguindo até chutar os fundos da casa ao descer, deixando uma marca no relógio de luz. Nada muito grave. Atravessei o corredor lateral para encontrar Jess.

Houve um tempo em que eu era famosa pelas minhas fugas pela janela. Sempre foi minha forma preferida de sair, mesmo se tivesse um caminho livre até a porta. Talvez fosse o lance da vergonha, uma punição que escolhia infringir sobre mim mesma porque sabia que tinha feito algo errado. Era minha penitência.

Duas ruas depois, na Caldwell, fiquei perto do meio-fio, na altura da placa de "Pare" e levantei a mão, apertando os olhos contra a luz dos faróis de Jess conforme se aproximava. Ela estendeu o braço, abriu a porta do passageiro e ficou olhando para a frente, impassível, quando entrei.

— Igualzinho aos velhos tempos — Jess disse, sem rodeios. — Como foi?

Suspirei. Era tarde demais para entrar em detalhes, mesmo com ela.

— Como nos velhos tempos — eu disse.

Ela ligou o rádio e cortamos por uma rua secundária, depois passamos pela casa de Dexter para sair do bairro. A porta estava aberta, a varanda escura, mas a luz lá dentro me permitia ver Macaco sentado ali, com o focinho junto à porta de tela. Dexter ainda nem devia saber que eu tinha ido embora. Só por precaução, escorreguei no banco, me escondendo, embora soubesse que, no escuro e na velocidade em que estávamos, não teria como ele me ver.

Dessa vez, acordei com um barulho.

Não um normal: um barulho ritmado que eu reconhecia. Uma música. Na verdade, parecia uma música de Natal.

Abri um olho e olhei ao redor. Meu quarto, minha cama. Tudo no lugar, o chão limpo, meu universo, do jeito que eu gostava. Exceto pelo barulho.

Virei, enfiando o rosto no travesseiro, supondo que deviam ser os gatos da minha mãe, tendo pequenas crises nervosas em sua ausência, atacando minha porta na tentativa de me convencer a dar mais comida enlatada que eles devoravam aos montes.

— Vão embora — resmunguei com a boca no travesseiro. — Estou falando sério.

Naquele exato momento, a janela que ficava bem em cima da minha cama se abriu. Deslizou com a delicadeza da seda, quase me matando de susto, e a surpresa foi ainda maior quando Dexter passou por ela, a cabeça primeiro, seguida pelos membros desengonçados. Seu pé acertou minha mesa de cabeceira, fazendo o relógio voar pelo quarto e bater na porta do armário, e seu cotovelo acertou meu estômago. Pelo menos ele entrou com tanto impulso que passou direto pela cama e caiu com tudo, de barriga, no tapete ao lado da cômoda. Toda a confusão terminou em questão de segundos.

Depois tudo ficou muito silencioso.

Dexter levantou a cabeça, olhou em volta e voltou a deitar no tapete. Ele ainda parecia um pouco atordoado pelo impacto. Eu sabia como se sentia: minha janela ficava no segundo andar, e subir pela grade, como eu já tinha feito várias vezes, era um inferno.

— Você podia pelo menos ter se despedido — ele disse, de olhos fechados.

Sentei, puxando a manta até o peito. Era tão surreal vê-lo esparramado no tapete. Eu nem sabia como tinha encontrado minha casa. Toda a nossa trajetória, desde o dia em que nos conhecemos, parecia um longo sonho, atribulado e estranho, cheio de coisas que deviam fazer sentido, mas não faziam. O que ele tinha me dito no primeiro dia? Algo sobre ter rolado uma química. Disse ter notado na hora, e talvez fosse por isso que nos encontrávamos o tempo todo. Ou talvez ele só fosse persistente ao extremo. De qualquer modo, eu tinha a impressão de que estávamos em uma encruzilhada. Era preciso tomar uma decisão.

Ele sentou, esfregando o rosto. Não era tão ruim: pelo menos não tinha quebrado nada. Então olhou para mim, como se fosse minha vez de dizer ou fazer alguma coisa.

— Você não quer se envolver comigo — eu disse. — Pode apostar.

Ele levantou, contraindo-se um pouco, foi até a cama e sentou. Então se aproximou de mim, passando a mão no meu braço e subindo até minha nuca, me puxando para mais perto. Por um segundo, ficamos daquele jeito, olhando um para o outro. Eu tive um vislumbre repentino da noite anterior, uma memória se revelando e voltando a cair em minhas mãos, onde era possível ver com clareza. Era como uma fotografia: uma garota e um garoto na frente de uma cabine telefônica. Ela tampando os olhos. Ele à sua frente, observando. O garoto falava suavemente. E então, de repente, a garota deu um passo à frente, encostando o rosto no peito dele, que levantou a mão para acariciar seu cabelo.

Então tinha sido eu. Talvez soubesse, e por isso tinha fugido. Eu não demonstrava fraqueza. Não confiava em ninguém. Se ele tivesse feito como os outros e simplesmente me deixasse ir embora, eu teria ficado bem. Era fácil optar pelo esquecimento conveniente enquanto mantinha meu coração bem fechado, em um lugar onde ninguém pudesse entrar.

Agora, Dexter estava sentado muito perto de mim, mais do que em qualquer outra ocasião de que eu me lembrava. Parecia que aquele dia poderia tomar várias direções, como uma teia de aranha de possibilidades infinitas. Sempre que se fazia uma escolha, principalmente à qual se estava resistindo, havia desdobramentos. Alguns consideráveis, como um tremor sob os pés; outros tão pequenos que mal se notava. Mas aconteciam.

Enquanto o resto do mundo seguia alheio, tomando café, lendo o caderno de esportes e pegando as roupas na lavanderia, eu me inclinava para a frente e beijava Dexter, fazendo uma escolha que mudaria tudo. Talvez em algum lugar houvesse uma reverberação, um salto, uma pequena mudança no universo, quase despercebida. Não senti naquela hora. Senti apenas que ele retribuía o beijo, me levando para a luz do sol enquanto eu me perdia no gosto de sua boca e sentia o mundo seguir seu rumo, como sempre havia feito, à nossa volta.

julho

8

— *Não me venha com abóbora barata, pois eu sempre quis sua doce batata* — Dexter parou junto com a música. Só dava para ouvir o ruído da geladeira e o ronco do Macaco.

— Certo, o que mais rima com *barata*?

Ted dedilhou a guitarra, olhando para o teto. No sofá, perto da geladeira, John Miller rolou e bateu a cabeça ruiva na parede.

— Alguém? — Dexter perguntou.

— Bom — Lucas disse, cruzando as pernas —, depende se você quer uma rima rica ou pobre.

Dexter olhou para ele.

— Rima pobre? — repetiu.

— Uma rima pobre — Lucas começou no que eu já reconhecia como sua "voz de sabichão" — seria "batata". Mas dá para colocar um "tá" depois de qualquer outra palavra e fazer rimar, mesmo que quebre um pouco o ritmo. Por exemplo, "aguentar, tá".

— *Não me venha com abóbora barata* — Dexter cantou —, *porque sua loucura eu não consigo aguentar, tá?*

Silêncio. Ted tocou outro acorde, depois afinou uma corda.

— Precisa melhorar — Lucas disse. — Mas acho que estamos progredindo.

— Vocês podem, por favor, calar a boca? — John Miller resmungou do sofá com a voz abafada. — Estou tentando *dormir*.

— São duas da tarde e estamos na cozinha — Ted disse. — Vai dormir em outro lugar ou para de reclamar.

— Pessoal, pessoal — Dexter disse.

Ted suspirou.

— Gente, temos que nos concentrar nisso. Quero que a "Ópera da batata" esteja pronta para o show da semana que vem.

— "Ópera da batata"? — Lucas perguntou. — O nome vai ser esse?

— Consegue pensar em outro melhor?

Lucas ficou em silêncio por um segundo.

— Não — ele disse. — Não mesmo.

— Então cala essa boca. — Ted pegou a guitarra. — Do início, primeira estrofe, com sentimento.

E assim foi. Outro dia na casa amarela, onde eu estava passando uma boa parte do meu tempo livre. Não que gostasse do ambiente. O lugar era praticamente um lixão, em grande parte porque quatro garotos moravam ali e nenhum deles havia sido apresentado ao desinfetante. Tinha comida apodrecendo na geladeira, algo preto e bolorento crescendo nos azulejos do banheiro, e um cheiro rançoso não identificado saindo do terraço dos fundos. Só o quarto de Dexter estava decente, porque eu tinha meus limites. Quando encontrava cuecas sujas debaixo de uma almofada do sofá ou tinha que enfrentar as moscas que sempre rondavam o lixo da cozinha, pelo menos podia me consolar com o fato de que a cama dele estava arrumada, os CDs estavam empilhados em ordem alfabética e o purificador de ar cor-de-rosa funcionava a todo vapor. Todo esse trabalho era um pequeno preço a pagar pela minha sanidade.

Sanidade que estava sendo dolorosamente testada nos últimos dias, desde que minha mãe tinha voltado da lua de mel e estabelecido seu novo casamento debaixo do nosso teto. Durante toda a primavera, tivemos pedreiros pela casa, rebocando gesso e janelas e arrastando serragem pelo chão. Eles haviam derrubado a parede da antiga sala, estendendo-a até o quintal, e acrescentado uma nova suíte máster, com um novo banheiro com duas pias separadas por blocos de vidro colorido e uma banheira. Atravessar para o que Chris e eu batizamos de "nova ala" era como entrar em uma casa totalmente diferente, e essa era a intenção da minha mãe. Um quarto novo, um marido novo e um tapete novo. Sua vida era perfeita. Mas o resto de nós ainda estava se adaptando.

Um dos problemas eram as coisas de Don. Depois de passar a vida toda solteiro, ele havia se apegado a alguns objetos, poucos dos quais se adequavam à decoração da minha mãe para a nova ala. A única coisa que refletia remotamente o gosto dele no quarto era uma grande tapeçaria marroquina que retratava várias cenas bíblicas. Era enorme e ocupava quase toda a parede, mas combinava com o carpete, e assim se tornara uma concessão com que minha mãe era capaz de conviver. O resto de seus pertences ficou exilado na parte antiga da casa, o que significava que Chris e eu tínhamos que nos acostumar a viver com aquilo.

A primeira peça que notamos, alguns dias depois de eles voltarem, foi uma gravura emoldurada de um pintor renascentista retratando uma mulher rechonchuda em um jardim. Seus dedos eram grandes, roliços e brancos, e ela estava estirada em um divã, nua. Tinha seios enormes, que pendiam para fora do divã, e estava comendo uvas, segurando um punhado na mão e levando outro à boca. Podia ser arte — um termo flexível, na minha opinião — mas era repulsivo. Principalmente pendurado na parede sobre a mesa da cozinha, para onde eu era obrigada a olhar enquanto tomava café da manhã.

— Nossa! — Chris me disse na primeira manhã que viu o quadro, mais ou menos dois dias depois que Don foi morar em casa. Ele estava comendo cereal, já vestindo o uniforme da Jiffy Lube. — Quanto você acha que uma mulher dessas pesava?

Dei uma mordida no meu muffin, tentando me concentrar no jornal à minha frente.

— Não faço ideia — eu disse.

— Pelo menos uns cento e dez — Chris julgou, engolindo outra colherada. — Só os peitos devem pesar uns dois quilos. Talvez três.

— Temos mesmo que falar sobre isso?

— Como não falar? — ele perguntou. — Está bem aí. É como tentar ignorar o sol.

E não era só o quadro. Era a estátua de arte moderna que agora ficava na entrada e parecia, sinceramente, um pênis gigante. (Havia um tema recorrente? Nunca achei que Don fizesse o tipo, mas estava começando a desconfiar.) E o jogo sofisticado de panelas pendurado sobre a ilha da cozinha. E o sofá de couro vermelho na sala, que gritava Homem Solteiro à Procura. Eu estava me sentindo um pouco deslocada, mas a casa não era minha, e eu não tinha o direito de reclamar. Don agora era — acreditava-se — permanente, enquanto eu tinha status de temporária, porque me mudaria no outono. Pela primeira vez, era *eu* que tinha data de validade, e estava descobrindo que não gostava muito disso.

O que explicava, de certo modo, por que eu estava passando tanto tempo na casa do Dexter. Mas tinha outro motivo, que eu não conseguia admitir com tanta facilidade. Nem a mim mesma.

Desde que começara a namorar, sempre tivera um gráfico de fluxo na cabeça, um cronograma de como as coisas iam acontecer. Os relacionamentos tinham início com aquele período emocionante e inebriante, em que a outra pessoa é como uma nova invenção que resolve os piores problemas da vida, como perder meias na secadora ou queimar as beiradas do pão. Nessa fase, que costuma durar no máximo seis semanas, a outra pessoa é perfeita. Mas, com seis semanas e dois dias, as rachaduras começam a aparecer; ainda não são os verdadeiros danos estruturais, mas pequenas coisas que incomodam um pouco. Por exemplo, o modo como sempre supõem que você vai pagar o próprio ingresso do cinema, só porque fez isso uma vez, ou o fato de usarem o painel do carro como um teclado imaginário quando o semáforo demora a abrir. Um dia você pode ter achado bonitinho. Agora é irritante, mas não o suficiente para mudar alguma coisa. Quando chega a oitava semana, no entanto, a tensão começa a aparecer. A pessoa é humana, e é aí que a maioria dos relacionamentos se fragmenta e morre. Porque ou você continua ali e lida com aqueles problemas, ou pula fora com elegância, sabendo que em algum ponto de um futuro não muito distante outra pessoa perfeita vai surgir e consertar tudo, pelo menos por seis semanas.

Eu conhecia aquele padrão mesmo antes de ter meu primeiro namorado de verdade, porque já tinha visto minha mãe passar por ele várias vezes. Com casamentos, o padrão é esticado, ajustado, como fazemos para determinar a idade de um cachorro: as seis semanas se transformam em um ano, às vezes dois. Mas é a mesma coisa. Por isso era tão fácil adivinhar quanto tempo durariam meus padrastos. Tudo se resumia a matemática.

Se eu fizesse as contas com Dexter, no papel seria perfeito. Ficaríamos bem abaixo da marca dos três meses, pois eu iria para a faculdade justamente quando o brilho começaria a diminuir. Mas o problema era que ele não estava cooperando. Se minhas teorias sobre relacionamento fossem distribuídas geograficamente, Dexter não estaria na esquerda ou no centro ou mais à direita. Ele estaria em outro mapa, aproximando-se rapidamente do desconhecido.

Primeiro, ele era muito desengonçado. Nunca tinha gostado

de caras desajeitados, e Dexter era magricela e estava sempre em movimento. Não era para menos que nosso relacionamento tivesse começado com ele trombando em mim de várias formas, já que agora eu sabia que ele passava pelo mundo com uma série de cotoveladas, joelhadas e membros descontrolados em geral. Nesse pouco tempo que estávamos juntos, ele já tinha quebrado meu despertador, pisado em um dos meus colares de contas e conseguido, de alguma forma, deixar uma marca no teto do meu quarto. Sem brincadeira. Ele estava sempre sacudindo os joelhos, ou batucando com os dedos, como se estivesse aquecendo os motores, esperando a bandeira quadriculada aparecer para sair a toda a velocidade. Eu me via constantemente tentando acalmá-lo, cobrindo seu joelho ou seus dedos com a mão, pensando que assim o silenciaria, mas acabava entrando na onda, balançando junto, como se a corrente que o deixava inquieto estivesse passando para mim.

Em segundo lugar: ele era desleixado. Uma ponta da camisa sempre estava para fora da calça, a gravata normalmente estava manchada, o cabelo, embora cacheado e volumoso, ficava espetado para todos os lados da cabeça, como se ele fosse um cientista louco. Além disso, os cadarços viviam desamarrados. Ele era cheio de pontas soltas, e eu odiava aquilo. Se algum dia conseguisse fazer com que ficasse quieto por tempo suficiente, sabia que não conseguiria resistir ao ímpeto de ajeitar, amarrar, alisar e organizar tudo, como se ele fosse um guarda-roupa bagunçado, implorando pela minha atenção. Mas, em vez disso, eu me via rangendo os dentes, segurando minha ansiedade natural, porque não era algo permanente, eu e ele, e pensar o contrário só machucaria nós dois.

O que levava ao terceiro ponto: ele gostava mesmo de mim. Não naquela pegada até-terminar-o-verão, que era mais segura. Dexter nunca falava sobre o futuro, como se tivéssemos muito tempo e não houvesse um ponto final definido no nosso relacionamento.

Eu queria deixar as coisas claras desde o princípio: dizer que iria embora, sem amarras, o longo discurso que repetia na cabeça finalmente proferido em voz alta. Mas sempre que tentava fazer isso, ele se esquivava com tanta facilidade que parecia ler minha mente, ver o que estava prestes a acontecer e graciosamente evitar o assunto.

Quando a composição da "Música da batata" foi interrompida para que Ted pudesse ir trabalhar, Dexter se aproximou de mim, alongando os braços sobre a cabeça.

— É muito empolgante ver uma banda trabalhando, não é?

— "Aguentar, tá" é uma rima ridícula — eu disse. — Rica ou pobre.

Ele recuou, depois sorriu.

— É uma obra em construção — explicou.

Larguei minhas palavras cruzadas — tinha feito mais ou menos metade — e ele pegou e deu uma olhada.

— Impressionante — ele afirmou. — Claro que você faz as palavras cruzadas a caneta. Não comete erros?

— Não.

— Mas você está aqui — ele disse.

— Certo, talvez um — admiti.

Ele sorriu de novo. Só estávamos saindo havia algumas semanas, mas ainda me surpreendia com a fluidez do relacionamento. Desde o primeiro dia, no meu quarto, tive a sensação de que, de certa forma, havíamos pulado as formalidades típicas de início de namoro, aqueles momentos estranhos quando as pessoas ainda não têm muita intimidade e estão testando os limites um do outro. Talvez porque já estávamos rondando um ao outro havia um tempo quando ele finalmente se jogou pela janela do meu quarto. Mas, se eu parasse para pensar muito naquilo — o que eu não fazia —, percebia que havia me sentido confortável com ele desde o início. Ele certamente havia se sentido confortável comigo, pegando na minha mão logo naquele primeiro encontro. Como se já soubesse que ficaríamos juntos.

—Aposto que consigo citar mais estados do que você até aquela mulher sair da lavanderia.

Olhei para ele. Estávamos sentados em frente ao Joie, ambos em horário de almoço. Eu tomava uma coca diet e ele devorava um pacote de biscoitos.

— Dexter — eu disse —, está calor.

—Vamos — ele insistiu, passando a mão na minha perna. — É uma aposta!

— Não.

— Está com medo.

— Não. Não estou.

Ele inclinou a cabeça e apertou meu joelho. Sacudia o pé, como sempre.

—Vamos. Ela está quase entrando. Quando a porta fechar, está valendo.

— Ai, meu Deus — eu disse. — O que vamos apostar?

— Cinco dólares.

— Chato. E fácil demais.

— Dez.

—Tudo bem. E você vai ter que pagar o jantar.

— Combinado.

Vimos a mulher — que usava short cor-de-rosa e camiseta, e carregava um monte de camisas sociais amassadas — abrir a porta da lavanderia. Então, eu disse:

— Maine.

— Dakota do Norte.

— Flórida.

— Virginia.
— Califórnia.
— Delaware. — Eu estava contando nos dedos. Ele era trapaceiro, mas negava com muita veemência, então sempre precisava ter provas. Desafios, para Dexter, eram como aqueles duelos de filme antigo, onde homens de terno branco batiam no rosto um do outro com luvas e toda a sua honra estava em jogo. Até o momento, eu não havia ganhado todos, mas não tinha desistido de nenhum. Eu era nova naquilo, afinal.

Aparentemente, os desafios de Dexter eram lendários. O primeiro que presenciei tinha sido entre ele e John Miller. Foi alguns dias depois que eu e Dexter ficamos juntos, em uma das primeiras vezes que fui até a casa amarela com ele. Encontramos John Miller sentado à mesa da cozinha, de pijama, comendo uma banana. Tinha um cacho grande sobre a mesa diante dele e parecia meio deslocado em uma cozinha onde vim a saber que os principais grupos de alimentos eram raspadinha e cerveja.

— De onde saíram essas bananas? — Dexter perguntou a ele, puxando uma cadeira e sentando.

John Miller, que ainda parecia meio sonolento, levantou os olhos e respondeu:

— Clube da Fruta do Mês. Minha avó me deu uma assinatura de aniversário.

— Potássio — Dexter disse. — É bom comer todos os dias, sabia?

John Miller bocejou, como se estivesse acostumado a esse tipo de informação idiota. Depois voltou à sua banana.

— Eu aposto — Dexter disse de repente, em um tom de voz que depois eu passaria a reconhecer como aquele que sempre precedia um desafio, grave, parecido com o de um apresentador de programa de TV — que você não consegue comer dez bananas.

John Miller terminou de mastigar o pedaço que tinha na boca, depois engoliu.

— Eu aposto — ele disse — que você está certo.

— É um desafio — Dexter disse. Depois empurrou uma cadeira para mim com o joelho, que já estava agitado, e disse devagar no mesmo tom de voz grave: — Você aceita?

— Está maluco?

— Por dez paus.

— Não vou comer dez bananas por dez dólares — John Miller respondeu, indignado.

— É um dólar por banana! — Dexter disse.

— Além disso — John Miller continuou, arremessando a casca da banana no lixo que transbordava perto da porta dos fundos e errando —, essa bobagem de desafio está começando a perder a graça. Você não pode simplesmente sair por aí desafiando os outros sempre que tem vontade.

— Está recusando o desafio?

— Dá pra parar de fazer essa voz?

— Vinte paus — Dexter disse. — Vinte paus...

— Não — John Miller disse.

— ... e eu limpo o banheiro.

Aquilo mudava as coisas. John Miller olhou para as bananas, depois para Dexter. Depois novamente para as bananas.

— Essa que acabei de comer já conta como uma?

— Não.

John Miller deu um tapa na mesa.

— Nem chegou no meu estômago ainda!

Dexter pensou por um segundo.

— Vamos deixar Remy decidir desta vez.

— O quê? — eu disse. Os dois estavam olhando para mim.

— Você tem uma visão imparcial — Dexter explicou.

— Ela é sua namorada — John Miller reclamou. — Isso não é nada imparcial!

— Ela não é minha namorada. — Dexter olhou para mim como se aquilo pudesse me deixar chateada, o que provava que não me conhecia bem. — O que eu quis dizer é: podemos estar saindo — aqui ele fez uma pausa, como se esperasse que eu entrasse na conversa, mas não entrei, então ele continuou —, mas você é uma pessoa independente com opiniões e convicções próprias. Certo?

— Não sou namorada dele — confirmei a John Miller.

— Ela me ama — Dexter disse a ele, como se contasse um segredo, e senti meu rosto queimar. — Bem — ele emendou rápido. — Remy? O que você acha? A banana conta ou não?

— Hum, acho que pode contar. Talvez como metade?

— Metade! — Dexter olhou pra mim muito satisfeito, como se ele próprio tivesse me esculpido em argila. — Perfeito. Então, se quiser aceitar o desafio, você deve comer nove bananas e meia.

John Miller ficou pensando por um segundo. Mais tarde, eu saberia que o dinheiro era sempre escasso na casa amarela, e esses desafios serviam para equilibrar o fluxo financeiro entre eles. Dez dólares pagavam comida e cerveja por uns dois dias pelo menos. E eram apenas nove bananas. E meia.

— Tudo bem — John Miller respondeu. Eles selaram o acordo com um aperto de mão.

Antes do início do desafio, era preciso reunir testemunhas. Ted foi trazido do terraço dos fundos junto com uma menina com quem estava ficando, apresentada a mim como Mary Medonha (preferi não perguntar), e, depois de uma busca inútil pelo tecladista, Lucas, todos concordaram que o cachorro seria um substituto adequado. Nos reunimos em volta da mesa e no horrendo sofá marrom que ficava perto da geladeira enquanto John Miller fazia alongamentos e exercícios de respiração, como se estivesse se preparando para uma arrancada de cinquenta metros.

— Certo — disse Ted, o único que tinha um relógio que funcionava, ficando assim responsável pela marcação do tempo. — Valendo!

Quem nunca presenciou um desafio com comida, como era meu caso, espera que seja algo empolgante. Só que o desafio não era comer nove bananas e meia depressa: era apenas comer nove bananas e meia. Então, mais ou menos pela quarta banana, o tédio começou a tomar conta, e Ted e Mary Medonha decidiram ir no lugar de waffles, deixando Dexter, eu e o Macaco à espera das cinco bananas e meia seguintes. Só que nem foi preciso: John Miller se considerou derrotado na metade da sexta banana, levantando com cuidado e indo até o banheiro.

— Espero que você não tenha matado o garoto — eu disse a Dexter quando John trancou a porta.

— De jeito nenhum — ele disse com convicção, espreguiçando-se na cadeira. — Você devia ter visto na semana passada, quando ele comeu quinze ovos. Aí sim ficamos preocupados. Ele ficou muito vermelho.

— Sabe — eu disse —, é engraçado que nunca seja *você* o desafiado a comer um monte de coisa.

— Não é verdade. Em abril completei o maior desafio de todos.

Eu odiava a ideia de perguntar o que mereceria tal título, mas a curiosidade falou mais alto:

— Que foi...?

— Novecentos gramas de maionese — ele explicou. — Em exatos vinte minutos.

Só de pensar, meu estômago ficava embrulhado. Eu odiava maionese e qualquer coisa feita com ela: salada de batata, patê de atum...

— Que nojo!

— Eu sei — ele afirmou com orgulho. — Nunca vou conseguir fazer melhor, mesmo se tentar.

Fiquei me perguntando que tipo de pessoa ficava tão satisfeita com tanta competitividade. Dexter transformava tudo em desafios, estando ou não sob seu controle. Entre os favoritos mais recentes estavam: "Aposto quinze centavos que o próximo carro que passar vai ser azul ou verde", "Aposto cinco dólares que consigo preparar um prato com a lata de milho, a batata frita e a mostarda que estão na despensa" e, é claro, "Aposto que consigo citar mais estados do que você até aquela mulher sair da lavanderia".

Eu estava indo para o vigésimo. Dexter estava no décimo nono, com certa câimbra cerebral.

— Califórnia — ele disse finalmente, lançando um olhar nervoso para a frente da lavanderia, onde podíamos ver a mulher falando com alguém no balcão.

— Já falei.

— Wisconsin.

— Montana.

— Carolina do Sul.

A porta se abriu. Era ela.

— Fim de jogo — eu disse. — Ganhei.

— Ganhou nada!

Mostrei minha contagem nos dedos.

— Foi por um — eu disse. — Pode pagar.

Ele começou a vasculhar os bolsos, suspirando, depois me puxou para mais perto, colocando as mãos na minha cintura e enterrando o rosto no meu pescoço.

— Não — eu disse, colocando as mãos em seu peito. — Isso não vai funcionar.

— Serei seu escravo — ele disse no meu ouvido, e senti um arrepio subir pelas costas, mas logo ignorei, lembrando a mim mesma que sempre tinha romances de verão, com garotos que chamavam minha atenção depois que as aulas terminavam e que duravam exatamente até a viagem à praia que minha família costumava fazer em agosto. A única diferença era que daquela vez eu estava indo para o oeste, e não para o leste. Gostava de pensar naquilo daquela forma, em termos de direção, algo estabelecido que permaneceria imutável bem depois que eu já não estivesse mais lá.

Além disso, eu sabia que nunca daríamos certo no longo prazo. Ele já era tão imperfeito, com rachaduras e fissuras aparentes. Dava para imaginar os danos estruturais que estariam por baixo, nos alicerces. Ainda assim, era difícil manter o pensamento lúcido enquanto ele me beijava ali, em julho, com mais um desafio à minha espera. Afinal, eu estava animada e ainda parecia que tínhamos tempo.

— A pergunta é: ele já ouviu O Discurso? — Jess perguntou.
— Não — Chloe disse a ela. — A pergunta é: você já transou com ele?

Todas olharam para mim. Não era grosseria perguntar. Normalmente aquilo seria de conhecimento geral — ou até uma suposição geral. Mas daquela vez hesitei, o que era intimidante.

— Não — respondi finalmente. Alguém perdeu o fôlego, em choque. Depois se fez silêncio.

— Uau — Lissa exclamou. — Você gosta dele.

— Não é nada de mais — expliquei, não exatamente refutando, o que gerou mais uma rodada de silêncio e olhares. No Esconderijo, com o sol se pondo, senti a cama elástica balançar de leve sob o corpo e me inclinei para trás, colocando os dedos sobre o metal frio das molas.

— Sem Discurso, sem sexo — Jess disse, resumindo. — Isso é perigoso.

— Talvez ele seja diferente — Lissa sugeriu, mexendo a bebida com o dedo.

— Ninguém é diferente — Chloe disse a ela. — Remy sabe disso melhor do que nós.

O fato de as minhas melhores amigas usarem termos definidos para detalhar minhas ações denunciava minha absoluta fidelidade a um plano quando se tratava de relacionamentos. O Discurso normalmente vinha quando a fase do novo namorado estonteante, romântico e divertido estava a todo vapor. Era minha maneira de puxar o freio, diminuindo a marcha lentamente. Eu puxava de lado o Ken da vez e dizia algo como: "Ei, gosto muito de você, e estamos nos divertindo, mas não posso ter nada sério agora porque vou viajar para a praia/ preciso me concentrar muito nos estudos/ ainda estou tentando esquecer alguém e não quero me envolver demais". Esse era o discurso de verão. O de inverno era mais ou menos a mesma coisa, só que trocando as desculpas anteriores por: vou esquiar/ preciso me dedicar à escola até a formatura/ estou passando por um problema familiar. Normalmente os garotos encaravam de uma das seguintes maneiras: se *realmente* gostassem de mim e quisessem se comprometer, eles caíam fora, o que até era bom. Se gostavam de mim, mas estavam dispostos a diminuir o ritmo, estabelecer limites, evitavam a humilhação dizendo que pensavam a mesma coisa. Então eu ficava livre para dar o passo seguinte, que — e eu não me orgulho disso — costumava envolver sexo.

Mas não de imediato. Nunca de imediato, não mais. Eu gostava de investir tempo suficiente para ver algumas falhas e me livrar de qualquer um com defeitos com que eu sabia que não conseguiria lidar no longo prazo, ou seja, mais do que as seis semanas que costumavam abranger a fase do novo-namorado-divertido.

Eu tinha sido fácil, mas me tornara exigente. Havia uma grande diferença.

Além disso, tinha algo diferente em Dexter. Sempre que eu tentava seguir minha definição predeterminada, algo me impedia. Eu poderia ter aquela conversa com ele, que provavelmente encararia numa boa. A gente poderia transar, e ele ficaria numa boa — ou mais do que isso — também. Mas em algum lugar, no fundo da minha mente, alguma coisa me dizia que talvez ele não levaria numa boa, que podia pensar mal de mim, ou algo do tipo. Eu sabia que era idiotice.

E eu estava realmente ocupada. Devia ser isso, na verdade.

Chloe abriu uma garrafa de água, tomou um gole e em seguida tomou outro da garrafinha de uísque.

— O que você está fazendo? — ela perguntou, de forma direta.

— Só estou me divertindo — respondi, tomando um gole da minha Zip diet. Parecia fácil falar, depois de ter acabado de repassar tudo na cabeça. — Ele também vai embora no fim do verão.

— Então por que não fez O Discurso? — Jess questionou.

— Eu... — Balancei o copo, enrolando. — Não pensei sobre isso, pra ser sincera.

Elas se entreolharam, considerando as implicações. Lissa disse:

— Eu acho que ele é bem legal, Remy. É um fofo.

— Ele é atrapalhado — Jess resmungou. — Fica pisando no meu pé toda hora.

— Talvez — Chloe disse, como se tivesse acabado de pensar naquilo — seus pés sejam grandes demais, Jess.

— Talvez — Jess respondeu — você devesse calar a boca, Chloe.

Lissa suspirou, fechando os olhos.

— Gente. Por favor. Estamos falando da Remy.

— Não precisamos falar da Remy — afirmei. — Não mesmo. Vamos falar de outra pessoa.

Todas ficaram em silêncio por um segundo. Tomei mais um pouco da minha bebida e Lissa acendeu um cigarro. Finalmente, Chloe disse:

— Sabe, outro dia Dexter me disse que me daria dez dólares se eu conseguisse ficar de ponta-cabeça por vinte minutos. O que foi isso?

Todas olharam para mim.

Eu disse:

— Ignorem. Próximo assunto?

— Acho que o Adam está saindo com outra pessoa — Lissa disse de repente.

— Certo — eu falei. — *Isso* é interessante.

Lissa passou o dedo na borda do copo, de cabeça baixa, um cacho balançando levemente com o movimento. Devia fazer mais ou menos um mês que Adam havia terminado o namoro, e ela tinha passado da fase chorosa para um estado meio permanente de tristeza, com momentos esporádicos em que eu escutava sua risada alta, logo interrompida, como se ela tivesse esquecido que não podia ficar feliz.

— Com quem? — Chloe perguntou.

— Não sei. Ela tem um Mazda vermelho.

Jess olhou para mim, sacudindo a cabeça. Eu disse:

— Lissa, você anda passando de carro na frente da casa dele?

— Não — ela respondeu, depois olhou para nós. Estávamos todas olhando para ela, certas de que era mentira. — Não! Mas outro dia tinha uma obra na Willow e então eu...

— Quer que ele pense que você é fraca? — Jess questionou. — Quer dar essa satisfação a ele?

— Como ele já pode estar com outra? — Lissa perguntou, e Jess apenas suspirou, sacudindo a cabeça. — Não estou totalmente recuperada e ele já está com outra? Como *pode*?

— Ele é um cretino — justifiquei.

— Ele é homem — Chloe acrescentou. — Eles não se apegam, nunca se entregam completamente e mentem. É por isso que temos que lidar com os homens com muito cuidado, e manter certa distância sempre que possível, sempre desconfiando. Não é, Remy?

Olhei para ela e lá estava novamente: aquele movimento de olhos que significava que tinha visto algo em mim que não reconhecia, o que a preocupava. Porque se eu não fosse a Remy dura e fria de sempre, ela também não poderia ser a Chloe que era.

— É — respondi, e sorri para Lissa. Eu tinha que tomar a frente. Senão ela nunca sairia do buraco. — Com certeza.

A banda não chamava G Flats. Usaram o nome apenas para o casamento, onde foram obrigados a tocar por causa de um incidente envolvendo o furgão, algumas autoridades da Pensilvânia e o irmão de Don, Michael, que era advogado lá. Aparentemente, a apresentação tinha sido um acerto de contas, mas também parecia o momento certo para eles se deslocarem, como o Truth Squad — verdadeiro nome da banda — fazia todo verão.

Durante os dois anos anteriores, eles tinham trabalhado em todo o país, sempre seguindo o mesmo processo: encontrar uma cidade com um cenário musical decente, alugar um apartamento barato e tocar em casas noturnas. Na primeira semana, todos arrumavam trabalho, de preferência no mesmo lugar, uma vez que dividiam o furgão. (Dexter e Lucas trabalhavam na Flash Camera, enquanto John Miller preparava cafés no Jump Java e Ted empacotava compras no Mayor's Market.) Embora a maior parte deles tivesse cursado alguns anos de faculdade ou, no caso de Ted, se formado, sempre arranjavam trabalhos fáceis que não exigissem muito raciocínio ou horas extras. Depois procuravam o agito noturno local, com a esperança de emplacar uma apresentação semanal fixa, como aconteceu no Bendo. As terças à noite, o dia mais fraco, eram todinhas deles.

Tinham chegado fazia poucos dias quando conheci Dexter na Don's Motors. Dormiram no furgão, no parque municipal, até encontrar a casa amarela. Parecia que ficariam por ali até serem expulsos da cidade por dever dinheiro ou por pequenas infrações (já tinha acontecido antes), ou simplesmente até ficarem entediados. Tudo era planejado para ser transitório: eles se gabavam de conseguir fazer as malas e ir embora em uma hora, já passando o dedo sobre o mapa amassado que ficava no porta-luvas do furgão em busca de um novo destino.

Talvez fosse aquilo que me impedia de fazer O Discurso, a ideia de que a vida dele era tão instável quanto a minha. Eu não queria ser como as outras garotas que deviam estar em outras cidades ouvindo gravações piratas do Truth Squad e desejando Dexter Jones, nascido em Washington, pisciano, vocalista, lançador de desafios, endereço permanente desconhecido. Sua história parecia tão turva quanto a minha era nítida, e seu cachorro parecia a única família em que tinha interesse. Eu estava prestes a ser Remy Starr, de Lakeview, estudante de Stanford, curso ainda não definido, tendendo para economia. Só convergiríamos por mais algumas semanas, efêmeras. Não havia necessidade de seguir o protocolo.

Aquela noite, eu, Chloe, Jess e Lissa chegamos ao Bendo por volta das nove. O Truth Squad já estava tocando, e o público era pequeno, porém animado. Notei, depois rapidamente fiz questão de deixar de notar, que a maior parte era de meninas, algumas amontoadas perto do palco, segurando copos de cerveja e dançando no ritmo da música.

O setlist era uma mistura de covers e originais. As covers eram, como Dexter dizia, "um mal necessário" — obrigatórias em casamentos e úteis em casas noturnas, pelo menos no início das apresentações, para evitar a chuva de tampinhas de cerveja e pontas de cigarro. (Aparentemente aquilo também havia acontecido.) Mas Dexter e Ted, que haviam montado a banda no segundo ano do ensino médio, davam preferência a suas composições originais, entre as quais as melhores e mais ambiciosas eram as músicas da batata.

Quando sentamos, eles estavam terminando a última estrofe de "Gimme Three Steps". O grupo de meninas aplaudia e gritava. Então eles tocaram alguns acordes, Ted e Dexter conversaram e Dexter anunciou:

—Vamos tocar uma música original pra vocês, um clássico instantâneo. Esta é a "Música da batata".

Mais gritinhos das garotas, uma das quais — uma ruiva peituda de ombros largos que reconheci das enormes filas do banheiro feminino — se aproximou mais do palco, ficando praticamente aos pés de Dexter. Ele sorriu para ela, educadamente.

— *Eu a vi na seção de vegetais* — ele começou —, *sábado passado, no fim da tarde. Não fazia nem sete dias que ela tinha ido embora sem alarde...*

Outro grito alto de alguém que, ao que parecia, já era fã da "Música da batata". Que bom, pensei. Havia dezenas de onde saiu aquela.

— *Antes ela amava minha picanha, minhas tendências carnívoras tinham admiração* — Dexter continuou —, *mas agora era uma princesa vegana, que subsistia de feijão. Ela abriu mão do queijo e do bacon, abandonou a comilança, e quando eu não quis fazer o mesmo devolveu a aliança. Eu estava perto da alface romana, sentindo a angústia no peito.* — Aqui ele colocou a mão sobre o peito e fez uma cara triste, sendo aplaudido pelo público. — *Ter de volta a bela vegana seria uma vitória, um grande feito. Ela se virou e foi para o caixa, quinze itens e pronto. Eu sabia que era minha última chance, então disse meio tonto...*

Ele parou ali, deixando a música crescer, e John Miller acelerou na bateria. Dava para ver algumas pessoas já esboçando a letra.

— *Não me venha com abóbora barata, pois eu sempre quis sua doce batata* — Dexter cantou. — *Amassada, cremosa, em pedaços, em cubos ou frita com sal, do jeito que você fizer, amor, com certeza vai ficar legal.*

— Isso é uma música? — Jess me perguntou, mas Lissa estava rindo e batendo palmas no ritmo.

— São muitas músicas — expliquei a ela. — É uma ópera.

— O quê? — ela perguntou, mas eu nem repeti, porque a canção estava chegando ao clímax, basicamente a declamação de todos os tipos de legumes existentes. O público estava gritando nomes, e Dexter cantava com paixão, concluindo a música. Quando terminaram, com uma batida nos pratos, a multidão irrompeu em aplausos. Dexter chegou perto do microfone e disse que eles voltariam em alguns minutos, depois pegou um copo de plástico em cima de uma caixa de som e desceu do palco. Vi a ruiva ir na direção dele, cortando seu caminho.

— Aaah, Remy — Chloe disse, notando o mesmo que eu —, seu homem tem uma tiete.

— Ele não é meu homem — eu disse, tomando um gole de cerveja.

— Remy está com o vocalista da banda — Chloe disse a Jess, que riu. — O que aconteceu com a regra "nada de músicos"? Quando menos esperarmos, ela vai estar no ônibus, vendendo camisetas no estacionamento e mostrando os peitos para entrar nos bastidores.

— Pelo menos ela tem peito para mostrar — Jess disse.

— Eu tenho peito — Chloe disse, apontando. — Só porque não me deixam com dor nas costas não quer dizer que não existam.

— Tá bom, sutiã P — Jess disse, tomando um gole de bebida.

— Eu tenho peito! — Chloe disse mais uma vez, um pouco

alto demais. Ela já tinha tomado algumas garrafinhas de bebida no Esconderijo. — Meus peitos são lindos, sabia? São fantásticos! *Incríveis*.

— Chloe — eu disse, mas já era tarde demais. Não apenas dois caras haviam se aproximado e não paravam de olhar para os peitos dela como Dexter estava chegando do meu lado, com uma expressão de perplexidade no rosto. Chloe ficou vermelha, o que era raro para ela, e Lissa deu alguns tapinhas compassivos em seu ombro.

— Então é verdade — Dexter finalmente disse. — Meninas conversam sobre peitos quando estão em grupo. Sempre achei que sim, mas nunca tive provas.

— Elas estavam discutindo — Lissa explicou a ele.

— Deu para perceber — Dexter disse, e Chloe passou a mão no cabelo e virou a cabeça, como se, de repente, tivesse ficado fascinada pela parede. — Bem — ele disse com animação, mudando de assunto. — A "Música da batata" fez sucesso, não acha?

— Acho — respondi, chegando mais perto quando ele colocou o braço na minha cintura. Aquele era o lado bom de Dexter: ele não era tão pegajoso quanto Jonathan, mas tinha alguns gestos que me agradavam. A mão na cintura, por exemplo. E tinha uma coisa que me deixava louca: o jeito como envolvia minha nuca com os dedos, posicionando-os de modo que o polegar tocava um ponto em que era possível sentir minha pulsação. Era difícil explicar, mas sempre me causava arrepios, quase como se ele estivesse tocando meu coração.

Levantei os olhos e Chloe estava olhando para mim, vigilante como sempre. Parei de pensar naquilo e terminei minha cerveja. Ted chegou.

— Bom trabalho na segunda estrofe — foi a primeira coisa que ele disse, e não de maneira elogiosa, mas com sarcasmo e irritação. — Sabe, você está fazendo um desserviço à música assassinando as palavras.

— Quais palavras? — Dexter perguntou.

Ted suspirou alto.

— Ela não era uma princesa vegana que *subsistia de* feijão. Era uma princesa vegana que *vivia* de feijão.

Dexter ficou olhando para ele, completamente confuso, como se tivesse acabado de ouvir a previsão do tempo. Chloe disse:

— Qual é a diferença?

— O mundo inteiro sabe a diferença! — Ted rebateu. — Que *subsistia* de feijão é um registro muito alto, que traz a conotação de alta sociedade, padrões aceitos e status quo. Que *vivia* de feijão é mais pé no chão, realista, de uma classe mais baixa, indicativos tanto do eu lírico da canção quanto da melodia que a acompanha.

— Tudo isso por causa de uma palavra? — Jess questionou.

— Uma palavra — Ted respondeu — pode mudar o mundo.

Todos refletimos por um instante. Finalmente, Lissa disse a Chloe, alto o bastante para todos ouvirmos (ela tinha tomado uma ou duas garrafinhas):

— Aposto que ele foi muito bem no vestibular.

— Shhhhh — Chloe sussurrou, também alto o bastante.

— Ted — Dexter disse. — Entendo o que está dizendo. Obrigado por apontar a distinção, não vou cometer esse erro novamente.

Ted ficou ali parado, piscando.

— Certo — ele disse, meio desconcertado. — Ótimo. Bem, hum, vou sair para fumar.

— Tudo bem — Dexter disse. Ted saiu, abrindo espaço pela multidão até o bar. Algumas meninas que estavam perto da porta ficaram de olho quando ele passou, fazendo sinal uma para a outra. Aquela tara por músicos era doentia. Algumas garotas não tinham vergonha.

— Muito impressionante — eu disse a Dexter.

— Já tenho prática — ele explicou. — Ted é passional. E, na

verdade, só quer ser ouvido. Então é só acenar com a cabeça e concordar com ele. Três passos. Facinho.

— Facinho — repeti, e ele deslizou a mão pelo meu pescoço, pressionando os dedos de modo que eu tivesse aquela sensação estranha novamente. Não foi tão fácil me livrar dela. Quando Dexter se aproximou, beijando minha testa, fechei os olhos e imaginei até onde deixaria aquilo ir antes de cair fora. Talvez não fosse o verão inteiro. Talvez eu precisasse descarrilhar o trem antes, para evitar um verdadeiro acidente no final.

— Chamando Dexter — uma voz anunciou na frente da casa noturna. Levantei os olhos: era John Miller, tentando se proteger das luzes. — Chamando Dexter. Favor comparecer ao corredor cinco para uma verificação de preço.

A menina ruiva estava novamente bem perto do palco. Virou a cabeça e acompanhou o olhar de John Miller até onde estávamos. Até mim. Fiquei olhando para ela, de repente me sentindo possessiva diante de algo que nem tinha certeza se queria considerar meu.

— Tenho que ir — Dexter afirmou. Então se aproximou do meu ouvido e acrescentou: — Você me espera?

— Talvez — respondi.

Ele riu, como se fosse uma piada, e desapareceu no meio da multidão. Alguns segundos depois, eu o vi subir no palco, magricela e desajeitado. Ele bateu o pé em uma das caixas de som, derrubando-a a caminho do microfone. Um dos cadarços estava desamarrado, claro.

— Ah, cara — Chloe disse. Ela estava olhando pra mim, sacudindo a cabeça, e eu tentei me convencer de que estava errada, muito errada, quando falou: — Já era.

9

— Eu pensei que era um churrasco. Você sabe, cachorro-quente, hambúrguer, salada de frutas. — Dexter pegou uma caixa de bolinhos recheados e a jogou no carrinho. — E bolinhos.

— E é — expliquei, consultando a lista novamente antes de pegar um vidro de tomate seco na prateleira. — Só que é um churrasco organizado pela minha mãe.

— E?

— E minha mãe não sabe cozinhar.

Ele olhou para mim, esperando.

— Nada. Minha mãe não sabe cozinhar nada.

— Ela deve cozinhar de vez em quando.

— Não.

— Qualquer um consegue fazer ovos mexidos, Remy. As pessoas já vêm programadas pra isso. É como nadar e não misturar picles com aveia. Você simplesmente *sabe*.

— Minha mãe — eu contei a ele, empurrando o carrinho até o outro lado do corredor enquanto Dexter andava vagarosamente ao meu lado, dando passos longos e arrastados — nem gosta de ovos mexidos. Ela só come ovos benedict.

— Que são...? — ele perguntou, parando ao se distrair com uma pistola plástica de água numa prateleira na altura dos olhos das crianças, no meio da seção de cereais.

—Você não sabe o que são ovos benedict?

— Devia saber? — Dexter perguntou, pegando a pistola de água e puxando o gatilho, que fez clique-clique-clique. Ele se encostou em um canto e apontou, como um franco-atirador, buscando abrigo atrás de um expositor de latas de milho.

— É um modo de preparar ovos, bem complicado e sofisticado, envolvendo molho *hollandaise* — expliquei. — E brioche.

— Eca. — Ele fez cara feia e estremeceu. — *Odeio* brioche.

— Quê?

— Brioche — ele disse, colocando a pistola de água de volta no lugar. — Não consigo comer. Não consigo nem pensar em brioche. Na verdade, é melhor a gente mudar de assunto agora mesmo.

Paramos diante dos condimentos: minha mãe queria um molho asiático para peixe. Olhei com atenção para todos os frascos, já frustrada, enquanto Dexter fazia malabarismo com algumas caixas de adoçante. Ir ao mercado com ele era o mesmo que ir com uma criança pequena. Ele estava constantemente distraído, pegando coisas, e já tínhamos colocado muitos itens no carrinho por impulso — dos quais eu pretendia me desfazer quando ele não estivesse olhando, antes de passar no caixa.

—Você está dizendo — questionei, estendendo o braço quando localizei o molho de peixe — que é capaz de comer um vidro inteiro de maionese de uma vez só, mas acha brioche, que é basicamente pão, nojento?

— Ecaaaaa — ele estremeceu novamente, com o corpo todo, então colocou a mão na barriga. — Para de falar de brioche. É sério.

Estávamos demorando demais. A lista da minha mãe tinha apenas quinze itens, mas eram todos especiais: queijo de cabra importado, *focaccia*, uma marca extremamente específica de azeitona que vinha no vidro vermelho, não no verde. Além disso, havia a nova churrasqueira que ela tinha comprado especialmente para a ocasião — a melhor da loja, segundo Chris, que não impediu que ela gastasse demais, como eu teria feito —, mais os novos móveis do quintal (ou onde nos sentaríamos?). Minha mãe estava gastando uma pequena fortuna no que deveria ser um simples churrasco de Quatro de Julho.

Ela que teve a ideia. Trabalhou direto no livro desde que voltara da lua de mel com Don, mas, alguns dias antes, apareceu no meio do dia com uma inspiração: um verdadeiro churrasco de Quatro de Julho com a família, tipicamente americano. Chris e Jennifer Anne deveriam ir, e não seria ótimo se a secretária de Don, Patty, que era solteira, pobrezinha, se entendesse com Jorge, o decorador, que tínhamos que convidar por todo o trabalho que havia feito? E não seria uma ótima forma de todos conhecerem meu novo *amoreco* (inserir uma careta minha aqui) e comemorar o novo quintal e nossa maravilhosa, incrível e linda vida juntos, como uma família?

Ah, sim. Seria. É claro.

— O que foi? — Dexter perguntou, entrando na frente do carrinho, que eu, aparentemente, tinha começado a empurrar cada vez mais rápido quando aqueles pensamentos estressantes tomaram conta da minha cabeça. Acertei a barriga dele, obrigando-o a recuar, e Dexter colocou a mão no carrinho, empurrando-o de volta na minha direção. — Qual é o problema?

— Nada — respondi, tentando colocar o carrinho em movimento novamente, sem sorte. Ele não saía do lugar. — Por quê?

— Porque você está com uma cara estranha, como se seu cérebro estivesse se desfazendo.

— Legal — eu disse. — Muito obrigada.

— E você está mordendo o lábio — ele continuou. — Só faz isso quando está prestes a entrar no modo "e se" superobsessivo.

Fiquei olhando para ele. Como se eu fosse assim fácil de decifrar, um quebra-cabeça que podia ser montado em... quanto tempo fazia, duas semanas? Era um insulto.

— Está tudo bem — respondi com frieza.

— Ah! A voz de rainha do gelo. O que significa que eu estou certo. — Ele deu a volta no carrinho, segurando nas bordas, e ficou ao meu lado, colocando as mãos sobre as minhas. Começou a empurrar e andar do seu jeito atrapalhado, me obrigando a acompanhar seu ritmo estranho, como se estivesse caminhando com os sapatos cheios de bolinha de gude. — E se eu te fizer passar vergonha? — ele disse, como se apresentasse uma teoria da física quântica. — E se eu quebrar alguma relíquia de família? Ou falar sobre suas calcinhas?

Olhei feio para ele e empurrei o carrinho com mais força, fazendo-o tropeçar. Mas Dexter continuou firme, me puxando de volta para perto dele, passando os dedos na minha barriga. Então ele se aproximou e sussurrou bem no meu ouvido:

— E se eu lançar um desafio para o Don bem no meio do jantar, duvidando que ele consiga comer um vidro inteiro de tomate seco, seguido de uma barra de manteiga? E se... — E aqui ele simulou surpresa, fazendo drama. — E se ele *aceitar*?

Cobri o rosto com a mão, sacudindo a cabeça. Odiava quando ele me fazia rir e eu não queria: parecia uma enorme perda de controle, nada a ver comigo, a mais gritante de todas as falhas de caráter.

— Mas você sabe — ele afirmou, ainda no meu ouvido — que isso provavelmente não vai acontecer.

— Eu te odeio.

Dexter beijou meu pescoço e, por fim, soltou o carrinho.

— Não é verdade — ele disse, e seguiu pelo corredor, já distraído por um enorme expositor de queijo na seção de laticínios. — Nunca vai ser.

★

— Então, Remy. Ouvi dizer que você vai para Stanford!

Confirmei e sorri, trocando a bebida de mão e passando a língua nos dentes para sentir se tinha algum resto de espinafre. Não tinha. A secretária de Don, Patty, que eu não via desde o ataque de lágrimas na festa de casamento, estava parada na minha frente, ansiosa, com um pedaço grande alojado em volta de um dos incisivos.

— Bem — ela disse, secando a testa com um guardanapo. — É uma faculdade maravilhosa. Você deve estar muito animada.

— Estou — eu disse. Depois levantei a mão, como quem não quer nada, e esfreguei o dedo nos dentes, esperando que ela captasse a mensagem subconscientemente, por osmose. Mas não. Patty ainda estava sorrindo para mim, com mais suor se formando na testa enquanto tomava o resto do vinho e olhava ao redor, pensando no que dizer em seguida.

De repente, ela foi distraída, assim como eu, por uma pequena comoção perto da nova churrasqueira, onde Chris estava encarregado de preparar os bifes extremamente caros que minha mãe tinha encomendado no açougue. Eu a ouvira dizer a alguém que era "carne brasileira". Como se as vacas criadas abaixo da linha do Equador fossem melhores que nosso gado Holstein, de Michigan.

Chris não estava indo muito bem. Primeiro, tinha queimado parte de uma sobrancelha e uma boa quantidade de pelos do braço para acender a churrasqueira. Depois teve problemas para dominar a complicada espátula que veio com os acessórios top de linha que o vendedor havia convencido minha mãe a comprar, resultando em um bife lançado do outro lado do pátio, sobre o mocassim importado do nosso decorador, Jorge.

Agora, as chamas da churrasqueira saltavam enquanto Chris brigava com a válvula de gás. Todo mundo estava reunido em volta dele, segurando copos de bebida enquanto o fogo subia, fazendo os bifes chiarem e chamuscarem, e depois apagava com um ruído borbulhante. Minha mãe, que conversava sem parar com um dos vizinhos, olhou para lá sem muito interesse, como se a queima e a destruição metódica do prato principal fossem problema de outra pessoa.

— Não se preocupem! — Chris gritou quando as chamas subiram novamente e ele tentou domá-las com a espátula. — Está tudo sob controle. — Seu tom de voz transmitia tanta segurança quanto sua aparência, com metade da sobrancelha direita queimada.

— Pessoal, por favor! — minha mãe disse em voz alta, disfarçando o incidente corajosamente ao apontar para a mesa onde havíamos colocado os queijos e aperitivos. — Comam, comam! Tem muita comida!

Chris estava abanando a fumaça para longe do rosto enquanto Jennifer Anne ficava à sua esquerda, mordendo o lábio. Ela havia levado vários acompanhamentos, todos em potes plásticos com tampas em tons pastel. Em cada tampa estava escrito: PROPRIEDADE DE JENNIFER A. BAKER, FAVOR DEVOLVER. Como se o mundo inteiro estivesse armando uma conspiração internacional para roubar seus potes.

— Barbara — Patty chamou —, está tudo maravilhoso.

— Ah, imagina! — minha mãe disse, abanando o rosto com a mão. Ela vestia calça preta e uma regata verde-limão que mostrava o bronzeado da lua de mel. O cabelo estava preso com uma faixa. Ela era a imagem do entretenimento suburbano, como se a qualquer momento pudesse acender uma tocha e passar queijo processado em uma torrada.

Era sempre interessante ver como os relacionamentos da minha mãe se manifestavam em sua personalidade. Com meu pai, ela era hippie — em todas as fotos que vi, parecia muito jovem, usava saias esvoaçantes ou jeans desfiados, cabelos longos e pretos divididos no meio. Quando estava casada com Harold, o professor universitário, virou acadêmica, vestindo muito tweed e usando óculos de grau o tempo todo, mesmo enxergando bem sem eles. Quando estava com Win, o médico, adotou o estilo clube, com conjuntinhos de malha e saias de tenista, embora não conseguisse nem segurar a raquete. Com Martin, o jogador profissional de tênis — que ela conheceu, é claro, no clube —, passou por uma fase jovem, já que ele era seis anos mais novo: saias curtas, jeans, vestidinhos vaporosos. Como Barb, esposa de Don, ela era a suburbana: dava para imaginar os dois, dali a uns anos, usando agasalhos iguais e andando em um carrinho de golfe, indo treinar para aprimorar as tacadas. Eu realmente esperava que aquele fosse o último casamento da minha mãe. Não sabia ao certo se ela — ou eu — aguentaríamos outra encarnação.

 Observei Don, que vestia uma camisa de golfe e tomava uma cerveja no gargalo, servir-se de outra torrada, colocando-a inteira na boca. Eu esperava que ele fosse um mestre churrasqueiro, mas Don nem parecia gostar muito de comida, a julgar pela quantidade de suplemento alimentar que consumia, aquelas latinhas de dieta líquida que, supostamente, contêm o mesmo valor nutricional de uma refeição completa com a conveniência de um refrigerante. Ele comprava caixas e caixas no Sam's Club. Por algum motivo, me incomodava ainda mais do que o café da manhã com o quadro dos peitos ver Don andando pela casa com seus chinelos de couro, lendo o jornal, uma lata aparentemente colada à mão, o *fuuusssh* da tampa abrindo.

 — Remy, querida? — minha mãe chamou. — Pode vir aqui um segundo?

 Pedi licença para Patty e atravessei o pátio, onde minha mãe me pegou pelo pulso e me puxou gentilmente para perto dela, sussurrando:

— Será que eu deveria me preocupar com os bifes?

Olhei para a churrasqueira, onde Chris havia se posicionado de tal maneira que era difícil — mas não impossível — ver que a carne brasileira especial havia se reduzido a pequenos objetos pretos parecidos com pedras vulcânicas.

— Sim e não — eu disse, e ela passou os dedos na minha pele sem perceber. Suas mãos estavam sempre frias, mesmo quando o tempo estava quente. Tive, de repente, um vislumbre da época em que ela colocava a mão na minha testa quando eu era criança, para ver se eu estava com febre, e eu pensava a mesma coisa. — Vou resolver — eu disse.

— Ah, Remy — ela disse, apertando minha mão. — O que vou fazer sem você?

Desde a volta da lua de mel era daquele jeito. Seu rosto mudava de repente e eu sabia que ela estava pensando que eu ia mesmo para Stanford, que o dia estava chegando. Ela tinha seu marido novo, sua ala nova, seu livro novo. Ficaria bem sem mim, ambas sabíamos disso. Era o que as filhas faziam: saíam de casa e voltavam com vida própria. Era o enredo básico de vários de seus livros: garota vai embora, vence na vida, encontra o amor, consegue a desforra. Naquela ordem. Eu gostava da parte de vencer na vida e ir embora. O resto seria apenas um bônus.

— Para com isso, mãe — eu disse. — Você nem vai perceber que fui embora.

Ela suspirou, sacudindo a cabeça e me puxando para mais perto, para dar um beijo no meu rosto. Dava para sentir seu perfume, misturado com spray de cabelo, e fechei os olhos por um segundo, respirando fundo. Apesar de todas as mudanças, algumas coisas permaneciam iguais.

Eu estava pensando nisso quando fui para a cozinha, tirar do fundo da geladeira os hambúrgueres que tinha comprado e escondido atrás de uma pilha de latas de suplemento. No supermercado, quando Dexter perguntou por que eu estava levando aquilo mesmo não estando na lista, eu disse que gostava de estar preparada para qualquer eventualidade... Eu podia ser cética demais. Ou, talvez, ao contrário de muitos outros que viviam na órbita da minha mãe, só tivesse aprendido com o passado.

— Então é verdade. — Me virei e vi Jennifer Anne atrás de mim. Em uma das mãos, ela tinha dois pacotes de salsicha; na outra, um saco de pão. Deu um meio sorriso, como se ambas tivéssemos sido pegas fazendo algo errado, e disse: — Mentes brilhantes pensam igual, não é?

— Estou impressionada — eu disse quando ela se aproximou e abriu um dos pacotes, dispondo as salsichas em um prato. — Você a conhece bem.

— Não, mas conheço o Christopher — ela disse. — Tive minhas reservas em relação à churrasqueira desde o dia em que a trouxemos da loja. Ele entrou lá e ficou simplesmente deslumbrado. Assim que o cara começou a falar de convecção, estava perdido.

— Convecção? — perguntei.

Jennifer Anne suspirou, tirando o cabelo do rosto.

— Tem a ver com o processo de aquecimento — ela explicou. — Em vez de o calor simplesmente aumentar, ele envolve o alimento. Foi isso que pegou Christopher. O cara ficava repetindo, como um mantra. Ele *envolve* o alimento. Ele *envolve* o alimento.

Gargalhei, e Jennifer Anne olhou para mim, depois sorriu, de uma maneira quase hesitante, como se primeiro precisasse ter certeza de que eu não estava rindo dela. Então ficamos ali por um segundo, até que percebi que estávamos prestes a ter um momento piegas e resolvi agir.

— Bom — eu disse —, como vamos explicar a mudança de última hora no menu?

— Os bifes estavam estragados — ela disse simplesmente. — Estavam com um cheiro estranho. E hambúrgueres e cachorros-quentes são tão kitsch, tão americanos. Sua mãe vai adorar.

— Certo — eu disse, pegando os hambúrgueres. Ela pegou os pães e as salsichas e seguiu para a porta que dava para o quintal. Fui atrás, feliz por tê-la deixado resolver a questão.

Estávamos passando pela porta quando ela virou a cabeça e disse:

— Parece que seu convidado chegou.

Olhei pela janela. Era mesmo Dexter, descendo pela calçada, uma boa meia hora atrasado. Tinha uma garrafa de vinho na mão (impressionante) e usava jeans e uma camiseta branca limpa (ainda mais impressionante). Segurava uma guia, que tinha a outra extremidade presa ao Macaco. Ele corria na frente, com a língua de fora, a uma velocidade que parecia impressionante para sua idade.

— Pode levar isso? — perguntei a Jennifer Anne, entregando os hambúrgueres.

— É claro — ela respondeu. — Vejo você lá fora.

Quando cheguei na entrada, encontrei Dexter amarrando a guia do Macaco na nossa caixa de correio. Dava para ouvi-lo falando com o cachorro da mesma forma que falaria com uma pessoa, e Macaco estava com a cabeça inclinada, ainda ofegante, como se escutasse com atenção e esperasse sua vez de responder.

— ... podem não gostar muito de cachorro, então você vai ter que ficar aqui, certo? — Dexter falava isso dando um nó na guia, depois outro, como se Macaco tivesse alguma espécie de força sobre-humana. — Depois vou encontrar uma piscina para você dar um mergulho, e se estivermos muito animados, podemos dar uma volta de furgão e você vai poder colocar a cabeça para fora da janela. Tudo bem?

Macaco continuou arfando, fechando os olhos quando Dexter

acariciou seu queixo. Quando me aproximei, ele me viu e começou a abanar o rabo, fazendo um barulho abafado ao bater na grama.

— Ei — Dexter disse, virando. — Sinto muito pelo atraso. Tive um probleminha com o Macaco aqui.

— Probleminha? — perguntei, agachando ao lado dele e deixando que cheirasse minha mão.

— Bom... — Dexter disse. — Estive tão ocupado com o trabalho e com os shows, sabe, que acabei deixando ele de lado. Ele está solitário. Não conhece nenhum outro cachorro por aqui, e é muito sociável. Está acostumado a ter toda uma rede de amigos.

Olhei para ele, depois para o Macaco, que agora estava ocupado mordiscando o próprio traseiro.

— Sei... — eu disse.

— Eu estava me preparando para sair e ele ficou me seguindo, todo tristonho. Chorando. Arranhando meus sapatos. — Dexter passou a mão na cabeça de Macaco, puxando sua orelha de um modo que parecia dolorido, mas o cachorro adorava, fazendo um barulho grave de felicidade na garganta. — Ele pode ficar aqui fora, não pode? — Dexter perguntou, levantando. Macaco balançou o rabo com esperança, levantando as orelhas, como sempre fazia ao ouvir a voz de Dexter. — Não vai causar nenhum problema.

— Tudo bem — afirmei. — Vou trazer um pouco de água para ele.

Dexter sorriu. Um belo sorriso, como se estivesse surpreso comigo.

— Obrigado — ele disse, depois virou para o Macaco. — Viu? Eu falei que ela gostava de você.

Macaco tinha voltado a mordiscar o traseiro, distraído. Peguei um pouco de água para ele na garagem, Dexter verificou mais uma vez o nó da guia, e demos a volta pela lateral da casa, onde eu já sentia o cheiro das salsichas assando.

Minha mãe estava conversando com Patty quando nos aproximamos, mas ao avistar Dexter ela parou de falar, levou uma mão ao peito — um gesto que era sua marca registrada — e disse:

— Olá. Você deve ser o Dexter.

— Isso mesmo — ele respondeu, apertando a mão dela.

— Lembro de você da festa de casamento! — ela disse, como se só agora estivesse ligando os pontos, mesmo que eu já tivesse mencionado pelo menos duas vezes aquilo. — Você canta muito bem!

Dexter parecia contente e um pouco constrangido. Minha mãe ainda segurava sua mão.

— Lindo casamento — ele disse, por fim. — Parabéns.

— Ah, você precisa beber alguma coisa — minha mãe disse, olhando em volta e tentando me encontrar. Eu, é claro, estava bem ali entre eles. — Remy, querida, ofereça uma cerveja ao Dexter. Ou você prefere vinho? Um refrigerante?

— Cerveja está ótimo — Dexter respondeu.

— Remy, meu amor, tem mais cerveja gelada na geladeira, não tem? — Minha mãe colocou a mão nas minhas costas, me empurrando na direção da cozinha, depois pegou no braço de Dexter e falou: — Você precisa conhecer o Jorge, ele é um decorador incrível. Jorge! Venha aqui, você precisa conhecer o novo namorado da Remy!

Jorge começou a atravessar o quintal enquanto minha mãe não parava de falar sobre como todos em um raio de um metro e meio eram fabulosos. Fui para a cozinha pegar uma cerveja para Dexter, como se fosse uma empregada. Quando voltei, Don havia entrado na conversa e agora todos estavam falando, por algum motivo estranho, sobre Milwaukee.

— O pior frio que já passei — Don disse, jogando um punhado de nozes importadas na boca. — O vento é capaz de rasgar alguém em pedacinhos em cinco minutos. Além disso, acaba com os carros. O sal faz muito estrago.

— Mas a neve é ótima — Dexter disse, pegando a cerveja que eu havia levado para ele e conseguindo, com muita sutileza, encostar os dedos nos meus. — E a cena musical está se expandindo. Ainda é recente, mas existe.

Don bufou ao ouvir aquilo e tomou outro gole de cerveja.

— Música não é uma carreira de verdade — ele afirmou. — Até o ano passado esse menino estudava economia, dá pra acreditar? Na Universidade da Virginia.

— Olha só, que interessante — minha mãe disse. — Qual é mesmo o parentesco entre vocês?

— Don é concunhado do meu pai — Dexter explicou a ela. — A irmã dele é minha tia.

— Isso é maravilhoso! — minha mãe exclamou, um pouco entusiasmada demais. — Que mundo pequeno, né?

— Sabe — Don continuou —, ele tinha bolsa de estudos integral. Tudo pago. Largou a faculdade. Partiu o coração da mãe, e em troca de quê? Música.

Daquela vez, nem minha mãe conseguiu pensar em algo para dizer. Fiquei olhando para Don, imaginando de onde estava saindo tudo aquilo. Talvez fosse o suplemento alimentar.

— Ele é um excelente cantor — minha mãe disse novamente para Jorge, que concordou, como se já o tivesse ouvido várias vezes. Don parecia distraído, olhando para o outro lado do pátio, com a garrafa vazia de cerveja na mão. Olhei para Dexter e me dei conta de que nunca o vira daquele jeito: um pouco intimidado, desconfortável, incapaz de responder rápido com uma observação engraçada. Ele passou a mão no cabelo e deu uma olhada no quintal, tomando outro gole de cerveja.

—Vamos pegar alguma coisa para comer — eu disse, pegando a mão dele e o puxando gentilmente até a churrasqueira, onde Chris parecia muito feliz virando as salsichas, de volta à sua zona de conforto. — Adivinha só — eu disse, e Dexter levantou os olhos e ergueu as sobrancelhas. — Don é um babaca.

— Não é, não — Dexter respondeu. Ele sorriu, como se aquilo não fosse importante, e colocou o braço nos meus ombros. — Toda família tem sua ovelha negra, não é? É o estilo americano.

— Nem me fala — Chris disse, virando um hambúrguer. — Pelo menos você não foi preso.

Dexter tomou um gole grande da cerveja.

— Só uma vez — ele disse com animação, depois piscou pra mim. E foi assim: rapidamente, ele havia voltado a ser como era, como se tudo o que tinha acabado de acontecer não passasse de uma grande piada, que não o incomodava. Eu, no entanto, continuava olhando para Don, com o estômago queimando, como se tivesse contas a acertar. Ver Dexter tão quieto, mesmo que apenas por um segundo, fez com que tudo se tornasse mais real para mim. Naqueles poucos instantes, ele não pareceu apenas um romance de verão, mas alguém mais importante, que significava bastante para mim.

O resto da noite correu bem. Os hambúrgueres e cachorros--quentes ficaram gostosos, e a maior parte das azeitonas e tomates secos caríssimos não foi consumida, mas os ovos recheados e a salada de três feijões de Jennifer Anne foram um sucesso. Vi minha mãe lambendo os dedos depois de comer a segunda fatia da torta de chocolate da minha cunhada, acompanhada de uma boa porção de chantili industrializado. Já bastava de gourmetização.

Escureceu e todos começaram a se despedir. Minha mãe desapareceu para o quarto, alegando estar completamente exausta, porque receber convidados, mesmo quando outras pessoas fazem a maior parte do trabalho, podia ser muito fatigante. Então Jennifer Anne, Chris e eu empilhamos a louça e embalamos tudo, jogando fora quase todas as porcarias sofisticadas e os bifes queimados. Guardando apenas um, sem a parte preta, para o Macaco.

— Ele vai amar — Dexter disse, pegando a carne com Jennifer Anne, que a havia embrulhado em papel-alumínio com cuidado. — Ele só come ração barata, então isso vai parecer ceia de Natal.

— Que nome interessante ele tem — ela disse.

— Foi meu presente de aniversário quando completei dez anos — Dexter explicou, olhando para fora. — Eu queria um macaco de verdade, então fiquei um pouco decepcionado. Mas ele acabou sendo muito melhor. Dizem que macacos são meio malvados.

Jennifer Anne olhou para ele, sem entender completamente, mas sorriu.

— Já ouvi falar — ela disse, sem maldade, e voltou a embalar pão com filme plástico.

— Se você tiver um minuto — Chris disse a Dexter, limpando a bancada com uma esponja —, pode subir para ver meus lagartos recém-nascidos. Eles são incríveis.

— Ah, sim — Dexter disse com entusiasmo. Depois olhou para mim. — Tudo bem?

— Pode ir — eu disse, como se fosse sua mãe ou algo parecido, e eles subiram a escada batendo os pés.

Do outro lado da cozinha, Jennifer Anne suspirou, fechando a geladeira.

— Nunca vou entender esse hobby dele — ela afirmou. — Em cães e gatos você ainda pode fazer carinho. Mas quem vai querer tocar num lagarto?

Parecia uma pergunta difícil de responder, então apenas puxei o ralo da pia, onde eu estava lavando a louça, e deixei a água escorrer com muito barulho. O andar de cima parecia um clubinho de meninos: risadas, vários "oooh" e "aaah", certa agitação e gargalhadas barulhentas.

Jennifer Anne levantou os olhos para o teto, visivelmente irritada.

— Fale para o Christopher que estou na saleta — ela disse, pegando a bolsa que estava sobre o aparador, ao lado de seus potes plásticos, agora lavados e com suas respectivas tampas. Pegou um livro e foi para o cômodo ao lado, onde alguns segundos depois ouvi a TV sendo ligada baixinho.

Peguei o bife embalado em papel-alumínio e saí, acendendo a luz da varanda. Quando cheguei na entrada, Macaco levantou e começou a abanar o rabo.

— Ei, amiguinho — eu disse. Ele cutucou minha mão com o focinho, sentiu o cheiro da carne e começou a empurrar meus dedos, fungando. — Trouxe uma surpresa para você.

Macaco devorou o bife em duas mordidas, quase levando metade do meu dedo mindinho junto. Bem, estava escuro. Quando ele terminou de comer, arrotou e rolou de costas, ficando de barriga para cima, e sentei na grama ao lado dele.

A noite estava agradável, clara e fresca, o clima perfeito para o Quatro de Julho. Alguém soltava fogos de artifício ali perto, e ouviam-se os estouros no escuro. Macaco ficou rolando para perto de mim, cutucando meu cotovelo, até que finalmente cedi e acariciei o pelo emaranhado de sua barriga. Ele precisava de um banho. Com urgência. Tinha mau hálito. Mas havia algo de gracioso nele, apesar de tudo, e o cachorro praticamente cantava enquanto eu passava os dedos em seus pelos.

Ficamos um bom tempo ali sentados, até que ouvi a porta de tela bater e Dexter chamar meu nome. Macaco sentou de imediato, levantando as orelhas, então ficou de pé, andando na direção dele até a guia se esticar completamente.

— Oi — Dexter disse. Não dava para ver o rosto dele, apenas o contorno sob a claridade da luz da varanda. Macaco latiu, como se o chamasse, e seu rabo ficou frenético, como um moinho de vento em ação. Eu me perguntei se ele não caía com a força daquilo.

— Oi — respondi, e Dexter desceu os degraus, seguindo em nossa direção. Fiquei observando Macaco, impressionada com sua empolgação, refletida no corpo inteiro ao ver aquela pessoa de quem havia ficado apenas uma hora afastado. Qual seria a sensação, me perguntei, de amar alguém tanto assim? A ponto de não conseguir se controlar quando a pessoa chegava perto, como se pudesse simplesmente se livrar de qualquer coisa que a estivesse segurando e se jogar sobre o outro com força suficiente para tomar conta dos dois? Eu precisava imaginar, mas Macaco certamente sabia: dava para ver, para sentir o amor emanando dele, como um calor. Quase o invejei. Quase.

Era tarde da noite, eu estava deitada na cama de Dexter e ele pegou o violão. Disse que não tocava muito bem, mas sentou do outro lado do quarto, sem camisa e sem sapato, procurando as cordas no escuro. Tocou o refrão de alguma coisa, uma música dos Beatles, e depois alguns versos da última versão da "Ópera da batata". Não tocava como Ted, claro: seus acordes pareciam mais hesitantes, como se acertasse por pura sorte. Recostei nos travesseiros e fiquei ouvindo Dexter cantar para mim. Um pouco disso, um pouco daquilo. Nada inteiro. E então, quando senti que estava pegando no sono, ouvi:

— *Esta canção de ninar tem poucas palavras, apenas alguns acordes...*
— Não. — Levantei, totalmente desperta. — Essa não.

Mesmo no escuro, dava para ver que ele estava surpreso. Largou o violão e olhou para mim, e torci para que não pudesse ver meu rosto. Até então tinha sido só diversão. Poucos momentos em que me preocupei que a relação pudesse ficar profunda o suficiente para eu me afogar. Como aquele. Eu podia recuar, tinha que recuar, antes que fosse tarde demais.

Tinha contado a ele sobre a música em um momento de fraqueza, de confissão, o que eu costumava evitar em relacionamentos. O passado era tão complicado, cheio de minas terrestres. Eu fazia questão de não entrar em muitos detalhes no mapa de mim mesma que entregava a um cara. E a música, aquela música, era uma das principais chaves para o meu mundo. Como um ponto fraco, um machucado que nunca se curara totalmente. O primeiro ponto que atacariam quando chegasse o momento certo.

—Você não quer ouvir essa música? — ele perguntou.

— Não — repeti. — Não quero.

Ele tinha ficado tão surpreso quando contei. Estávamos jogando uma espécie de desafio, tipo Adivinha uma Coisa sobre Mim. Descobri que ele era alérgico a framboesa, que tinha quebrado o dente da frente ao bater a boca em um banco do parque, no sexto ano, e que sua primeira namorada era prima distante do Elvis. E contei que havia quase colocado um piercing no umbigo, mas desmaiara antes, tinha sido a escoteira que mais vendeu biscoitos do meu grupo, que meu pai era Thomas Custer e que "Canção de ninar" tinha sido escrita para mim.

Ele conhecia a música e cantarolou os primeiros acordes, lembrando a letra. A banda já tinha até tocado em alguns casamentos, ele me disse, porque algumas noivas a escolhiam para a dança com o pai. Para mim, parecia idiota, já que a letra dizia "Vou te decepcionar" bem na primeira estrofe, claro como o dia. Que tipo de pai dizia uma coisa dessas? Era uma pergunta que eu tinha parado de me fazer havia muito tempo.

Ele ainda estava dedilhando as cordas, procurando-as no escuro.

— Dexter.

— Por que você odeia tanto essa música?

— Não odeio. Eu só... estou cheia dela, só isso. — Mas não era verdade. Às vezes eu odiava, porque era uma mentira. Como se meu pai tivesse sido capaz de, apenas com algumas palavras escritas em um hotel na beira da estrada, justificar o fato de nunca ter se dado ao trabalho de me conhecer. Ele passou sete anos com a minha mãe, e muitos foram bons, até uma última explosão que resultou em sua partida para a Califórnia. Ela estava grávida, mas só descobriu depois. Dois anos depois que nasci, ele teve um ataque cardíaco e morreu, sem nunca ter atravessado o país de volta para me ver. A música era o cúmulo da isenção, admitindo para o mundo que ele só causaria decepção. Aquilo não fazia dele um homem nobre. Suas palavras viveriam para sempre, enquanto eu era obrigada a ficar muda, sem resposta, sem poder dizer nada.

Dexter dedilhava o violão aleatoriamente, sem tocar nenhuma melodia real, apenas brincando.

— É engraçado, ouvi essa música a vida inteira e nunca soube que era para você.

— É só uma música — eu disse, passando os dedos no peitoril da janela, contornando os globos de neve. — Eu nem o conheci.

— É uma pena. Aposto que era um cara legal.

— Talvez — respondi. Era estranho falar em voz alta sobre meu pai, algo que não fazia desde o sexto ano, quando minha mãe descobriu a terapia da mesma forma que algumas pessoas descobrem Deus e arrastou a gente para sessões em grupo, individuais e de arte-terapia até ficar sem dinheiro.

— Desculpa — ele disse baixinho, e fiquei inquieta com o tom de voz solene, com a seriedade. Parecia que ele tinha encontrado aquele mapa e estava a uma distância perigosa, rodeando.

— Não tem problema — afirmei.

Ele ficou em silêncio por um segundo, e eu tive um vislumbre da expressão que havia visto em seu rosto quando foi pego desprevenido pelas afirmações de Don, da vulnerabilidade que havia enxergado. Aquilo tinha me deixado desconcertada, porque estava acostumada com o Dexter de que gostava, o cara divertido, de cintura fina e dedos que pressionavam os pontos certos do meu pescoço. Em apenas alguns segundos, vi outro lado dele e, se estivéssemos em um ambiente claro, ele teria visto outro de mim. Fiquei grata, como havia sido a vida toda, pelo escuro.

Rolei na cama e me afundei no travesseiro, escutando o som da minha própria respiração. Ouvi os movimentos dele, um barulho suave quando encostou a guitarra no chão e, em seguida, seus braços em volta do meu corpo, envolvendo minhas costas, seu rosto junto ao meu ombro. Ele estava tão perto de mim, perto demais, mas eu nunca tinha afastado nenhum cara por causa disso. Pelo contrário: eu os trazia para perto, como naquele momento, certa de que me conhecer bem seria o suficiente para assustá-los.

10

— Minha nossa — Lissa disse, parando em frente a um enorme mostruário de roupas de cama —, quem sabe a diferença entre um edredom e um acolchoado?

Estávamos em uma loja de cama, mesa e banho, armadas com o cartão da mãe de Lissa, uma lista de itens que a universidade sugeria para todos os calouros, e uma carta da futura colega de quarto dela, uma menina chamada Delia, de Boca Raton, Flórida. A garota já havia entrado em contato para que ela e Lissa pudessem coordenar as cores da roupa de cama, discutir quem levaria o quê — TV, micro-ondas e araras — e para "quebrar o gelo", de modo que em agosto, quando as aulas começassem, elas já fossem "como irmãs". Se Lissa já não estivesse triste ao imaginar a faculdade sem Adam, aquela carta — escrita em caneta prateada sobre papel cor-de-rosa, que vomitava purpurina quando era tirada do envelope — faria o serviço.

— Um edredom — eu disse a ela, parando para olhar uma pilha de toalhas grossas roxas — é mais grosso e pode ter plumas dentro. E um acolchoado é só uma colcha mais chique.

Ela ficou olhando para mim, suspirou e tirou o cabelo da frente do rosto. Parecia estar irritada o tempo todo, derrotada, como se, aos dezoito anos, sua vida já fosse um lixo, sem nenhuma esperança de evolução.

— Eu tenho que comprar um acolchoado em tom de roxo/rosa — ela disse, lendo a carta de Delia. — E lençóis que combinem. E uma saia para a cama, seja lá o que for.

— Fica em volta da base — expliquei. — Cobre os pés e deixa mais bonito.

Ela olhou para mim, levantando as sobrancelhas.

— Como você sabe disso? — ela perguntou.

— Minha mãe comprou um jogo de cama novo há alguns anos — eu disse, pegando a lista da mão dela. — Aprendi muito sobre o número de fios dos lençóis e algodão egípcio.

Lissa parou o carrinho do lado de um expositor de latas de lixo de plástico e pegou uma verde-limão com detalhes em azul.

— Eu deveria levar isso — ela disse, virando a lata nas mãos —, só para detonar o esquema que ela determinou. Na verdade, eu deveria pegar uma mobília horrenda em protesto à suposição de que vou fazer tudo como ela quer.

Olhei à minha volta: era fácil encontrar coisas horrendas na loja, que não apenas tinha latas de lixo verde-limão, mas caixas de lenço com estampa de oncinha, gravuras emolduradas de gatinhos brincando com cachorrinhos e tapetes de banheiro em formato de pé.

— Lissa — eu disse com cuidado —, talvez seja melhor deixarmos isso para outro dia.

— Tem que ser hoje — ela resmungou, pegando um conjunto de lençóis, do tamanho errado e vermelhos, em uma prateleira e jogando no carrinho. — Vou encontrar Delia no dia da orientação, semana que vem, e tenho certeza de que ela vai querer saber em que pé estou.

Peguei os lençóis vermelhos e os coloquei de volta na prateleira enquanto Lissa fazia bico perto dos suportes para escova de dentes, nem um pouco entusiasmada.

— Lissa, é assim que você quer começar a faculdade? Com esse mau humor total?

Ela revirou os olhos.

— Pra você é fácil falar, já que vai livre, leve e solta para o outro lado do país, na ensolarada Califórnia, fazer windsurfe e comer sushi enquanto estou presa aqui, no mesmo lugar em que sempre estive, vendo Adam namorar a classe inteira.

— Windsurfe e sushi? — perguntei. — Ao mesmo tempo?

— Você entendeu o que eu quis dizer! — ela rebateu, e uma mulher que colocava preços em uma pilha de toalhinhas olhou para nós. Lissa abaixou o tom de voz e acrescentou: — Talvez eu nem vá mais para a faculdade. Posso me juntar ao Corpo da Paz, ir para a África, raspar a cabeça e cavar buracos para construir latrinas.

— Raspar a cabeça? — perguntei, porque aquela era a parte mais absurda de toda a história. — Você? Tem ideia de como a cabeça da maioria das pessoas é feia? É cheia de calombos, Lissa. E só dá para saber quando já for tarde demais e você estiver totalmente sem cabelo.

— Você nem está me ouvindo! — ela disse. — Sempre foi tão fácil pra você, Remy. Tão bonita, confiante e inteligente. Nenhum cara nunca te deu o fora e te destruiu.

— Isso não é verdade — eu disse no mesmo tom de voz. — E você sabe disso.

Ela fez uma pausa, enquanto se lembrava de tudo o que já havíamos compartilhado. Certo, talvez eu fosse conhecida por ter o controle dos meus relacionamentos, mas havia um motivo para isso. Ela não sabia o que tinha acontecido aquela noite na casa do Albert, a pouca distância da janela de seu próprio quarto. Mas, depois disso, também tive minha cota de problemas. Até mesmo Jonathan havia me pegado desprevenida.

— Planejei todo o meu futuro ao redor do Adam — ela disse em voz baixa. — Agora não tenho mais nada.

— Não — eu disse a ela —, agora você só não tem o Adam. Há uma grande diferença, Lissa. Você só não consegue enxergar ainda.

Ela bufou, pegando um porta-lenço com estampa de vaquinha da prateleira e colocando no carrinho.

— Consigo enxergar que todo mundo está fazendo o que queria da vida. Estão todos na porteira, pisando na terra, prontos para correr. E eu já estou com uma perna machucada, prestes a ser levada de volta ao estábulo para ser poupada do sofrimento.

— Lissa — eu disse, tentando ser paciente —, faz só um mês que terminamos o colégio. Não estamos no mundo real ainda. É só um período intermediário.

— E eu estou odiando tudo isso — ela soltou, apontando para o entorno, incluindo não só a loja mas o mundo inteiro. — Se eu pudesse, voltaria para a escola num piscar de olhos.

— É cedo demais para ficar nostálgica — eu disse. — De verdade.

Andamos pelo corredor principal na direção da seção de persianas, sem falar nada. Enquanto ela resmungava algo sobre cortinas, fui até a área de liquidação, onde utensílios de piquenique estavam em promoção. Havia pratos de plástico de todas as cores, talheres com cabos transparentes. Peguei pra olhar um conjunto de copos decorados com flamingos: horrendos.

Mas estava pensando na casa amarela, onde a única louça era um prato de cerâmica, garfos e facas avulsos, algumas canecas de brinde de posto de gasolina e descartáveis que Ted conseguia pegar no cesto de produtos com defeito do Mayor's Market. Foi a única vez que ouvi alguém dizer: "Pode me passar *a* colher?", em vez de "*uma* colher". Ali, na área de liquidação, havia um jogo de talheres completo, de cabo azul — uma verdadeira abundância de utensílios de mesa — por apenas 6,99. Peguei e coloquei no carrinho sem pensar duas vezes.

Dez segundos depois me dei conta. O que eu estava fazendo? Comprando talheres para um homem? Para um *namorado*? Era como se eu, como meu irmão, tivesse sofrido lavagem cerebral. Que tipo de garota compra utensílios domésticos para alguém que namora há menos de um mês? Do tipo maluca, desesperada para casar e ter filhos. Tentei me livrar daquele pensamento. Joguei os talheres de volta na mesa com tanta rapidez que eles caíram sobre uma pilha de pratos de golfinho, causando uma comoção alta o bastante para distrair Lissa das luminárias.

Calma, eu disse a mim mesma, respirando fundo e imediatamente tendo que soltar o ar, já que a loja inteira fedia a velas perfumadas.

— Remy? — Lissa perguntou. Ela segurava uma luminária verde. — Está tudo bem?

Confirmei, e ela voltou a olhar os produtos. Pelo menos Lissa estava se sentindo melhor: a luminária combinava com a lata de lixo.

Empurrei o carrinho pela seção de toalhas de rosto, organizadores, e parte das velas — onde o cheiro ficou insuportável —, o caminho todo pensando que nem tudo precisava ter um Significado Maior. Era apenas um conjunto de talheres, caramba, não uma aliança de compromisso. Aquilo me acalmou um pouco, mesmo que a parte mais racional da minha mente ficasse me lembrando que eu nunca, no decorrer de, digamos, quinze relacionamentos desde os últimos anos do ensino fundamental, havia tido o ímpeto de comprar para um namorado algo mais permanente do que um refrigerante. Mesmo em aniversários e no Natal, eu me atinha a presentes básicos, como camisetas e CDs, coisas que sairiam de moda depois de um tempo. Não talheres, que provavelmente resistiram com as baratas ao último holocausto nuclear. Além disso, me aprofundando no significado dos presentes, utensílios de mesa equivaliam a comida, comida equivalia a subsistência, e subsistência equivalia a vida, o que queria dizer que, ao presenteá-lo com aquilo, eu estaria basicamente dizendo que queria cuidar dele para todo o sempre, amém. Uau.

A caminho do caixa, Lissa e eu passamos pela mesa de liquidação mais uma vez. Ela pegou um despertador retrô.

— É uma graça — disse. — Olha só esses pratos e talheres. Talvez eu possa usar quando preparar alguma coisa no quarto.

— Talvez — respondi, dando de ombros e ignorando a mesa como se fosse um ex-namorado.

— Mas e se eu não usar? — ela continuou falando, no tom de voz que eu reconhecia como Lissa entrando em modo indeciso. — Bem, são só sete dólares, não é? E é bonitinho. Mas eu provavelmente nem vou ter onde colocar.

— Provavelmente não — confirmei, voltando a empurrar o carrinho.

Ela nem se mexeu. Ficou com o despertador na mão, mexendo na bolsinha plástica em que vinham os talheres.

— Mas isso é muito fofo — ela disse. — E seria melhor do que ficar usando os descartáveis que vêm quando compramos comida pronta. Mas, ainda assim, é muito talher só para mim e para Delia…

Eu não disse nada. Só fiquei sentindo o cheiro de todas aquelas velas.

— Mas talvez a gente receba outras pessoas de vez em quando, sabe, para pedir pizza ou algo assim. — Ela suspirou. — Não, deixa para lá, é só uma compra por impulso, não preciso disso.

Comecei a empurrar o carrinho de novo, e ela deu alguns passos. Dois, para ser mais exata.

— Por outro lado... — Lissa disse, depois parou de falar. Um suspiro. Depois: — Não, deixa para lá...

— Meu Deus! — exclamei, estendendo o braço, pegando a embalagem e enfiando no carrinho. — Eu compro. Mas vamos embora, tudo bem?

Ela olhou para mim com os olhos arregalados.

— Mas você vai querer? Porque eu não tenho certeza se vou usar...

— Sim — eu disse em voz alta. — Eu quero. Eu *preciso*. Vamos embora.

— Então tá — Lissa disse, meio incerta. — Se você realmente precisa.

Mais tarde, quando a deixei em casa, disse para prestar atenção para não esquecer nada, nem os talheres. Mas, como era típico dela, Lissa pegou todas as sacolas do porta-malas menos uma. Logo esqueci aquilo, até algumas noites mais tarde, quando Dexter e eu estávamos descarregando mantimentos que ele tinha comprado para a casa amarela — manteiga de amendoim, pão, suco de laranja e salgadinhos. Ele pegou todas as sacolas e estava prestes a fechar o porta-malas quando parou e inclinou o corpo.

— O que é isso? — perguntou, pegando uma sacola branca com um nozinho bem dado no alto, que eu tinha ensinado Lissa a fazer, de modo que o conteúdo não escapasse.

— Nada — respondi, tentando pegar da mão dele.

— Espera, espera — ele disse, segurando a uma altura que eu não conseguia alcançar. A manteiga de amendoim caiu de uma das sacolas, rolando pelo chão, mas ele ignorou, curioso demais com o que eu não queria que visse. — O que é isso?

— Uma coisa que eu comprei pra mim — respondi de maneira resumida, tentando pegar novamente. Sem sucesso. Ele era muito alto e tinha braços muito compridos.

— É segredo?
— É.
— Sério?
— Sim.

Dexter balançou a sacola de leve, ouvindo o som que fazia.

— Não tem barulho de segredo — ele deduziu.

— E como é o barulho de segredo? — perguntei. Idiota. — Me dá isso aqui.

— Barulho de absorvente — ele respondeu, balançando mais uma vez. — Não parece ser absorvente.

Olhei feio para ele, que me entregou a sacola, como se não quisesse mais saber. Atravessou o gramado para pegar a manteiga de amendoim, limpando o pote na camisa — claro — e colocando de volta no saco.

— Se quer saber — eu disse, como se não fosse problema nenhum —, é só um conjunto de talheres.

Ele parou para pensar.

— Talheres.

— É. Estavam em promoção.

Ficamos parados ali. Dava para ouvir a TV dentro da casa amarela, e alguém rindo. Macaco estava do lado de fora, observando a gente, com o rabo a toda a velocidade.

— Talheres — ele disse lentamente. — Tipo facas, garfos e colheres?

Limpei um pouco de terra da traseira do carro — aquilo era um arranhão? — e disse, como quem não quer nada:

— É, tipo isso. Só o básico.

— Você precisava de talheres? — ele perguntou.

Dei de ombros.

— É engraçado — ele continuou, e lutei contra o ímpeto de me contorcer —, porque eu estou precisando de talheres. *Muito*.

— Podemos entrar, por favor? — perguntei, fechando o porta-malas. — Está quente aqui fora.

Ele olhou novamente para a sacola, depois pra mim. E, bem devagar, o sorriso que eu conhecia e temia surgiu em seu rosto.

— Você comprou os talheres pra mim, não foi?

— Não — resmunguei, cutucando a placa do carro.

— Comprou, sim! — ele gritou, rindo alto. — Você me comprou garfos. E facas. E colheres. Porque...

— Não — eu disse bem alto.

— ... você me ama! — ele sorriu, como se tivesse resolvido o enigma de uma vez por todas, e senti um calor tomar conta do meu rosto. Lissa idiota. Eu poderia matá-la.

— Estavam em promoção — eu disse de novo, como se fosse algum tipo de desculpa.

— Você me ama — ele repetiu, pegando a sacola e colocando junto com as outras.

— Só sete dólares — acrescentei, mas ele já estava indo embora, todo cheio de si. — Estava em liquidação.

— Me ama — ele entoou, olhando para trás. — Você. Me. Ama.

Fiquei parada na entrada, antes dos degraus, sentindo, pela primeira vez em um longo tempo, que as coisas estavam completamente fora do controle. Como eu havia deixado aquilo acontecer? Anos de CDs e moletons, presentes genéricos, e bastou um conjunto de talheres para eu perder totalmente o controle. Parecia impossível.

Dexter subiu os degraus até a porta, Macaco correu até ele e ficou agitado, cheirando as sacolas até os dois entrarem e a porta bater. Algo me dizia, enquanto eu estava ali parada, que deveria virar o jogo, voltar para o carro e ir pra casa o mais rápido possível, depois trancar todas as portas e janelas para proteger minha dignidade. Ou sanidade. Tantas vezes tivera a impressão de que havia uma chance de interromper as coisas antes que elas começassem. Ou pelo menos no meio do caminho. Mas era ainda pior saber, naquele exato momento, que havia tempo para me salvar, e mesmo assim eu não movia um dedo.

A porta se abriu novamente e lá estava Macaco, arfando. Acima dele, uma mão segurava um garfo azul, balançando-o de maneira sugestiva, como se fosse algum tipo de sinal, uma mensagem em um código espião supersecreto. O que estava dizendo? O que significava? Eu ainda me importava?

O garfo continuava balançando, me chamando. Última chance, pensei.

Suspirei alto e comecei a subir os degraus.

Havia algumas maneiras de saber que minha mãe estava quase acabando um romance. Primeiro, ela começava a trabalhar o tempo todo, não apenas no horário padrão, do meio-dia às quatro. Depois, eu começava a acordar no meio da noite ao som da máquina de escrever, olhava pela janela e via a luz do escritório formando longos quadrados inclinados no corredor lateral de casa. Ela também começava a falar sozinha enquanto escrevia, bem baixinho. Não alto o bastante para se entender o que estava dizendo, mas às vezes parecia que havia duas pessoas lá, uma ditando e outra se apressando a escrever, uma linha barulhenta por vez. Finalmente, o sinal mais revelador e certeiro de todos: quando ela pegava o ritmo e as palavras chegavam com tanta facilidade que tinha que se esforçar para contê-las por tempo suficiente para colocá-las na página, ela sempre colocava Beatles para tocar, e eles serviam de trilha até chegar ao epílogo.

Em meados de julho, eu estava descendo para tomar café da manhã, esfregando os olhos, quando parei no alto das escadas e ouvi. Paul McCartney, com a voz aguda, algo dos primeiros anos.

A porta do quarto dos lagartos se abriu e Chris saiu, vestindo o uniforme do trabalho e carregando alguns frascos vazios de papinha de bebê, um dos itens da dieta dos lagartos. Ele inclinou a cabeça e fechou a porta.

— Parece o disco que tem aquela "Norwegian-alguma-coisa" — ele disse.

— Não — respondi, descendo as escadas. — É aquele em que estão todos na janela, olhando para baixo.

Ele concordou e começou a descer atrás de mim. Quando chegamos à cozinha, vimos que a cortina de contas fechava a entrada do escritório, e atrás dela a voz de Paul dava lugar à de John Lennon. Fui até lá e espiei através da cortina, impressionada com a pilha de papéis ao lado dela sobre a mesa, além de uma vela acabada. Ela precisava de pelo menos duzentas páginas. Quando entrava no embalo, nada podia detê-la.

Voltei para a cozinha e coloquei de lado duas latas vazias de suplemento — estava determinada a não limpar a sujeira de Don, embora fosse testada diariamente — antes de preparar banana com aveia e uma xícara grande de café. Depois sentei de costas para a mulher nua na parede e puxei o calendário — um brinde da Don Motors com a imagem do próprio Don sorrindo diante de um 4Runner novinho — da parede.

Era 15 de julho. Em dois meses, mais ou menos, eu arrumaria minhas duas malas, pegaria meu computador e seguiria para o aeroporto. Sete horas depois, chegaria à Califórnia para começar minha vida em Stanford. Havia pouca coisa escrita entre aquele dia e o momento da partida, marcado com um círculo de batom que eu mesma havia feito, como se fosse importante só para mim.

— Ah, droga — Chris resmungou na frente da geladeira. Olhei e o vi segurando um pacote de pão quase vazio: só restavam as duas pontas, que deviam ter nome, mas chamávamos de bundas. — Ele fez de novo.

Don havia morado sozinho por tanto tempo que tinha dificuldade para entender que outras pessoas vinham depois dele e, às vezes, precisavam das mesmas coisas. Ele não via problema algum em acabar com o suco de laranja e colocar a caixa vazia de volta na geladeira, ou comer o pão e deixar apenas as bundas para o Chris. Mesmo depois que eu e meu irmão pedimos, com toda a educação, para ele anotar as coisas que acabassem (havia uma lista na geladeira com o título COMPRAS), ou ele esquecia, ou não dava a mínima.

Chris fechou a porta da geladeira com um pouco de força demais, balançando as fileiras de suplemento que Don empilhava ali. Elas bateram umas nas outras, e uma caiu entre a geladeira e a parede, fazendo barulho.

— Odeio essas latas — ele resmungou, colocando as bundas do pão na torradeira. — E, nossa, acabei de comprar esse saco. Com todo o suplemento, por que ele precisa comer meu pão? Não equivale a uma refeição completa?

— Eu achava que sim — respondi.

— Poxa — Chris continuou enquanto a música acelerava na sala ao lado, cheia de iê-iê-iê —, só estou pedindo um pouco de consideração, sabe? Não é demais, é?

Dei de ombros, olhando novamente para o círculo de batom. Não era problema meu.

— Remy? — A voz da minha mãe vinha do escritório, onde os sons da máquina de escrever pararam por um segundo. — Pode me fazer um favor?

— Claro — respondi.

— Pode trazer um pouco de café? — A máquina recomeçou. — Com leite?

Levantei e servi uma xícara bem cheia, depois coloquei leite desnatado até a beirada: uma das únicas coisas que tínhamos em comum era como tomávamos o café. Fui até a porta do escritório, equilibrando a xícara dela e a minha, e tirei a cortina da frente.

O cômodo cheirava a baunilha, e tive que empurrar uma fileira de canecas — a maioria pela metade e com as bordas manchadas com seu "batom de ficar em casa" rosa-cintilante — para abrir espaço. Um dos gatos estava encolhido na cadeira ao lado dela e me dirigiu certa indiferença quando o tirei do caminho para poder sentar. Ao meu lado havia uma pilha de páginas datilografadas, perfeitamente alinhadas. Eu estava certa: ela estava realmente trabalhando. O número da página de cima era 207.

Eu sabia que era melhor não começar a falar até ela terminar a frase, ou cena, que estava escrevendo. Então peguei a página 207 da pilha e dei uma olhada, dobrando as pernas sob o corpo.

— *Luc* — *Melanie gritou para o outro quarto da suíte, mas só havia silêncio.* — *Por favor.*

Nenhuma resposta do homem que a havia beijado sob uma chuva de pétalas poucas horas antes, afirmando diante de toda a sociedade de Paris que ela era a mulher que amava. Como um casamento podia ser tão frio? Melanie estremeceu em seu vestido de renda, sentindo lágrimas preencherem seus olhos ao ver o buquê, rosas brancas e lírios roxos, sobre a mesa de cabeceira, onde a empregada o havia deixado. Ainda estava fresco e novo, e Melanie lembrava de ter encostado o rosto nas flores cheias, respirando seu perfume ao se dar conta de que era a sra. Luc Perethel. Antes, aquelas palavras pareciam mágicas, como um feitiço lançado em um conto de fadas. Agora, com a cidade iluminada do outro lado da janela aberta, Melanie sofria não por seu novo marido, mas por outro homem, em outra cidade. Ah, Brock, ela pensou. Não ousava dizer as palavras em voz alta por medo de que fossem levadas embora, pairando além de seu alcance e encontrando o único amor verdadeiro que já tivera.

Oh-oh. Olhei para minha mãe, que ainda datilografava, testa franzida, lábios se movendo. Mas eu sabia que o que ela escrevia era pura ficção. Afinal, ela era uma mulher que vinha criando histórias sobre a vida e os amores dos ricos enquanto estávamos recortando cupom de desconto e tendo a linha telefônica cortada com regularidade. E Luc, o novo marido frio, não tinha preferência por suplementos alimentares. Eu esperava.

— Ah, obrigada! — Ao ver o café quente, minha mãe esticou os dedos e pegou a xícara, tomando um gole. Ela estava com um rabo de cavalo meio solto, sem maquiagem fora o batom, e vestia pijama e os chinelos com estampa de oncinha que eu havia comprado de presente em seu último aniversário. Bocejou, recostando na cadeira, e disse: — Fiquei a noite inteira trabalhando. Que horas são?

Olhei para o relógio da cozinha, visível através da cortina que ainda balançava de leve.

— Oito e quinze.

Ela suspirou, levando a xícara aos lábios novamente. Olhei para a folha na máquina de escrever, tentando adivinhar o que acontecia em seguida, mas só dava para ver algumas linhas de diálogo. Aparentemente, Luc tinha algo a dizer, afinal.

— Então está indo bem? — perguntei, apontando para a pilha ao lado do meu cotovelo.

Ela fez um sinal com a mão que dizia "mais ou menos".

— Ah, bom, está bem na metade, e você sabe que sempre tem uma fase maçante. Mas ontem à noite eu estava prestes a dormir e tive uma inspiração. Tinha a ver com cisnes.

Esperei, mas pareceu que ela só me contaria aquilo, pois pegou uma lixa na caneca cheia de canetas e lápis e começou a lixar a unha do mindinho, definindo-a com habilidade.

— Cisnes — repeti.

Minha mãe jogou a lixa de unha sobre a mesa e esticou os braços sobre a cabeça.

—Você sabe — ela disse, colocando uma mecha solta de cabelo atrás da orelha —, eles são criaturas terríveis, na verdade. Bonitos, mas cruéis. Os romanos usavam cisnes em vez de cães de guarda.

Assenti, tomando meu café. Do outro lado do cômodo, dava para ouvir o ronco do gato.

— Então — ela continuou —, fiquei pensando sobre o preço da beleza. Na verdade, sobre o preço de todas as coisas. Você trocaria amor por beleza? Ou felicidade por beleza? Uma pessoa linda e maldosa teria algum valor? E se você optasse por isso, resolvesse ficar com o belo cisne na esperança de que ele não se voltasse contra você, o que faria se o pior acontecesse?

Eram perguntas retóricas. Eu achava.

— Simplesmente não consegui parar de pensar nisso — ela disse, sacudindo a cabeça. — E então não consegui dormir. Acho que é aquela tapeçaria ridícula que Don insistiu em pendurar na parede. Não consigo relaxar olhando para aquelas cenas de batalhas militares e pessoas sendo crucificadas.

— É um pouco exagerado — concordei. Toda vez que eu entrava no quarto dela para pegar alguma coisa ficava atônita. Era difícil tirar os olhos do painel que ilustrava a decapitação de João Batista.

— Então eu desci — ela disse —, pensando apenas em fazer um esboço, e agora são oito da manhã e ainda não sei ao certo qual é a resposta. Como pode?

A música terminou e tudo ficou muito, muito silencioso. Eu tinha certeza de que podia sentir minha úlcera atacando, mas talvez fosse o café. Minha mãe sempre ficava muito dramática quando escrevia. Pelo menos uma vez durante cada romance ela corria para a cozinha, quase chorando, histérica por ter perdido qualquer talento que pudesse ter, dizendo que o livro não saía do lugar, era um desastre, o fim de sua carreira, e Chris e eu apenas ficávamos ali, em silêncio, até ela parar de se lamentar. Depois de alguns minutos, ou horas, ou — em períodos ruins — dias, ela voltava para o escritório, fechava a cortina e começava a datilografar. E, quando os livros chegavam, meses depois, com cheiro de novos e lombadas lisinhas, ela sempre esquecia do surto que fazia parte da criação. Se eu fizesse com que relembrasse, ela dizia que escrever romances era como dar à luz: se fosse possível lembrar como era terrível, ninguém faria de novo.

—Você vai dar um jeito — eu disse. — Sempre dá.

Minha mãe mordeu o lábio e olhou para a página na máquina de escrever, depois pela janela. A luz do sol entrava, e percebi que ela parecia cansada, até mesmo triste, de um modo que eu não havia reparado antes.

— Eu sei — ela disse, como se estivesse concordando comigo apenas para encerrar o assunto. Então, após um ou dois segundos de silêncio, mudou totalmente de espírito e perguntou: — Como está o Dexter?

— Bem, eu acho — respondi.

— Gosto muito dele. — Minha mãe bocejou e sorriu como se pedisse desculpas. — Não é como os outros garotos que você namorou.

— Eu tinha uma regra que proibia músicos — expliquei.

Ela suspirou.

— Eu também tinha.

Eu ri, e ela também. Então eu disse:

— E por que quebrou essa regra?

— Ah, pelo motivo que leva todo mundo a fazer qualquer coisa — ela respondeu. — Eu me apaixonei.

Ouvi a porta da frente se fechar quando Chris saiu para o trabalho, despedindo-se com um grito de "até mais". Nós o vimos caminhar até o carro, com um refrigerante — que tomava no lugar do café — em uma das mãos.

— Acho que ele vai comprar uma aliança para ela, se é que já não comprou — minha mãe disse, pensativa. — Estou com essa impressão.

Chris ligou o motor e saiu lentamente. Estava tomando o refrigerante quando passou pela janela.

— Bem — eu disse —, você é a especialista.

Ela terminou de tomar o café, estendeu o braço e acariciou meu rosto com os dedos, contornando minha bochecha. Um gesto dramático, como ela, mas reconfortante, pois minha mãe fazia aquilo desde que eu era pequena. Seus dedos, como sempre, estavam frios.

— Ah, Remy — ela disse. — Só você compreende.

Eu sabia o que ela queria dizer, e ao mesmo tempo não sabia. Era muito parecida com minha mãe, mas não em aspectos de que me orgulhava. Se meus pais tivessem ficado juntos e virado hippies velhos que cantavam músicas de protesto enquanto lavavam a louça do jantar, talvez eu fosse diferente. Se tivesse visto do que o amor era capaz, ou o que era o amor, talvez acreditasse nele. Mas eu tinha passado grande parte da vida vendo casamentos se formando e desmoronando. Então eu entendia, sim. Mas às vezes, como ultimamente, desejava não entender. Nem um pouco.

— Mas está enchendo.

— Está enchendo, mas não está cheia. — Peguei o sabão líquido da mão dele e abri a tampa. — Tem que estar cheia.

— Sempre coloquei o sabão logo no começo — ele disse.

— E é por isso — afirmei, colocando um pouco de sabão quando o nível da água subiu — que suas roupas nunca ficam limpas. Tem química envolvida nisso, Dexter.

— É lavagem de roupa — ele exclamou.

— Exatamente.

Dexter suspirou.

— Sabe — ele disse enquanto eu colocava o resto do sabão e fechava a tampa —, os outros garotos são ainda piores. Eles quase nem lavam roupa, muito menos separam as coloridas das pretas.

— Coloridas das brancas — eu o corrigi. — Coloridas e pretas vão juntas.

— Você é obsessiva assim com tudo?

— Quer que suas roupas brancas fiquem rosa de novo?

Aquilo o calou. Tive que dar a Dexter uma aulinha de lavanderia quando ele jogou uma camisa vermelha nova, no ciclo de água quente, o que deixou todas as suas roupas com um tom rosado. Desde o incidente dos talheres, eu estava fazendo todo o possível para ser o oposto de doméstica, mas não podia continuar com um namorado cor-de-rosa. Então, lá estava, na área de serviço da casa amarela, um lugar que normalmente evitaria devido à enorme pilha de cuecas, meias e camisetas sujas. O que não era de surpreender, considerando que era difícil alguém comprar sabão. Na semana anterior, John Miller aparentemente havia lavado todas as suas calças jeans com sabonete.

Quando o ciclo começou, passei com cuidado sobre uma pilha de meias nojentas e voltei para o corredor, fechando a porta o mais rápido que pude. Então acompanhei Dexter até a cozinha, onde Lucas estava sentado à mesa, comendo uma mexerica.

— Você está lavando roupa? — ele perguntou a Dexter.

— Estou.

— De novo?

Dexter confirmou.

— Estou branqueando minhas roupas.

Lucas pareceu impressionado. Ele estava usando uma camisa com uma mancha de ketchup no colarinho.

— Uau — ele exclamou. — Isso é...

De repente, ficou escuro. Totalmente escuro. Todas as luzes se apagaram, a geladeira parou de funcionar, o barulho da máquina de lavar silenciou. A única claridade que restava era a luz da varanda da casa vizinha.

— Ei! — John Miller gritou da sala, onde estava concentrado, como costumava acontecer àquela hora da noite, no programa *Roda da Fortuna*. — Eu estava quase adivinhando a resposta, cara!

— Cala a boca — Lucas disse, levantando e indo até o interruptor de luz, que ele movimentou para cima e para baixo algumas vezes, clique-claque-clique. — Deve ter queimado um fusível.

— É na casa toda — Dexter disse.

— E daí?

— Se fosse só um fusível, algumas luzes estariam acesas. — Dexter pegou um isqueiro da mesa e o acendeu. — Deve ter caído a força. Provavelmente toda a rede deve estar com problema.

— Ah. — Lucas voltou a sentar. Na sala, ouviu-se um barulho enquanto John Miller tentava se movimentar no escuro.

Não era problema meu. Certamente não era. Ainda, assim, não consegui deixar de observar:

— Hum, as luzes do vizinho estão acesas.

Dexter se inclinou na cadeira, olhando pela janela para confirmar.

— Estão mesmo — ele disse. — Interessante.

Lucas começou a descascar outra mexerica e John Miller apareceu na entrada da cozinha. Sua pele pálida parecia ainda mais clara no escuro.

— Estamos sem luz — ele disse, como se precisássemos que alguém nos desse essa informação.

— Obrigado, Einstein — Lucas resmungou.

— É um problema elétrico — Dexter supôs. — Talvez na fiação.

John Miller entrou e se jogou no sofá. Por um instante, ninguém disse nada, e ficou claro para mim que, para eles, não era um problema muito grande. Luz para quê?

—Vocês pagaram a conta? — perguntei, finalmente.

— Conta? — ele repetiu.

— A conta de luz.

Silêncio. Então Lucas disse:

— Ah, droga. A conta de luz.

— Mas a gente pagou — John Miller disse. — Estava bem ali na bancada, eu vi ontem.

Dexter olhou para ele.

—Você viu ou nós pagamos?

— As duas coisas? — John Miller disse, e Lucas suspirou impaciente.

— Onde estava? — perguntei a John Miller, levantando. Alguém tinha que fazer alguma coisa. — Em que bancada?

—Ali — ele disse, apontando, mas estava escuro e não dava para ver nada. — Naquela gaveta onde deixamos as coisas importantes.

Dexter pegou o isqueiro e acendeu uma vela, depois foi até a gaveta e começou a vasculhar, procurando entre as coisas que, para os garotos, eram importantes. Isso incluía embalagens de shoyu, uma bonequinha havaiana de plástico e caixas de fósforo de praticamente todas as lojas de conveniência e bares da cidade.

Ah, e algumas folhas de papel, uma das quais Dexter pegou e segurou no alto.

— É isso? — perguntou.

Peguei da mão dele, tentando ler o que estava escrito.

— Não — eu disse bem devagar. — Isso é um aviso dizendo que se a conta não for paga até, vejamos, *ontem*, a energia vai ser cortada.

— Nossa — John Miller exclamou. — Como isso passou despercebido pela gente?

Virei o papel. Colado atrás havia um monte de cupons de pizzaria engordurados.

— Não tenho ideia — respondi.

— Ontem — Lucas repetiu, pensativo. — Uau, então eles deram, tipo, meio dia de crédito. Foi bem generoso.

Fiquei olhando para ele.

— Certo — Dexter disse com animação —, e de quem era a responsabilidade de pagar a conta de luz?

Outro momento de silêncio. Depois John Miller disse:

— Do Ted?

— Do Ted — Lucas ecoou.

— Do Ted — Dexter disse, tirando o telefone do gancho. Ele discou um número e ficou esperando, batucando com os dedos sobre a mesa. — Oi, Ted. É o Dexter. Adivinha onde estou? — Ele escutou por um segundo. — Não. No escuro. Estou no escuro. Você não tinha que pagar a conta de luz?

Dava para ouvir Ted dizendo alguma coisa rápido.

— Eu estava quase adivinhando a resposta! — John Miller gritou. — Só precisava de um *L* ou de um *V*.

— Ninguém liga — Lucas disse a ele.

Dexter continuou ouvindo Ted, que parecia não parar nem para respirar. Ele apenas fazia "hum-hum" de vez em quando, mas finalmente disse:

— Então tá! — E desligou o telefone.

— E aí? — Lucas perguntou.

— Ted está com tudo sob controle — Dexter disse.

— E o que isso significa? — perguntei.

— Que ele está puto, porque, ao que parece, era eu que tinha que pagar a conta de luz. — Ele sorriu. — E aí? Quem quer contar histórias de terror?

— Dexter, sinceramente — eu disse. Aquele tipo de irresponsabilidade fazia minha úlcera doer, mas parecia que Lucas e John Miller estavam acostumados. Nenhum dos dois parecia muito incomodado, ou mesmo surpreso.

— Está tudo bem — ele disse. — Ted tem o dinheiro, ele vai ligar para a companhia de energia e ver o que consegue fazer para religarem a luz hoje à noite ou amanhã cedo.

— Bom para o Ted — Lucas disse. — Mas e você?

— Eu? — Dexter pareceu surpreso. — Eu o quê?

— Ele está dizendo que você devia fazer alguma coisa legal para todo mundo para se desculpar — expliquei.

— Exatamente — Lucas disse.

Dexter olhou pra mim.

— Você não está ajudando.

— Nós estamos no escuro! — John Miller disse. — E a culpa é sua, Dexter.

— Certo, certo — ele disse. — Tudo bem. Vou fazer alguma coisa para todo mundo. Vou...

— Limpar o banheiro? — Lucas sugeriu.

— Não — Dexter respondeu de imediato.

— Lavar minha roupa?

— Não.

Por fim, John Miller disse:

— Comprar cerveja?

Todos esperaram.

— Sim — Dexter respondeu. — Sim! Vou comprar cerveja.

Aqui está. — Ele enfiou a mão no bolso, tirou uma nota amassada e levantou para todos verem. — Vinte dólares. Do meu dinheirinho suado. Pra vocês.

Lucas pegou a nota da mesa, com rapidez, como se esperasse que Dexter mudasse de ideia.

— Maravilha. Vamos lá.

— Eu dirijo — disse John Miller, levantando em um pulo. Ele e Lucas saíram da cozinha, discutindo sobre o paradeiro das chaves. Então a porta de tela bateu, e estávamos sozinhos.

Dexter foi até a bancada da cozinha e encontrou outra vela, então acendeu e colocou sobre a mesa enquanto eu sentava de frente para ele.

— Romântico — eu disse.

— É claro — ele afirmou. — Planejei tudo isso só pra ficar sozinho em casa com você, à luz de velas.

— Brega demais — eu disse.

Ele sorriu.

— Eu me esforço.

Ficamos ali sentados por um instante, em silêncio. Dava pra ver ele me observando. Depois de um segundo, afastei a cadeira e dei a volta na mesa, sentando no colo dele.

— Se você morasse comigo e fizesse uma besteira dessas — eu disse enquanto ele tirava meu cabelo do ombro —, eu te mataria.

— Você aprenderia a amar essas coisas.

— Duvido muito.

— Eu acho que, na verdade, você se sente secretamente atraída por todas as partes da minha personalidade que diz abominar.

Olhei para ele.

— Acho que não.

— Então o que é?

— O que é o quê?

— O que é que faz você gostar de mim?

— Dexter.

— Não, sério. — Ele me puxou para mais perto, de modo que a minha cabeça ficou junto à dele. Suas mãos seguravam minha cintura. Diante de nós, a vela tremeluzia, lançando sombras irregulares na parede oposta. — Pode me contar.

— Não — eu disse. E acrescentei: — É estranho.

— Não é. Olha só. Vou contar o que gosto em você.

Resmunguei.

— Bem, você é linda — ele disse, ignorando minha reclamação. — Foi isso, tenho que admitir, a primeira coisa que chamou minha atenção na concessionária aquele dia. Mas depois foi sua confiança que me pegou. Muitas meninas são inseguras, sempre achando que estão gordas ou duvidando que o cara realmente gosta delas, mas você não. Cara. Você agia como se não se importasse nem um pouco se eu falasse com você ou não.

— Agia? — perguntei.

— Está vendo? — Dava para sentir que ele estava sorrindo. — É disso que estou falando.

— Então você ficou atraído pelo fato de eu ser uma vaca?

— Não, não. Não foi isso. — Ele se ajeitou na cadeira. — Gostei do desafio. Queria superar isso, abrir caminho. A maioria das pessoas é fácil de decifrar. Mas uma menina como você, Remy, tem camadas. O que se vê é muito distante do que realmente é. Você pode dar a impressão de ser durona, mas, no fundo, é fofa.

— Quê? — contestei, sinceramente ofendida. — Eu não sou fofa.

—Você comprou talheres para mim.

— Estavam em promoção! — gritei. — Meu Deus!

—Você é muito legal com meu cachorro.

Suspirei.

— E — ele continuou —, não só se voluntariou para vir até aqui me ensinar a separar direito as roupas coloridas das pretas...

— As coloridas das *brancas*.

— ... como nos ajudou a resolver o problema da conta e apaziguou a discussão com os caras. Admita, Remy. Você é fofa.

— Cala a boca — resmunguei.

— Por que acha isso ruim? — ele perguntou.

— Não acho — respondi. — Mas não é verdade. — E não era mesmo. Eu já tinha sido chamada de muitas coisas na vida, mas *fofa* era a primeira vez. Aquilo me deixava desconcertada, como se ele tivesse descoberto um grande segredo que eu desconhecia.

— Certo — ele disse. — Sua vez.

— Minha vez do quê?

— De contar por que gosta de mim.

— Quem disse que eu gosto?

— Remy — ele disse, sério. — Não me obrigue a te chamar de fofa de novo.

— Tudo bem, tudo bem. — Endireitei o corpo e me inclinei para a frente, protelando ao puxar a vela para a beirada da mesa. Estava mesmo perdendo o jeito: era nisso que havia me transformado. Confissões à luz de velas. — Bem — eu finalmente disse, sabendo que ele estava esperando —, você me faz rir.

Ele assentiu.

— E?

— E é bem bonitinho.

— *Bonitinho?* Eu falei que você era linda.

— Você quer ser lindo? — perguntei.

— Está dizendo que não sou? — Olhei para o teto, balançando a cabeça. — Estou brincando. Vou parar. Caramba, dá para relaxar? Não estou te pedindo pra recitar a Declaração da Independência sob a mira de um revólver.

— Antes fosse — eu disse, e ele riu, alto o bastante para apagar a vela sobre a mesa, deixando-nos novamente na total escuridão.

— Certo — Dexter disse quando virei de novo para ele, passando os braços em volta de seu pescoço. — Você não precisa dizer em voz alta. Já sei por que você gosta de mim.

— Sabe, é?

— Sei.

Ele envolveu minha cintura com os braços, me puxando para mais perto.

— Então diga — pedi.

— É uma atração animal — ele disse. — Química pura.

— Hum — eu disse. — Pode ser.

— Mas não importa o motivo.

— Não?

— Não. — As mãos dele agora estavam no meu cabelo, e eu me aproximava, sem conseguir distinguir totalmente seu rosto. A voz estava nítida, perto do meu ouvido. — Só gostar já basta.

11

— Isso — Chloe disse quando outra bolha surgiu e estourou em sua cara — é nojento.
— Pare — eu disse. — Ele pode te ouvir, sabia?
Ela suspirou, limpando o rosto com o dorso da mão. Estava quente, e o asfalto preto da entrada fazia parecer que tudo fumegava. Macaco, no entanto, sentado entre nós em uma piscina plástica de criança, mergulhado na água fria, estava totalmente satisfeito.
— Pegue as patas da frente — eu disse a Chloe, colocando mais xampu na mão e fazendo espuma. — Estão bem sujas.
— Ele está todo sujo — ela resmungou quando Macaco levantou e se sacudiu novamente, jogando espuma e água suja sobre nós duas. — E você viu essas unhas? Estão mais compridas que as da Talinga, credo.
Macaco levantou de repente, latindo, depois de ver um gato caminhando por uma fileira de cercas vivas no canto do quintal de Chloe.
— Abaixa, garoto — Chloe disse. — Senta, Macaco. *Senta*.
Macaco se sacudiu novamente, molhando nós duas, e empurrei seu traseiro para baixo. Ele sentou, respingando água e deixando o rabo cair de lado.

— Bom menino — eu disse, mesmo que ele estivesse tentando levantar novamente.

— Se a minha mãe aparecesse agora, eu viraria sem-teto — Chloe disse, molhando o peito do Macaco com a mangueira. — Só de ver esse cachorro nojento perto dessa grama especial categoria azul, ela teria um aneurisma.

— Categoria azul?

— É bem cara — ela explicou.

— Ah.

Chloe primeiro havia dito um "não" categórico quando abriu a porta e me viu na varanda, xampu e cachorro nas mãos, antes mesmo de eu tentar convencê-la. Mas, depois de alguns minutos de adulação e de uma promessa de pagar o jantar e o que mais ela quisesse fazer naquela noite, Chloe cedeu, e até pareceu ter se afeiçoado um pouco mais ao Macaco, acariciando-o com cuidado enquanto eu pegava a piscina infantil — uma pechincha de apenas nove dólares — no carro. Meu plano era dar um banho nele em casa, mas Chris havia pegado a mangueira para instalar um elaborado sistema de irrigação para os lagartos, o que me deixou com poucas opções.

— Ainda não acredito como você mudou — ela disse enquanto eu terminava de enxaguar Macaco, deixando-o sair da piscina e sacudir o corpo inteiro várias vezes, andando de um lado para o outro na entrada da casa. — Esse comportamento é cem por cento de namorada.

— Não — eu disse, afastando Macaco da grama antes que Chloe tivesse a chance de surtar. — É um ato humanitário. Ele estava nojento.

O que era verdade. Além disso, eu estava passando um bom tempo com Macaco, e ele fedia. Se o necessário para dar um jeito naquilo era um vidro de xampu de cinco dólares, um cortador de unhas e uma tosa rápida, qual era o problema de tomar a iniciativa? Não fazia por mim, fazia pelo Macaco.

— Achei que você não fosse se apegar — ela disse quando tirei o cortador de unhas do bolso e fiz o cachorro sentar novamente.

— Não vou — expliquei a ela. — É só durante o verão. Já falei.

— Não estou falando do Dexter. — Ela apontou a cabeça para o Macaco, que agora tentava lamber meu rosto. Ele cheirava a frutas cítricas, porque na loja só tinha xampu com essência de laranja. Cortamos os pelos que cobriam seus olhos e ao redor das patas, e ele ficou parecendo cinco anos mais novo. Era verdade o que Lola dizia: um bom corte de cabelo mudava tudo. — É um nível adicional de compromisso. E de responsabilidade. Vai acabar complicando as coisas.

— Chloe, ele é um cachorro, não uma criança de cinco anos com complexo de abandono.

— Mesmo assim. — Ela agachou ao meu lado, observando enquanto eu terminava uma pata e pegava a outra. — De qualquer forma, o que aconteceu com nosso verão livre e despreocupado? Quando você terminou com Jonathan, achei que íamos aproveitar pra sair com um monte de caras até agosto. Sem preocupações. Lembra?

— Não estou preocupada — eu disse.

— Não agora — ela afirmou em certo tom de ameaça.

— Nem estarei — garanti a ela. Levantei. — Pronto. Ele já está limpo.

Nós nos afastamos e analisamos o trabalho.

— Um grande progresso — ela afirmou.

— Você acha?

— Qualquer coisa teria sido — Chloe disse, dando de ombros. Mas depois se curvou e o acariciou, passando a mão na cabeça dele enquanto eu espalhava algumas toalhas no banco de trás do carro.

Eu gostava do Macaco, claro, mas isso não significava que estava disposta a encontrar pelo de cachorro no estofado pelas próximas semanas.

— Vamos, Caco — eu disse, e ele deu um salto, trotando na frente da casa. O cachorro pulou para dentro do carro, depois botou a cabeça para fora da janela, farejando o ar. — Obrigada pela ajuda, Chloe.

Sentei no banco da frente, sentindo o couro quente sob as pernas, e ela ficou lá parada, olhando pra mim, com as mãos na cintura.

— Ainda dá tempo, sabia? — Chloe disse. — Se você terminar com ele agora, vai ter um mês inteiro pra curtir a solteirice antes de ir para a faculdade.

Coloquei a chave na ignição.

—Vou lembrar disso — eu disse.

—Vejo você umas cinco e meia?

— Sim — respondi. — Eu passo pra te pegar.

Chloe concordou e ficou ali, protegendo os olhos do sol com a mão, enquanto eu saía de ré para a rua. Para ela, eu terminar tudo com Dexter seria algo corriqueiro. Era como sempre agíamos. Chloe era, afinal, minha gêmea em tudo o que se referia a garotos e relacionamentos. Agora, eu a estava deixando confusa, pegando um caminho que ela não conseguia compreender. Sabia como ela se sentia. Desde que conhecera Dexter, as coisas não andavam fazendo muito sentido para mim também.

O mural estava na parede da cozinha da casa amarela, sobre o sofá. Começou muito inocente, com apenas algumas fotos afixadas. À primeira vista, eu diria que eram de amigos dos garotos. Mas, olhando de perto, percebi que, como aquelas que Dexter tinha me dado semanas antes, eram de clientes da Flash Camera.

Dexter e Lucas trabalhavam operando a máquina de revelação, o que consistia em ficar sentado em uma banqueta, olhando para as imagens por um buraquinho, marcando-as e ajustando-as, se possível, para aprimorar as cores e o brilho. Não era um bicho de sete cabeças, mas envolvia um bom olho e certa capacidade de concentração para realizar uma atividade muitas vezes monótona por períodos de uma ou duas horas. Ou seja, Dexter não servia para a coisa. Depois que estragou uma série de fotos de uma daquelas viagens ao Havaí que só se faz uma vez na vida e vinte filmes de máquinas descartáveis de um casamento, a dona da Flash Camera sugeriu gentilmente que ele se daria melhor usando suas habilidades interpessoais no balcão de atendimento. Devido ao seu charme, ela manteve o salário de técnico, e Lucas reclamava sempre que tinha oportunidade.

— Meu trabalho envolve muito mais responsabilidade — ele choramingava a cada pagamento, agarrando seu cheque. — Você só precisa fazer contas básicas e arquivar filmes em ordem alfabética.

— Ah — Dexter sempre dizia, rapidamente arrumando seu crachá como se fosse um funcionário-modelo —, mas eu sou muito, muito bom em ordem alfabética.

Na verdade, ele não era. Estava sempre perdendo as fotos dos clientes, principalmente porque se distraía e colocava os Rs junto com os Bs, ou arquivava pelo primeiro nome da pessoa em vez do sobrenome. Se ele trabalhasse para mim, não o deixaria fazer nada mais complicado do que apontar um lápis, e, mesmo assim, sob supervisão.

Então, enquanto Ted, trabalhando no Mayor's Market, podia ficar com alguns alimentos de aspecto ruim porém comestíveis, e John Miller muitas vezes levava café do emprego no Jump Java, Dexter e Lucas não podiam contribuir com muita coisa. Até começarem a fazer cópias das fotografias que os intrigavam.

Eles eram garotos, então é claro que em primeiro lugar vinha uma série de fotos de sacanagem. Não exatamente proibidas para menores: a primeira que vi no mural mostrava uma mulher de calcinha e sutiã, posando diante de uma lareira. Ela não era muito bonita e, pra piorar, no fundo, bem visível, havia um saco enorme de areia para gatos, com GATINHO LIMPO! escrito bem na frente, o que prejudicava o aspecto de *Playboy* que eu imagino que ela e a pessoa que tirou a foto estavam buscando.

Conforme as semanas passavam, mais e mais fotos eram acrescentadas ao mural. Havia imagens de férias, uma família inteira posando em frente ao Monumento de Washington, todos sorrindo, exceto uma filha que fazia cara feia e mostrava o dedo do meio. Mais algumas fotos de gente sem roupa, incluindo uma de um homem bem gordo, de cueca preta, deitado sobre uma colcha de oncinha. Nenhuma dessas pessoas fazia a mínima ideia de que, em uma casinha amarela perto da Merchand Drive, suas lembranças pessoais estavam afixadas em um mural e eram exibidas a estranhos como arte.

No dia em que dei banho no Macaco, Chloe e eu o levamos de volta por volta das seis. Dexter já estava em casa, sentado na sala, assistindo à TV aberta e comendo mexerica. Estavam em liquidação no Mayor's Market e Ted ainda podia usar seu desconto de funcionário. Cada caixa vinha com vinte e cinco e, como as latas de suplemento de Don em casa, elas estavam por todo lado.

— Certo — eu disse, abrindo a porta de tela e segurando Macaco pela coleira. — Olha só.

Deixei Macaco ir, e ele saiu agitado, abanando o rabo loucamente. Pulou no sofá e derrubou uma pilha de revistas no chão.

— Ah, cara, olha só pra você — Dexter disse, fazendo carinho atrás da orelha. — Está com um cheiro diferente. Parece que você deu banho nele com Fanta.

— É o xampu — Chloe disse, sentando na cadeira de plástico ao lado da mesa de centro. — O cheiro vai sair em, hum, mais ou menos uma semana.

Dexter olhou para mim. Sacudi a cabeça para mostrar que ela estava brincando. Macaco desceu do sofá e foi para a cozinha, onde o ouvimos tomar o que pareciam uns quatro litros de água, sem parar.

— Bem — Dexter disse, me puxando para seu colo —, essas transformações deixam um homem com sede.

A porta de tela se abriu e John Miller entrou, jogando as chaves do furgão sobre uma caixa de som perto da porta. Depois ele foi para o meio da sala, ergueu as mãos e anunciou:

— Tenho novidades.

Olhamos para ele. Então a porta se abriu novamente e Ted entrou, usando o avental verde do Mayor's Market e carregando duas caixas de mexerica.

— Ai, meu Deus — Dexter disse. — Chega de mexerica, *por favor*.

— Tenho novidades — Ted também anunciou, ignorando-o. — Grandes novidades. Cadê o Lucas?

— Trabalhando — Dexter respondeu.

— Também tenho novidades — John Miller disse a Ted. — E cheguei aqui primeiro, então...

— Minhas novidades são importantes — Ted replicou, fazendo pouco caso dele. — Então...

— Espera aí! — John Miller sacudiu a cabeça, sem acreditar. Ele havia nascido indignado, sempre convencido de que estava sendo contrariado. — Por que você sempre faz isso? Minhas novidades podem ser importantes também.

Todos ficaram em silêncio enquanto Ted e Dexter trocavam olhares céticos. Eles não passaram despercebidos por John Miller, que suspirou alto, sacudindo a cabeça.

— Talvez — Dexter disse, levantando as mãos — devêssemos parar um pouco pra pensar no fato de que estamos há um bom tempo sem *novidadeses* e agora temos duas, das grandes, de uma vez só.

— *Novidadeses?* — Chloe perguntou.

— O importante é que — Dexter continuou a falar calmamente — isso é muito impressionante.

— O importante é que — Ted disse em voz alta — conheci uma menina da área de A&R da Rubber Records hoje, e ela vai na nossa apresentação à noite.

Silêncio. Exceto pelo Macaco, que entrou com água pingando da boca e as unhas recém-cortadas batendo de leve no chão.

— Alguém está sentindo cheiro de laranja? — Ted perguntou, fungando.

— Isso — John Miller disse em tom de ameaça, olhando feio pra ele — foi muito injusto.

— A&R? — Chloe perguntou. — O que é isso?

— Artistas e Repertório — Ted explicou, tirando o avental, fazendo uma bola com ele e o enfiando no bolso de trás. — Significa que, se ela gostar da gente, pode nos fazer uma proposta.

— Eu tinha novidades — John Miller resmungou, sabendo que havia sido derrotado. — Grandes novidades.

— Isso é sério? — Dexter perguntou, inclinando o corpo para a frente. — Foi tipo talvez-apareça-lá-pra-ver-vocês-ou-não ou sou-importante-na-gravadora-e-vou-lá-ver-vocês?

Ted enfiou a mão no bolso.

— Ela me deu um cartão. Tem uma reunião hoje à noite, mas, quando eu expliquei que começamos o segundo bloco por volta das dez e meia, ela disse que conseguiria chegar, sem problemas.

Dexter me tirou de seu colo e levantou, e Ted lhe entregou o cartão. Ficou olhando para ele por um tempo, depois devolveu.

— Certo — ele disse. — Encontre o Lucas. Temos que conversar sobre isso.

—Vocês sabem que pode não dar em nada — John Miller disse, ainda um pouco ressentido. — Talvez seja só fogo de palha.

— Provavelmente é — Ted respondeu. — Mas ela também pode gostar da gente. E, se conseguirmos uma reunião antes do fim do verão, vamos tocar num lugar maior, numa cidade maior. Foi o que aconteceu com o Spinnerbait.

— Odeio o Spinnerbait — John Miller disse, e os três assentiram, como se fosse óbvio.

— Mas o Spinnerbait recebeu uma proposta — Dexter acrescentou. — E tem uma gravadora.

— Spinnerbait? — perguntei.

— É uma banda que começou a tocar nos bares perto de Williamsburg na mesma época que a gente — Dexter explicou. — Uns babacas. Mas eles tinham um guitarrista muito bom...

— Ele não era tão bom assim — Ted disse, indignado. — Totalmente superestimado.

— ... e as músicas originais deles eram incríveis. Assinaram contrato ano passado. — Dexter suspirou, depois olhou para o teto. — A gente odeia o Spinnerbait.

— A gente odeia o Spinnerbait — John Miller repetiu, e Ted concordou.

— Certo, vamos tentar falar com o Lucas — Dexter disse, batendo as mãos. — Sessão de emergência. Reunião da banda!

— Reunião da banda! — Ted gritou, como se todos os integrantes que pudessem escutá-lo não estivessem bem ao lado. — Vou lavar a mão e nos encontramos na cozinha em vinte minutos.

Dexter pegou o telefone sem fio em cima da TV, discou e saiu da sala com o aparelho junto ao ouvido. Deu para ouvi-lo perguntando pelo Lucas, e depois dizendo:

— Adivinha o que o Ted conseguiu no trabalho dele hoje? — Fez-se uma pausa. — Além das mexericas...

John Miller sentou no sofá, cruzando uma perna sobre a outra e se recostando para apoiar a cabeça na parede. Chloe olhou para mim, arregalando os olhos, depois pegou um cigarro e o acendeu, deixando o fósforo em um cinzeiro cheio de cascas de mexerica.

— Certo, vou morder a isca — eu disse, por fim. — Quais são suas novidades, John Miller?

— Agora perdeu totalmente o impacto — ele resmungou. John Miller ainda se parecia tanto com uma criança, todo ruivo e sardento, como um garoto no comercial de manteiga de amendoim na TV. O fato de estar fazendo bico não ajudava muito.

—Você que sabe — eu disse, e peguei o controle remoto para ligar a TV. Não ia ficar implorando.

— Eu ia dizer — ele começou, bem devagar, tirando a cabeça da parede — que ela aceitou ir ao Bendo hoje à noite.

— Aceitou?

— Sim. Finalmente. Estou convidando há *semanas*. — Ele coçou a orelha. — E foi bem legal, porque eu estava começando a achar que não tinha jeito.

Eu disse a Chloe:

— John Miller está apaixonado pela chefe.

Chloe respirou alto.

— Do Jump Java?

Ele suspirou novamente.

— Ela não é exatamente minha chefe — ele esclareceu. — Está mais para colega de trabalho. Uma amiga, na verdade.

Chloe olhou para mim.

—Vocês estão falando da Scarlett Thomas?

Confirmei, mas John Miller arregalou os olhos.

—Você a conhece?

— Mais ou menos — Chloe disse, dando de ombros. — A Remy a conhece melhor. Ela e Chris tiveram um rolo.

Engoli em seco, me concentrando em mudar os canais da TV. Eu sabia da paixão de John Miller pela Scarlett desde que não passava de um mero interesse, depois vi — junto com todos os funcionários de vários estabelecimentos do Mayor's Village — ele progredir da devoção própria de um cachorrinho até atingir o ridículo nível de sofrimento romântico em que se encontrava. Scarlett era gerente do Jump Java, e só tinha contratado John Miller por causa de Lola, para quem ainda devia um favor pelo último corte e tingimento. Eu sempre ouvia as lamentações dele, que não sabia que eu a conhecia mais do que só de passagem. Até agora.

Dava pra sentir o olhar de John Miller sobre mim, mesmo que fingisse estar completamente absorta por uma notícia sobre problemas estruturais na nova represa local.

— Remy? Você conhece a Scarlett?

— Ela foi namorada do meu irmão — respondi, esperando passar a ideia de que não era grande coisa. — Faz muito tempo.

Ele pegou o controle da minha mão e apertou o mudo. A represa continuava na tela, contendo bem a água, aparentemente.

— Explica — ele disse. — Agora.

Olhei para ele.

— Quer dizer... — ele emendou rápido. — Você pode me contar alguma coisa? Qualquer coisa?

Do outro lado da sala, Chloe riu. Dei de ombros.

— Eles namoraram no fim do último ano da escola. Não era sério. Chris ainda estava na fase maconheiro, e Scarlett era inteligente demais para aturar aquelas coisas. E já tinha a Grace.

Ele assentiu. Grace era a filha de Scarlett, que tinha três anos. Nasceu quando ela estava no penúltimo ano da escola, o que foi um pequeno escândalo. Mas ela não largou os estudos: conseguiu cumprir os créditos que faltavam durante o verão e agora estudava meio período na universidade enquanto gerenciava o Jump Java e suportava os olhares apaixonados do tonto do John Miller em meio aos muffins durante vinte horas semanais.

— Scarlett não é areia demais para o seu caminhãozinho? — Chloe perguntou, sem maldade. — Ela tem uma filha.

— Sou ótimo com crianças — ele disse, indignado. — Grace me adora.

— Grace adora todo mundo — eu disse. Assim como o Macaco, pensei. Crianças e cachorros. É fácil demais.

— Não — ele disse —, é diferente comigo.

Dexter espiou pela porta e apontou para John Miller.

— Reunião da banda! — ele disse.

— Reunião da banda — John Miller repetiu, levantando. Depois olhou para mim e disse: — Uma ajudinha hoje à noite seria muito bem-vinda, Remy. Você poderia falar bem de mim...

— Não posso prometer nada — eu disse. — Mas vou ver o que dá pra fazer.

Ele pareceu mais feliz ao ouvir isso, então foi para a cozinha. Levantei e peguei minha bolsa e a chave do carro.

—Vamos — falei para Chloe. — A reunião deve demorar.

Ela concordou, guardou o maço de cigarros no bolso e abriu a porta da frente.

—Vou ligar para Lissa do carro para ver se ela quer encontrar a gente no Esconderijo.

— Boa ideia.

Quando a porta de tela fechou atrás dela, Dexter apareceu atrás de mim.

— Esse é um grande passo — ele disse, sorrindo. — Bem, talvez não seja. Talvez seja uma grande decepção.

— É bom ser realista.

— Mas talvez — ele continuou, passando as mãos no cabelo como sempre fazia quando mal conseguia se conter — seja o início de alguma coisa. Sabe, quando a Spinnerbait conseguiu aquela reunião com a gravadora, teve acesso imediato a casas de show maiores. Poderíamos ir para Richmond ou Washington fácil. Pode acontecer.

Ele ficou ali parado, sorrindo, e me obriguei a sorrir também. É claro que eram boas notícias. Não era eu que queria que tudo fosse transitório? Na verdade, a melhor coisa que poderia acontecer era alguma oportunidade legal aparecer e ele ir embora no furgão branco imundo arrastando o escapamento com o pôr do sol ao fundo. Em pouco tempo, Dexter não passaria de uma história pra contar, sobre o músico louco com que passei os últimos dias do verão do último ano da escola, assim como Scarlett Thomas era agora apenas uma nota de rodapé na história de Chris. *Eles tinham uma música idiota sobre batatas*, eu podia me ouvir contando a alguém. *Uma ópera inteira.*

Com certeza. Era melhor assim.

Dexter abaixou e beijou minha testa, então olhou para mim com atenção, inclinando a cabeça.

— Está tudo bem? Você está meio estranha.

— Valeu, hein? — eu disse.

— Não, eu quis dizer que você parece...

— Reunião da banda! — Ted gritou da cozinha. — Agora!

Dexter olhou para a porta, depois para mim.

— Pode ir — eu disse, colocando a palma da mão sobre seu peito e o empurrando para trás gentilmente. — Reunião da banda.

Ele sorriu e, por um segundo, senti um impulso, uma sensação estranha que me fez querer puxá-lo de volta para perto. Mas Dexter já estava andando de costas, na direção da cozinha, onde as vozes de seus amigos ficavam mais altas enquanto faziam planos.

—Vejo você no Bendo lá pelas nove — ele disse. — Certo?

Confirmei, com a tranquilidade de sempre, e Dexter entrou na cozinha, me deixando ali parada. Vendo-o ir. Era uma sensação estranha, e percebi que não gostava dela. Nem um pouco.

Por volta das dez e meia, a segunda parte da apresentação do Truth Squad estava prestes a começar e a menina da área de A&R da gravadora ainda não tinha chegado. O público estava começando a ficar impaciente.

— Acho melhor a gente desencanar — Lucas disse, cuspindo o gelo de volta no copo de refrigerante. — Toda essa preocupação está fazendo a gente tocar mal. Ted tocou fora do tom durante a primeira parte inteira.

Sentado ao meu lado e entalhando linhas na mesa, Ted olhou muito feio para Lucas.

— Ela só vai vir por minha causa. Então para de me torrar o saco.

— Calma, calma. — Dexter puxou o colarinho, algo que vinha fazendo a noite toda. Estava completamente esgarçado, todo torto. — Precisamos subir lá e fazer o melhor trabalho possível. Tem muita coisa em jogo.

— Sem pressão — Lucas resmungou.

— Onde John Miller se meteu? — Ted perguntou, se afastando da mesa e esticando o pescoço. — Esta não é uma reunião da banda?

— Foi improvisada — Dexter disse a ele, puxando o colarinho novamente. — Ele está com aquela Fulana. A chefe dele.

Todos olhamos ao mesmo tempo. John Miller estava sentado com Scarlett em uma mesa perto do palco. Ele falava com muita animação, gesticulando, ainda segurando as baquetas. Scarlett tomava uma cerveja e ouvia, com um sorriso educado no rosto. De vez em quando, ela olhava em volta como se esperasse que tivesse sido um convite em grupo e se perguntasse onde estava todo mundo.

— Ridículo — Ted disse. — Está ignorando a gente e o futuro da banda por causa de mulher. Bem Yoko Ono.

— Deixe John Miller em paz — Dexter pediu. — Então, acho que podemos começar com a "Música da batata II", depois fazer a versão com a poncã, e aí...

Parei de prestar atenção, passando o dedo pelo círculo de água que se formou sob minha cerveja. À minha esquerda, dava para ver Chloe, Lissa e Jess conversando com uns caras no bar. Antes, no Esconderijo, Chloe tinha resolvido que elas precisavam aproveitar ao máximo o "verão das solteiras", nomeando-se líder do movimento. Ela já havia progredido: estava sentada em um banco de bar, ao lado de um loiro com cara de surfista. Lissa estava falando com dois caras, um bem bonito, que ainda estava avaliando o lugar, como se procurasse alguém melhor (mau sinal), e um não-tão-bonito-mas--o.k., que parecia interessado e não completamente ofendido por ser a segunda opção. Jess estava encurralada perto das torneiras de chope por um baixinho musculoso que falava com tanta empolgação que ela tinha que ficar inclinando o corpo para trás, o que só podia significar que ele estava cuspindo mais que palavras.

— ... decidimos que não tocaríamos mais covers. Foi o que ficou resolvido na reunião de ontem — Dexter disse.

— Só estou dizendo que se as músicas da batata não forem bem, precisamos de um plano B — Lucas argumentou. — E se ela detestar batatas? E se achar que as composições são infantis, coisa de festa universitária?

Houve um momento de silêncio perplexo enquanto Dexter e Ted absorviam a informação. Então, Ted disse:

— É isso que você acha?

— Não — Lucas disse rápido, olhando para Dexter, que agora puxava o colarinho com tanta força que tive que intervir e soltar seus dedos. Ele nem notou. Lucas continuou: — Só estou dizendo que não queremos passar a imagem de uma banda genérica.

— E tocar covers não é genérico? — Dexter perguntou.

— Covers vão animar o público e mostrar nosso alcance — Lucas disse. — Eu já estive em muitas bandas e...

— Ai, meu Deus — Ted disse, jogando as mãos para cima com dramaticidade. — Lá vamos nós. Eduque-nos, ó sábio.

— ... e sei, por experiência própria, que esses representantes gostam de um repertório eclético, que mantenha o público animado e mostre nosso potencial como banda. O que significa uma mistura de material próprio com covers, sim, mas com nossa própria pegada. Não vamos tocar "I've Got You Babe" do mesmo jeito que Sonny e Cher. Temos que imprimir nosso estilo.

— Não vamos tocar uma música de Sonny e Cher! — Ted berrou. — De jeito nenhum, cara. Não vou dar uma de G Flats na frente da mulher da gravadora. Aquilo é porcaria de tocar em casamento. Pode esquecer.

— Foi só um exemplo — Lucas disse, sem rodeios. — Pode ser outra música. Dá pra se acalmar?

— Ei — Robert, o dono do Bendo, gritou de trás do bar. — Vocês pretendem *trabalhar* hoje?

— Vamos lá — Ted disse, levantando e terminando sua cerveja.

— O que decidimos? — Lucas perguntou, mas Ted ignorou enquanto seguiam para o palco.

Dexter suspirou, passando os dedos pelo cabelo. Eu nunca o vira tão ansioso.

— Meu Deus — ele disse em voz baixa, sacudindo a cabeça. — Isso é tão estressante.

— Pare de pensar nisso — eu disse. — Levante e toque como você sempre faz. Ficar encanando só vai te deixar mais nervoso.

— Nosso som foi uma bosta hoje, não foi?

— Não — respondi, e não era totalmente mentira. Mas Ted estava desafinado, John Miller tentava aparecer demais, jogando as baquetas pra cima sem conseguir pegá-las, e Dexter tinha confundido a letra da "Música da batata III", que eu sabia que ele podia, literalmente, cantar dormindo. — Mas você não estava seguro. Estava hesitante. Coisa que não é. Já fez isso um milhão de vezes.

— Um milhão de vezes. — Ele ainda não parecia convencido.

— É como andar de bicicleta — eu disse. — Se você parar muito pra pensar, percebe como é complicado. Mas é só subir e sair pedalando, sem se preocupar com a mecânica da coisa. Deixar fluir.

— Você tem toda a razão — ele disse, beijando meu rosto. — Como pode estar sempre certa?

— É uma maldição — eu disse, dando de ombros. Ele apertou minha perna e saiu da mesa, ainda puxando o colarinho, e eu o vi desviar da multidão, parando para dar um tapinha na cabeça de John Miller, que ainda conversava com Scarlett. Ted pegou a guitarra e tocou alguns acordes aleatórios. Então ele, Lucas e Dexter trocaram olhares e acenos de cabeça, estabelecendo o plano de ação.

A primeira música foi um pouco instável, mas a seguinte já foi melhor. Dava para ver Dexter relaxando, pegando o jeito. Na terceira música, quando vi a mulher da gravadora entrar, eles já estavam tocando melhor do que a noite toda. Eu a reconheci de imediato. Primeiro, era um pouco velha para frequentar o Bendo, cujo público era mais de universitários. Segundo, usava roupas estilosas demais para a cidadezinha: calça preta, camisa de seda, óculos pequenos de armação preta, estilo nerd descolada. O cabelo era longo e ela usava um rabo de cavalo despojado. Quando foi até o bar pegar uma bebida, os caras que conversavam com minhas amigas pararam e ficaram olhando fixamente para ela. A música terminou e eu vi Ted olhar para o bar, ver que ela estava lá, e dizer algo em voz baixa para Dexter. A multidão na pista aumentava.

Depois que os aplausos e gritos terminaram, Dexter puxou o colarinho da camisa e disse:

— Certo, agora vamos tocar pra vocês a "Música da batata".

O público vibrou. Eles já estavam tocando no Bendo havia tempo o bastante para que a "Música da batata" ficasse conhecida, em suas diversas encarnações. Ted começou a introdução, John Miller pegou as baquetas, e eles foram em frente.

Fiquei de olho na garota no bar. Ela estava ouvindo, cerveja na mão, tomando um gole de vez em quando. Sorriu na parte que falava da princesa vegana, e novamente quando a multidão começou a cantar junto e gritou em coro "doce batata!". A música terminou e ela aplaudiu com entusiasmo, não só por educação. Bom sinal.

Sentindo-se confiantes, eles continuaram com outra "Música da batata". Aquela não era tão forte, e o público não sabia a letra direito. Foi uma boa tentativa, mas ficou um pouco sem graça e, em determinado ponto, John Miller, que tinha aprendido a parte nova havia pouco tempo, errou a batida por um segundo. Vi Dexter se contorcer, depois puxar o colarinho. Ted olhava para todos os lados, menos para o bar. Emendaram outra música de autoria própria, que nem era sobre batatas, mas também não saiu legal, então pararam depois de duas estrofes, eliminando a terceira.

Àquela altura, a moça da gravadora parecia distraída, quase entediada, olhando para os lados e — péssimo sinal — para o relógio. Ted se aproximou e disse algo para Dexter, que sacudiu a cabeça. Então Lucas deu um passo à frente, assentindo, Ted disse mais alguma coisa e Dexter finalmente deu de ombros e voltou para o microfone. John Miller começou com a batida, Ted acompanhou, e eles se jogaram com força total em uma música antiga do Thin

Lizzy. De repente, a multidão estava envolvida de novo, chegando mais perto. Depois da primeira estrofe, a garota da gravadora pediu outra cerveja.

Quando a música terminou, Ted falou com Dexter, que hesitou. Ted disse outra coisa e Dexter fez uma careta, negando com a cabeça.

Toca logo, pensei comigo mesma. Mais uma cover não vai te matar.

Dexter olhou para Lucas, que concordou, e eu relaxei. Começaram os primeiros acordes. Eles me pareciam familiares, como se eu os conhecesse de outra vida. Ouvi por um segundo, e a familiaridade ficou mais forte, como se estivesse na ponta da língua. Então percebi.

— *Esta canção de ninar* — Dexter cantou — *tem poucas palavras...*

Ai, meu Deus, pensei.

— *Apenas alguns acordes...*

Do jeito que tocavam, ela parecia mais retrô. Seu sentimentalismo — que a tornava uma das músicas favoritas de casamentos e salas de espera de dentistas — tinha sido transformado em outra coisa, como se zombasse de si mesmo, como se ironizasse a própria seriedade. Senti um peso no estômago: Dexter sabia como eu me sentia em relação àquela música. Ele sabia. Ainda assim, continuou cantando.

— *Neste quarto vazio, mas você pode ouvir e ouvir...*

A multidão estava adorando, vibrando. Algumas meninas do fundo cantavam junto, com a mão no peito, como divas esquecidas tentando aparecer no Teleton.

Olhei para o bar, onde Chloe me encarava. Ela não tinha um ar presunçoso no rosto, mas algo ainda pior. Devia ser pena, mas virei a cabeça antes que pudesse ter certeza. A alguns assentos de distância dela, a mulher da gravadora balançava o corpo e sorria. Estava amando.

Levantei da mesa. A multidão à minha volta estava cantando com a banda, uma música que também tinham ouvido a vida toda, mas nunca no mesmo contexto que eu. Para eles, era apenas um som antigo e bobo o bastante para ser nostálgico, uma música que seus pais ouviam. Provavelmente tinha tocado no bar mitzvah deles, ou no casamento da irmã, mais ou menos no mesmo momento que "Daddy's Little Girl" e "Butterfly Kisses". Mas estava funcionando. O apelo era óbvio, a energia que emanava do público era muito forte, o tipo de reação que Ted não conseguiria imaginar nem se viajasse na batatinha.

— *Vou te decepcionar* — Dexter cantava enquanto eu abria caminho na direção do bar —, *mas esta canção vai continuar a tocar...*

Fui até o banheiro, onde, pela primeira vez, não havia fila, e me fechei numa cabine. Sentei, passei a mão no cabelo e tentei me acalmar. A música não significava nada. A vida toda, deixei outras pessoas darem um peso a ela, a ponto de quase me esmagar, mas era só uma música. No entanto, mesmo ali, fechada na cabine, ainda dava para ouvir o som, aquelas notas que eu conhecia de cabeça desde pequena, agora diferentes, cantadas por outro homem que eu mal conhecia mas que tinha algum poder, ainda que pequeno, sobre mim.

O que minha mãe sempre dizia quando ouvíamos a música naquele único disco riscado que restara do meu pai, quando ainda tínhamos uma vitrola? *O presente dele para você*, ela repetia, tirando devagar o cabelo da minha testa com uma expressão sonhadora no rosto, como se algum dia eu fosse entender realmente o quanto era importante. Àquela altura, ela já havia esquecido os momentos ruins com meu pai, dos quais ouvi falar pelos outros: os dois eram muito pobres, ele mal ficava com Chris e só casou com ela — nem mesmo legalmente, no fim das contas — em uma tentativa desesperada de salvar um relacionamento que já não tinha mais conserto. Que legado! Que presente! Era como ganhar um prêmio de consolação depois de perder tudo num jogo.

Ouvi a última nota: o prato da bateria reverberava. Depois, muitos aplausos, vibração. Tinha acabado.

Tudo bem. Saí do banheiro e fui direto para o bar, onde Chloe estava sentada em uma banqueta, parecendo entediada. O Truth Squad ainda estava no palco, tocando um medley de músicas de acampamento — em estilo Led Zeppelin, com explosão de guitarras e muitos berros — que reconheci como o número escolhido para finalizar a apresentação. O cara com quem Chloe estava conversando tinha ido embora, Lissa ainda estava falando com o não-tão-bonito-mas-o.k., e Jess, presumi, tinha usado uma de suas desculpas de sempre e estava "no orelhão" ou "pegando alguma coisa no carro".

— O que aconteceu com o surfista? — perguntei a Chloe quando ela abriu espaço para mim na banqueta.

— Namorada — ela disse, apontando com a cabeça para uma mesa à nossa esquerda, onde o cara estava de rosto colado com uma ruiva com piercing na sobrancelha.

Acenei com a cabeça. Ted tocava a guitarra fazendo alguns movimentos circulares com o braço e John Miller dava seu melhor em um solo de bateria, o rosto quase tão vermelho quanto o cabelo. Fiquei me perguntando se Scarlett estaria impressionada, mas ela tinha saído da mesa onde estava, então não dava para saber.

— Interessante a escolha da música anterior, né? — Chloe perguntou, mexendo o pé de modo que giramos levemente na banqueta, para um lado e depois para o outro. — Fiquei com a sensação de que já tinha escutado em algum lugar.

Eu não disse nada, só fiquei vendo John Miller em sua batalha com a bateria, enquanto a multidão acompanhava com palmas.

— Entre todas as coisas que ele deveria saber — ela continuou —, o fato de você odiar aquela música é o principal. Quer dizer... Meu Deus. É *o mínimo*.

— Chloe — eu disse em voz baixa —, por que não cala a boca?

Eu podia sentir o olhar dela sobre mim, os olhos levemente arregalados, antes de voltar a mexer a bebida com o dedo. Agora havia apenas uma pessoa entre mim e a mulher da gravadora. Ela rabiscava algo com o lápis que havia pedido emprestado para o barman, que por sua vez a observava com muito interesse, ignorando uma enorme quantidade de pessoas que sacudiam notas para comprar cerveja.

— Nós somos o Truth Squad — Dexter gritou —, e estamos aqui toda terça. Obrigado e boa noite!

A música dançante enlatada começou a tocar e todos foram para o bar. Vi Dexter pular do palco e conversar com Ted por um segundo. Depois ambos vieram na nossa direção, acompanhados por Lucas. John Miller foi diretamente para onde Scarlett estava — perto da porta, como se tentasse sair de fininho.

A garota da gravadora já estava estendendo a mão para Dexter quando eles chegaram.

— Arianna Moss — ela disse. Dexter apertou sua mão com um pouco de entusiasmo demais. — Ótima apresentação.

— Obrigado — ele respondeu, e ela continuou sorrindo. Olhei para o outro lado do salão, na direção da porta, imaginando onde Jess estaria.

Ted, chegando mais perto, acrescentou:

— A acústica daqui é horrível. O som ficaria muito melhor com um equipamento decente. E o público é meio parado.

Dexter olhou para ele com cara de você-não-está-ajudando.

— Adoraríamos ouvir o que você achou — Dexter disse a ela.

— Posso pegar uma cerveja pra você?

Ela deu uma olhada no relógio.

— Claro. Só preciso fazer uma ligação antes.

Quando ela se afastou, pegando o celular no bolso, Dexter me viu, acenou, e disse, de longe, que falaria comigo em um minuto. Dei de ombros e ele veio imediatamente na minha direção, mas Ted o puxou de volta.

— O que pensa que está fazendo? — perguntou. — Ela está aqui para falar com todos nós, Dexter, não só com você.

— Ele disse que queríamos ouvir o que ela achou — Lucas disse. — Calma, cara.

— Ele vai pegar uma cerveja pra ela! — Ted exclamou.

— Isso se chama relações públicas — Dexter disse, olhando novamente na minha direção. Mas Arianna Moss já estava voltando, guardando o celular no bolso.

— E de onde saiu aquela música? — Ted sacudiu a cabeça, incrédulo. — Tocar Sonny e Cher teria sido melhor. *Qualquer coisa teria sido melhor.* Só faltavam as roupas bregas para completar.

— Ela adorou — Dexter disse, tentando chamar minha atenção, mas deixei um cara forte de boné entrar na minha linha de visão.

— Adorou mesmo — Lucas concordou. — Além disso, a música tirou a gente do poço sem fundo em que fomos jogados pela "Música da batata".

— A "Música da batata" estava indo bem — Ted bufou. — Se John Miller tivesse se dado ao trabalho de chegar na hora no último ensaio da banda...

— Ah, é sempre culpa dos outros, né? — Lucas rebateu.

— Fiquem quietos — Dexter disse em voz baixa.

— Vamos conversar? — Arianna Moss perguntou ao se aproximar. Notei que ela dirigiu a pergunta a Dexter, e Ted também percebeu. Mas só ele, claro, ficou realmente incomodado.

— Claro — Dexter respondeu. — Pode ser ali?

— Pode.

Eles começaram a caminhar e eu virei as costas, acenando para pedir uma cerveja ao barman. Quando paguei, já estavam sentados perto da porta. Ela e Dexter de um lado, Lucas e Ted do outro. Ela falando, eles escutando.

Jess apareceu ao meu lado.

— Já está na hora de ir embora? — ela perguntou.

— Onde você estava? — Chloe disse.

— Tive que pegar uma coisa no carro — Jess respondeu, direta.

— Remy, te achei! — John Miller apareceu do meu lado. — Você viu a Scarlett?

— A última vez que vi, ela estava perto da porta.

Ele olhou para os lados, depois começou a sacudir os braços.

— Scarlett! Aqui!

Scarlett levantou os olhos, viu a gente e sorriu de um jeito que me fez ter certeza que ela queria ir embora de fininho. John Miller fez sinal para ela ir até onde estávamos, então ela não teve outra escolha além de abrir caminho pela multidão.

— O show foi ótimo — ela disse, e John Miller ficou radiante. — Muito bom.

— Normalmente tocamos melhor — ele disse com certa arrogância —, mas hoje Ted não estava legal. Chegou atrasado no último ensaio, não conhecia os novos arranjos.

Scarlett acenou com a cabeça e olhou ao redor. O bar estava ficando lotado, com três fileiras de pessoas esperando para pedir, e todos nos empurravam.

Lucas passou atrás de John Miller e conseguiu, mesmo equilibrando dois copos de cerveja, dar um tapa atrás da cabeça dele.

— Ei, caso você tenha um minuto, estamos conversando com a mulher da gravadora ali, e é provável que ela consiga um show ótimo para a banda em Washington. Se, é claro, você estiver *pelo menos um pouco interessado*.

John Miller esfregou a parte de trás da cabeça.

— Washington? Sério?

— Naquela casa de shows grande onde vimos o Spinnerbait aquela vez. — Lucas fez cara feia. — Odeio o Spinnerbait.

— Odeio o Spinnerbait — John Miller concordou, pegando uma cerveja. — É uma banda — ele explicou a Scarlett.

— Ah — ela disse.

— Vamos — Lucas disse. — Ela precisa falar com todo mundo. É uma grande chance, cara.

— Volto num minuto — John Miller disse a Scarlett, apertando seu braço. — É, hum, assunto oficial da banda. Decisões gerenciais e coisas assim.

— Certo — Scarlett disse enquanto ele acompanhava Lucas até a mesa, onde Ted abriu espaço para os dois. Dava para ver Dexter sentado no canto, perto da parede, fechando uma caixa de fósforos e ouvindo com atenção o que Arianna Moss dizia.

— Pobrezinha — Chloe disse a Scarlett. — Ele está obcecado.

— Ele é muito legal — Scarlett disse.

— Ele é ridículo. — Chloe desceu da banqueta. — Vou no banheiro. Você vem?

Fiz que não com a cabeça. Ela empurrou alguns caras e desapareceu no meio da multidão. Conforme os corpos se movimentavam à nossa volta, eu conseguia ter uma visão ocasional de Dexter. Ele parecia explicar alguma coisa enquanto Arianna Moss acenava com a cabeça, tomando um gole de cerveja. Ted e Lucas conversavam, e John Miller parecia totalmente distraído, olhando para nós a todo momento para garantir que Scarlett não tinha ido embora.

— John Miller é muito legal — me senti na obrigação de dizer, porque ele não parava de olhar pra mim.

— É mesmo — Scarlett concordou. — Mas um pouco novo demais pra mim. Não sei se ele seria uma boa figura de pai.

Eu quis dizer que, pelo menos na minha experiência, isso não era um fator tão importante em um relacionamento quanto ela pensava, mas preferi ficar quieta.

— Há quanto tempo você está namorando Dexter? — ela perguntou.

— Não muito. — Olhei novamente para a mesa. Ele estava gesticulando enquanto Arianna Moss ria, acendendo um cigarro. Alguém que não os conhecesse pensaria que era um encontro.

— Ele parece ótimo — ela disse. — Fofo. E engraçado.

Concordei.

— Ele é.

Ted apareceu de repente ao meu lado, passando no meio de um grupo de garotas grandes que usavam camiseta apertada e pareciam estar fazendo uma despedida de solteira: uma delas usava um véu, as outras estavam com chapéu.

— Duas cervejas! — ele gritou para o barman com seu tom irritado característico, depois ficou ali parado, um pouco agitado, até notar nossa presença.

— Como está indo? — perguntei.

Ele olhou com cara feia para a mesa.

— Bem. Dexter provavelmente vai ter passe livre com ela daqui a pouco, mas acho que isso não vai ajudar a banda em nada.

Scarlett olhou para mim, arregalando os olhos.

— Sério? — eu disse.

— Bem... — ele deu de ombros, como se só então tivesse se dado conta de que eu não era a melhor pessoa para ouvir aquilo. Não que fosse deixar de reclamar por isso. Afinal, era o Ted. — Ele é assim mesmo, sabe? Fica com alguém, as coisas terminam mal, e nós perdemos um show, ou uma casa para morar, ou cem dólares para as compras. Ele sempre faz isso.

Ali parada, me senti tão idiota que tive certeza de que transparecia no meu rosto. Peguei a bebida de Chloe — agora apenas gelo — e tomei um gole, só pra ter o que fazer.

— A questão é — ele resmungou enquanto as cervejas eram deixadas à sua frente —, se vamos trabalhar em grupo, temos que pensar como um grupo. Ponto final.

Então ele saiu, esbarrando com tanta força nas meninas que estavam atrás da gente que desencadeou uma onda de xingamentos e gestos obscenos. Fiquei ali presa com Scarlett, parecendo mais uma groupie.

— Bem — Scarlett disse, constrangida —, tenho certeza de que ele não estava falando sério.

Odiava que ela sentisse pena de mim. Era ainda pior do que eu sentir pena de mim mesma, mas ganhava por pouco. Virei as costas para a mesa deles — não me importava mais com o que acontecia lá — e voltei a sentar na banqueta, cruzando as pernas.

— Não ligo — eu disse. — Já sabia como ele era.

— Ah, é?

Peguei o canudo de Chloe, torcendo-o entre os dedos.

— Cá entre nós — eu disse —, foi mais ou menos por isso que resolvi ficar com ele. Quer dizer... vou para a faculdade no outono. Não dá pra me comprometer. É por isso que é perfeito, sabe? Tem um fim estabelecido. Sem complicações.

— Certo — ela disse, tentando se estabilizar depois de levar uma cotovelada nas costas.

— Nossa, todos os relacionamentos deviam ser fáceis assim, sabe? Encontrar um cara bonitinho em junho, se divertir até agosto, partir ilesa em setembro. — Era tão fácil dizer aquilo que devia ser verdade. Não era o que eu sempre dizia sobre Jonathan e todos os outros namorados? Certamente daquela vez não era diferente.

Ela concordou, mas algo em sua expressão me dizia que não era o tipo de garota que acreditava nisso, muito menos que agia daquela forma. Mas, também, ela tinha uma filha. Era diferente quando havia outras pessoas na equação. Quer dizer... em famílias normais.

— É — eu disse —, só um namoro de verão. Sem preocupações. Sem laços. Do jeito que eu gosto. Bem, Dexter não é um cara "para casar" nem nada. Ele nem consegue manter os cadarços amarrados.

Ri de novo. Aquilo era mesmo verdade. Verdade verdadeira. Onde eu estava com a cabeça?

Ficamos ali paradas por um instante, em um silêncio que não era exatamente constrangedor, tampouco confortável.

Ela olhou o relógio, depois a multidão atrás de mim. Pareceu surpresa por um instante, e imaginei que John Miller devia ter dado mais um daqueles acenos que dizia espere-um-pouco-já-estou-indo.

— Olha só — ela disse —, eu preciso mesmo ir, ou a babá vai me matar. Pode dizer ao John Miller que o vejo amanhã?

— Claro — eu disse. — Sem problemas.

— Obrigada, Remy. Se cuida, tá?

—Você também.

Eu a vi seguir para a porta e sair rápido, então John Miller virou a cabeça para olhar para nós. Tarde demais, pensei. Eu a assustei. A Remy malvada, a vaca sem coração, estava de volta.

— Agora — Jess disse, aparecendo perto de mim — já *tem* que ser hora de ir.

— Vamos — Chloe disse, sentando ao meu lado. — Não tem nenhum cara decente aqui.

— A Lissa está se dando bem — Jess disse.

Chloe se inclinou, olhando para o outro lado do bar.

— Aquele é o primeiro cara com quem ela falou. É melhor a gente ir, ou ela vai ficar noiva dele antes do Bendo fechar. Lissa!

Ela deu um salto.

— Oi?

— Já estamos indo! — Chloe desceu da banqueta, me puxando junto com ela. — Deve ter alguma coisa melhor pra fazer hoje à noite. *Tem* que ter.

— Gente — Lissa disse ao se aproximar, ajeitando o cabelo. — Estou *conversando* com alguém.

— Ele é mais ou menos — Chloe disse, voltando a olhar para o garoto. Ele acenou e sorriu, pobrezinho. — Você consegue coisa melhor.

— Mas ele é legal — Lissa protestou. — Fiquei a noite toda falando com ele.

— Exatamente — Jess disse. — Você precisa de variedade. Não é, Remy?

— Isso mesmo — concordei. — Vamos embora logo.

Estávamos quase na porta quando vi Jonathan. Ele estava parado perto do jukebox, falando com o segurança. Eu já o vira algumas vezes de longe desde o término do namoro, mas era o primeiro encontro cara a cara, então desacelerei o passo.

— Oi, Remy — ele disse ao passar, esticando o braço, como sempre fazia, para tocar no meu. Normalmente eu teria desviado, mas dessa vez permiti. Ele não parecia muito diferente. O cabelo estava um pouco mais curto, a pele, bronzeada. Mudanças típicas do verão, todas desfeitas por volta de setembro. — Como você está?

— Bem — respondi, enquanto Chloe e Lissa passavam por mim e saíam. Eu podia sentir Jess por perto, como se eu precisasse de um lembrete para não gastar muita energia ali. — E você?

— Fantástico — ele disse, abrindo um grande sorriso. Me perguntei o que tinha visto no cara, todo arrumadinho e pegajoso. O típico mais ou menos. Eu estava com alguém que não valia nada e nem sabia. Não que Dexter fosse muito melhor, aparentemente.

— Ah, Jonathan — eu disse, sorrindo para ele e chegando um pouco mais perto quando duas garotas passaram atrás de mim. — Você sempre foi tão modesto.

Ele deu de ombros, tocando meu braço novamente.

— E sempre fui fantástico. Não é?

— Eu não diria isso — respondi, mas continuei sorrindo. — Preciso ir.

— A gente se vê por aí — ele gritou atrás de mim. — Onde você vai estar mais tarde? Vão para aquela festa em Arbors?

Estiquei o braço e acenei, depois saí no ar denso e úmido da noite. Lissa já tinha pegado o carro, e ela e Chloe esperavam, com o motor ligado, enquanto eu e Jess descíamos a escada.

— Que simpatia! — ela ironizou quando entramos no banco de trás.

— Só estávamos conversando — eu disse. Ela virou a cabeça, abriu o vidro e não disse nada.

Lissa engatou a primeira e fomos embora. Eu sabia que Dexter ficaria imaginando para onde eu tinha ido, com quem eu estava conversando antes e, independentemente de quem fosse, por que eu tinha sorrido daquele jeito. Garotos eram tão fáceis de manipular. Eu tinha pago na mesma moeda. Ele podia ficar se engraçando o quanto quisesse com outra garota, mas eu não ficaria sentada esperando.

— Para onde vamos? — Lissa perguntou, virando a cabeça e olhando para mim.

— Arbors — eu disse. — Tem uma festa lá.

— Agora sim! — Chloe exclamou. Ela estendeu o braço e aumentou o volume do rádio. De uma hora para a outra, era como nos velhos tempos: nós quatro, à caça. Mais cedo, eu era a diferente, a comprometida, tendo que esquentar o banco de reservas enquanto elas saíam para o jogo. Não mais. E ainda restava muito verão.

Estávamos quase saindo do estacionamento quando ouvi algo. Uma voz gritando atrás de nós. Chloe desligou o rádio enquanto eu me contorcia no assento, já imaginando o que diria quando Dexter perguntasse por que eu estava indo embora e como refutaria a suposição imediata de que eu estava agindo como a típica namorada ciumenta. O que eu não era. Não mesmo.

Ouvi a voz novamente, então olhei pelo vidro de trás. Mas não era Dexter. Era o cara com quem Lissa tinha conversado. Ele chamou o nome dela, parecendo confuso quando entramos na avenida e fomos embora.

Já passava da uma quando Lissa me deixou na porta de casa. Tirei o sapato e pisei na grama, tomando um gole da Zip diet que tinha comprado a caminho de casa, depois da festa em Arbors, que acabou sendo um fiasco. Quando chegamos lá, os policiais já tinham aparecido e ido embora, então fomos ao Quik Zip e ficamos sentadas no capô do carro, conversando e dividindo um saco grande de pipoca com manteiga. Uma boa forma de terminar o que havia sido, em sua maior parte, uma péssima noite.

O tempo estava agradável. Os grilos trilavam e a grama estava fresca sob meus pés descalços. O céu estava repleto de estrelas, e toda a vizinhança permanecia em silêncio, à exceção de um cachorro latindo a alguns metros de distância e do clique-claque suave da máquina de escrever da minha mãe emanando da janela, de onde a luz, ultimamente sempre acesa, saía clara e forte.

— Ei!

Havia alguém atrás de mim. Senti o corpo todo tenso, depois

quente, quando virei. O copo cheio de Zip diet sumiu da minha mão antes que eu pudesse me dar conta, voando pelo ar a toda a velocidade na direção da cabeça da pessoa parada no meio do gramado. Teria acertado em cheio, mas o alvo se movimentou no último segundo, e o copo passou por ele e atingiu a caixa de correio, ensopando a calçada com coca diet e gelo.

— Qual é o seu problema? — Dexter gritou.

— *Meu* problema? — respondi. Eu podia sentir o coração batendo, tum-tum-tum, dentro do peito. Quem ficava à espreita na frente da casa dos outros depois da meia-noite? — Você me deu um puta susto.

— Não. — Ele se aproximou de mim, deixando um rastro de pegadas sobre a grama úmida, até ficar bem na minha frente. — No Bendo. Você foi embora do nada. O que aconteceu, Remy?

Tive que esperar um momento para me recompor. Lamentei a perda da minha Zip diet, que tinha comprado apenas alguns minutos antes.

— Você estava ocupado — respondi, dando de ombros. — E cansei de ficar esperando.

Ele enfiou as mãos no bolso e olhou para mim por um instante.

— Não — disse. — Não é isso.

Virei as costas e peguei as chaves, balançando-as até encontrar a da porta.

— Está tarde — eu disse. — Estou cansada. Vou pra cama.

— Foi a música? — Ele chegou ainda mais perto enquanto eu colocava a chave na fechadura. — Foi por isso que você surtou e foi embora?

— Eu não surtei — respondi de imediato. — Só me dei conta de que você estava ocupado com aquela mulher, e...

— Ah, meu Deus — Dexter disse. Ele se afastou, desceu os degraus e riu. — Então é isso? Você está com ciúmes?

Certo. Aquelas palavras, até onde eu sabia, chamavam pra briga. Me virei.

— Não tenho ciúmes — disse a ele.

— Ah, tá. Então você não é humana?

Dei de ombros.

— Remy, pelo amor de Deus. Em um minuto estou pedindo para você me esperar e no outro você simplesmente desapareceu. E eu vi você combinando de se encontrar mais tarde com seu ex. O que foi meio surpreendente, considerando que estamos juntos. Ou pelo menos achei que a gente estava.

Havia tantas informações erradas naquela declaração que, sinceramente, levei um segundo para esquematizar tudo na cabeça e decidir o que contestar primeiro.

— Sabe — finalmente disse —, eu fiquei esperando. Ted disse que você estava muito envolvido nas negociações com aquela mulher e minhas amigas já estavam indo embora. Então eu fui também.

— Ted — Dexter repetiu. — O que mais ele disse?

— Nada.

Ele passou as mãos no cabelo, depois as deixou cair ao lado do corpo.

— Certo. Então acho que está tudo bem.

— Tudo ótimo — respondi e virei de novo, girando a chave na fechadura.

Quando estava prestes a abrir a porta, ele disse:

— Eu escutei o que você falou, sabia?

Parei, pressionando a palma da mão contra a madeira da porta. Eu podia me ver na pequena vidraça, e o reflexo dele atrás de mim. Estava chutando alguma coisa na grama, sem olhar para mim.

— Escutou o quê? — perguntei.

— O que você falou para Scarlett. — Ele levantou os olhos,

mas eu não consegui virar. — Ia perguntar se você podia esperar, porque eu já estava quase terminando. Então fui até lá e ouvi tudo. Você falando da gente.

Então aquele era o motivo da surpresa de Scarlett. Ajeitei uma mecha de cabelo atrás da orelha.

— Mas acho que é bom saber qual é meu papel — ele disse. — Namoro de verão, não é isso? Fim estabelecido. Sem preocupações. Um pouco surpreendente, mas acho que eu devia admirar sua honestidade.

— Dexter — eu disse.

— Não, tudo bem. Minha mãe sempre disse que eu daria um péssimo marido, então é bom ter uma segunda opinião. Também é bom saber que você não vê futuro no nosso relacionamento. Assim não preciso ficar imaginando coisas.

Me virei e olhei para ele.

— O que você esperava? Que íamos ficar juntos pra sempre?

— Essas são as únicas opções? Nada ou pra sempre? — Ele abaixou a voz. — Nossa, Remy. É nisso que você realmente acredita?

Talvez, pensei. Talvez seja.

— Olha só — eu disse a ele —, sinceridade é uma coisa boa. Vou para a faculdade, você vai embora no fim do verão, talvez até antes, depois da reunião de hoje à noite. Ted falou como se vocês estivessem prontos para partir.

—Ted é um idiota! Ele também deve ter dito que vou pra cama com todas as meninas que conhecemos, não é?

Dei de ombros.

— Isso não...

— Eu sabia — ele disse. — Sabia que tinha o dedo do Ted nisso. O fator Ted. O que ele disse?

— Não importa.

Dexter suspirou bem alto.

— Há um ano, me envolvi com a garota que contratava as bandas numa casa noturna em Virginia Beach. Acabou mal, e...

Levantei a mão, interrompendo-o.

— Não me importa — eu disse. — Não mesmo. Não vamos começar com confissões, tá bom? Acredite, você não vai querer ouvir as minhas.

Ele pareceu surpreso e, por um instante, me dei conta de que não sabia nada sobre mim. Não mesmo.

— Eu quero ouvir — ele disse, em um tom de voz mais suave, conciliatório, como se fosse possível consertar tudo. — Aí está a diferença. Não estou nisso só por uma semana ou um mês, Remy. Não funciono assim.

Um carro passou, diminuindo a velocidade. O cara que estava no volante ficou encarando a gente na cara dura. Me segurei para não mostrar o dedo do meio para ele.

— Você tem medo de quê? — Dexter perguntou, chegando mais perto. — É tão ruim assim a possibilidade de realmente gostar de mim?

— Não tenho medo — respondi. — Não é isso. É só mais simples dessa forma.

— Então você está dizendo que devemos resolver agora que este verão não significou nada? Vamos só usar um ao outro e depois, quando você for embora, ou eu for embora, está tudo acabado, a gente se vê por aí?

Parecia tão ruim quando ele dizia dessa forma.

— Eu me esforcei a vida inteira para sair daqui sem vínculo nenhum — respondi. — Não posso levar mais nada comigo.

— Isso não precisa ser um fardo — ele disse. — Por que você quer que seja?

— Porque eu sei como as coisas terminam, Dexter. — Abaixei

a voz. — Já vi aonde o compromisso leva, e não é legal. Se envolver é a parte fácil. Os términos é que são ruins.

— Com quem você pensa que está falando? — ele disse, incrédulo. — Minha mãe teve seis maridos. Já fui parente de metade do país.

— Não estou brincando. — Sacudi a cabeça. — É como tem que ser. Sinto muito.

Por um instante, nenhum de nós dois disse nada. Depois de tantos anos apenas pensando aquelas coisas, dizê-las em voz alta parecia tão estranho, como se fossem oficiais, reais. Meu coração frio e duro estava exposto, enfim, como realmente era. Eu devia ter avisado desde o início. Vou te decepcionar.

— Sei por que está dizendo isso — ele falou —, mas está esquecendo uma coisa. Sabe, quando dá certo, o amor é realmente incrível. Não é superestimado. Há um motivo para existirem tantas músicas sobre ele.

Olhei para as mãos.

— São apenas músicas, Dexter. Não significam nada.

Ele parou bem na minha frente e pegou minhas mãos.

— Só cantamos aquela música hoje à noite porque estávamos morrendo no palco. Lucas me ouviu cantarolando outro dia, ficou inspirado e fez aquele arranjo. Eles nem sabem da relação que tem com você. Só acham que agrada o público.

— Agrada mesmo — eu disse. — Só não funciona pra mim.

Então eu senti. Aquela sensação estranha de apaziguamento que significava que a pior parte do término já tinha passado, e restavam apenas algumas gentilezas para serem trocadas antes de acabar de vez. Era como a linha de chegada aparecendo depois da subida, sabendo que o que vinha pela frente já estava no campo de visão.

— Sabe — ele disse, acariciando meu polegar com o dele —, nossa história podia ter seguido para ambos os lados. Todos aqueles casamentos e tudo mais. Podia ser você acreditando, e eu te afastando.

— Talvez — respondi. Mas eu mal podia me imaginar acreditando no amor como ele acreditava. Não com o histórico que compartilhávamos. Era preciso ser louco para sair de uma experiência daquelas e ainda achar que o "pra sempre" era possível.

Ele se inclinou para a frente, ainda segurando minha mão, e beijou minha testa. Fechei os olhos, pressionando os dedos do pé na grama. Absorvi tudo o que havia passado a gostar nele: seu cheiro, seus quadris estreitos, a maciez de sua pele junto à minha. Tanta coisa em tão pouco tempo.

—Vejo você por aí — ele disse, se afastando de mim. — Certo?
Assenti.

— Certo.

Ele apertou minha mão uma última vez, depois a soltou e começou a atravessar o gramado. Seus pés deixaram pegadas frescas. As anteriores já tinham sumido, sido absorvidas, como se nada tivesse acontecido.

Depois que entrei, subi para o quarto e tirei a roupa, vestindo um short velho e uma regata e entrando debaixo dos lençóis. Conhecia aquela sensação, a solidão das duas da manhã, praticamente inventada por mim. Era sempre pior logo após um término. Naquelas primeiras horas em que se está oficialmente solteiro, o mundo parece se expandir, ficando maior de repente, mais vasto agora que era preciso passar por ele sozinha.

Por isso eu tinha começado a ouvir a música: distraía meus pensamentos. Era a única constante na minha vida, independentemente de como eu me sentia em relação a ela, a única coisa que continuava fazendo parte de mim, enquanto padrastos, namorados e casas iam e vinham. A gravação nunca mudava, as palavras eram as mesmas, meu pai respirava igual entre os versos. Agora não podia nem fazer aquilo. Agora eu tinha gravado na memória o modo como Dexter havia cantado: irreverente, doce e diferente, carregando um peso maior e mais estranho do que nunca.

Fiquei pensando em como ele beijara minha testa quando nos despedimos. Devia ser o término mais educado de todos. Não que tornasse as coisas mais fáceis. Mas ainda assim.

Rolei e puxei o travesseiro sob a cabeça, fechando os olhos. Tentei me distrair com outras músicas: os Beatles, meu CD favorito do momento, sucessos dos anos 80 que marcaram minha infância. Mas a voz de Dexter continuava voltando, escorregando facilmente sobre a letra que eu conhecia tão bem. Peguei no sono ainda com a música na cabeça. Quando vi, já era de manhã.

agosto

12

—Vamos! Quem quer KaBoom?

Olhei para Lissa. Fazia mais de trinta e dois graus, o sol estava de rachar, e, em algum lugar ali perto, um quarteto vocal cantava "My Old Kentucky Home". Era oficial: estávamos no inferno.

— Eu não — afirmei. De novo. Havia duas semanas que Lissa promovia uma nova bebida isotônica/ energética e não conseguia aceitar que eu não gostava do sabor. E não era a única.

— É... É como... limonada efervescente — Chloe disse com delicadeza, enrolando para engolir o gole minúsculo que ainda tinha na boca. — E deixa um gosto estranho de coca barata na boca.

— E o que você acha? — Lissa perguntou a ela, enchendo a fileira de copos plásticos que estavam sobre a mesa à sua frente.

— Eu acho... — Chloe começou a dizer. Então ela engoliu e fez cara feia. — Nojento.

— Chloe! — Lissa chiou, olhando ao redor. — Sinceramente.

— Já te falei que o gosto é horrível — afirmei, mas ela me ignorou, empilhando sobre a mesa mais material promocional do KaBoom: frisbees, camisetas e copos de plástico com o mesmo logotipo, o desenho de um raio de sol em espiral. —Você sabe disso, Lissa. Nem você bebe essa coisa.

— Não é verdade — ela disse, ajustando seu crachá do KaBoom, que dizia "Oi, eu sou a Lissa! Quer KaBoom?". Tentei indicar que aquilo podia ser entendido de outras formas, mas ela não ouviu, de tão obcecada que estava em sua jornada para espalhar a mensagem do KaBoom para os potenciais consumidores. — Eu tomo como se fosse água. É incrível!

Me virei e olhei para trás. Uma família passava com as mãos cheias de brindes da Don Davis Toyotafaire. Mas eles não pararam. A mesa do KaBoom estava praticamente deserta, mesmo com todos os brindes que Lissa e seu colega de trabalho, P. J., estavam dando.

— Balões, pessoal! Quem quer um balão do KaBoom? — Lissa gritava em meio à multidão. — Amostras grátis! Temos frisbees! — Ela pegou um e arremessou do outro lado do estacionamento. Ele pairou por um tempo, antes de perder a força e cair no asfalto, quase acertando um dos novos Land Cruisers. Don, que conversava com alguns clientes perto de uma fileira de Camrys, olhou na nossa direção.

— Desculpa! — Lissa disse, cobrindo a boca com a mão.

— Pega leve com os frisbees, campeã — P. J. disse, pegando um dos copos de amostra e bebendo. — Ainda está cedo.

Lissa sorriu para ele, corando, e me dei conta de que o palpite de Chloe sobre seus sentimentos por P. J. estava certo. KaBoom, de fato.

A Don Davis Motors Toyotafaire estava sendo organizada havia semanas. Era um dos maiores feirões de vendas do ano, com jogos para as crianças, cartomantes, máquinas de raspadinha e até mesmo um pônei muito cansado que andava em círculos em volta dos carros. E, bem ali, na sombra, perto do showroom, estava a autora e celebridade local Barbara Starr.

Minha mãe não fazia publicidade, a não ser quando lançava um novo livro, e ela estava em um momento do processo de escrita em que não queria nem sair do escritório, muito menos de casa. Chris e eu estávamos acostumados com seus horários havia anos e sabíamos ficar quietos quando ela estava dormindo — mesmo que fosse às quatro da tarde — e sair de seu caminho quando andava pela casa falando sozinha. Sabíamos que ela havia terminado um livro quando empurrava o carro da máquina de escrever para a esquerda, batia duas palmas e dizia "Obrigada!" em voz alta. Era o mais perto que chegava da religião — aquela expressão final de gratidão.

Mas Don não entendia. Primeiro, ele não tinha respeito algum pela cortina de contas. Entrava sem hesitação e colocava as mãos em seus ombros, mesmo que ela ainda estivesse datilografando. Quando fazia aquilo, os toques nas teclas ficavam mais rápidos. Dava para ouvir, como se minha mãe estivesse correndo para expressar o que estava na cabeça antes de Don quebrar sua linha de raciocínio. Depois ele ia tomar banho e pedia para ela levar uma cerveja gelada para ele. Quinze minutos depois, Don a chamava, imaginando onde estaria a cerveja, e minha mãe voltava a datilografar mais rápido, botando pra fora as últimas linhas que conseguia antes de ele voltar, cheirando a colônia pós-barba e perguntando o que tinha para o jantar.

O mais estranho era que minha mãe estava aceitando tudo. Ela ainda parecia impressionada com Don, a ponto de achar que escapar de madrugada para escrever era uma troca justa. Com todos os outros maridos e namorados, minha mãe sempre se ateve a seus horários, dando sermões neles, como tinha dado em nós, sobre suas "exigências criativas" e a "necessidade de disciplina". Mas ela parecia mais disposta a ceder dessa vez, como se fosse, de fato, seu último casamento.

Chloe foi ao banheiro e eu me dirigi à mesa que Don havia montado para minha mãe. CONHEÇA A AUTORA BEST-SELLER BARBARA STARR! estava pintado em uma faixa pendurada atrás dela, em grandes letras vermelhas, emolduradas por corações. Ela estava de óculos escuros, se abanando com uma revista enquanto conversava com uma mulher de pochete com uma criança pequena no colo.

— ... aquela Melina Kennedy era a melhor personagem de todas! — a mulher dizia, trocando o bebê de lado. — Sabe, realmente deu pra sentir a dor quando ela e Donovan ficaram separados. Eu não conseguia parar de ler, não mesmo. *Tinha* que saber se eles ficariam juntos.

— Muito obrigada — minha mãe disse, sorrindo.

— Está trabalhando em algo novo? — a mulher perguntou.

— Estou — minha mãe respondeu. Depois abaixou o tom de voz e acrescentou: — Acho que você vai gostar. A personagem principal é muito parecida com Melina.

— Aaaaah! — a mulher disse. — Mal posso esperar.

— Betsy! — uma voz gritou perto da máquina de pipoca. — Poderia vir aqui um segundo?

— Ah, é meu marido — disse a mulher. — Foi tão bom finalmente te conhecer. De verdade.

—Você também — minha mãe respondeu enquanto a mulher se afastava e ia para onde seu marido, um homem baixo com uma bandana no pescoço, examinava a quilometragem de um utilitário. Minha mãe a observou sair, depois olhou no relógio. Don queria que ela ficasse por três horas, mas eu esperava que pudéssemos sair mais cedo. Não sabia se aguentaria continuar escutando aquele quarteto vocal.

— Seu público te ama — eu disse ao me aproximar.

— Eu acho que esse não é meu público. Duas pessoas já vieram me perguntar sobre financiamento, e o que mais fiz foi apontar o banheiro — ela afirmou. Depois, com mais animação, disse: — Mas gostei muito daquele quarteto maravilhoso. Não são ótimos?

Sentei no chão ao lado dela, sem responder.

Minha mãe suspirou, se abanando de novo.

— Está muito calor — ela disse. — Posso tomar um pouco da sua bebida?

Olhei para a garrafa de KaBoom que Lissa tinha me obrigado a pegar.

—Você não vai querer isso — respondi.

— Bobagem — ela disse sem um pingo de dúvida. — Está um calor infernal. Me dá logo um gole.

Dei de ombros e entreguei a ela, que tirou a tampa, levou a garrafa aos lábios e tomou um bom gole. Depois fez uma cara de desconforto, engoliu e me devolveu a bebida.

— Eu avisei.

Naquele momento, o furgão branco do Truth Squad apareceu no estacionamento, parando em uma vaga perto da área de serviços automotivos. A porta traseira se abriu e John Miller saiu com as baquetas debaixo do braço, seguido por Lucas, que comia uma mexerica. Eles começaram a descarregar e empilhar equipamentos. Ted saiu do lado do motorista, batendo a porta. Então Dexter saiu do furgão. Ele verificou seu reflexo no espelho retrovisor, depois deu a volta no veículo, saindo do meu campo de visão.

Não era a primeira vez que eu o via, claro. Na manhã seguinte ao rompimento, eu estava na fila do Jump Java para pegar o café de Lola quando ele entrou, atravessou o salão com muita determinação e foi direto até onde eu estava.

— Andei pensando — Dexter disse, sem nem dar "oi". — Temos que ser amigos.

De imediato, meu alarme interno disparou, me lembrando das regras do término que eu vinha pregando havia muito tempo. Sem chance de sermos amigos, mas, em voz alta, falei:

— Amigos?

— Amigos — ele repetiu. — Porque seria uma vergonha ter que fazer todo aquele jogo constrangedor de ignorar-um-ao-outro, fingir-que-nada-aconteceu. Na verdade, podíamos lidar com isso agora mesmo.

Olhei o relógio ao lado da máquina de café. Eram nove e cinco.

— Não é um pouco cedo — eu disse devagar — para tratar desse assunto?

— É exatamente essa a intenção! — ele disse de maneira enfática, enquanto um homem que falava no celular olhava para nós. — Terminamos ontem à noite, não foi?

— Sim — respondi em um tom de voz mais baixo que o dele, esperando que se ligasse. Não tive sorte.

— E, hoje, cá estamos. Já nos encontramos, como vai acontecer inúmeras outras vezes até o fim do verão. Trabalhamos um de frente para o outro.

— Certo — eu disse quando finalmente chegou minha vez, concordando com um aceno de cabeça quando o cara do balcão me perguntou se eu queria o de sempre.

— Então — ele prosseguiu. — Acho que é melhor admitir de uma vez que as coisas podem estar meio estanhas, mas que não vamos ficar nos evitando ou permitir que o clima pese. Se algo estiver bizarro, reconhecemos de imediato e seguimos em frente. O que você acha?

— Acho que não vai funcionar.

— Por que não?

— Porque não dá pra passar de namorado a amigo de uma hora pra outra — expliquei, pegando alguns guardanapos. — É uma furada. É só uma coisa que as pessoas dizem que vão fazer para terminar melhor. Alguém sempre acaba achando que aquilo significa mais do que realmente significa, depois se magoa ainda mais quando a dita amizade continua sendo muito inferior ao relacionamento anterior, e é como terminar tudo de novo. Só que pior.

Ele refletiu, depois disse:

— Certo. Argumento considerado. Nesse seu cenário, já que fui eu quem deu a ideia da amizade, eu seria a pessoa que se magoaria. Correto?

— É difícil dizer — afirmei, pegando o café de Lola e murmurando um agradecimento ao rapaz do balcão enquanto deixava uma nota de um dólar na caixa de gorjetas. — Mas se seguirmos a fórmula, sim.

— Então eu — ele disse — vou provar que você está errada.

— Dexter — eu disse calmamente enquanto íamos até a saída —, esquece isso.

Parecia surreal estar discutindo a noite anterior em termos tão analíticos, como se tivesse acontecido com outras pessoas e estivéssemos apenas ao lado, narrando os fatos.

— Olha, isso é importante pra mim — ele disse, segurando a porta enquanto eu passava sob seu braço com o copo nas mãos. — Odeio rompimentos. Odeio a estranheza e aquelas conversas artificiais, a sensação de não poder ir a um lugar porque a pessoa vai estar lá. Pelo menos uma vez, queria pular toda essa parte e manter a amizade. Estou sendo sincero.

Olhei pra ele. Na noite anterior, enquanto estávamos no gramado da minha casa, temi nosso próximo encontro. E, eu tinha que admitir, estava até gostando que aquela parte já estivesse chegando ao fim, o primeiro encontro constrangedor com o ex. Podia riscar da lista, seguir em frente. Rompimento eficiente. Um ótimo conceito.

— Seria o desafio supremo — afirmei, tirando o cabelo da frente do rosto.

— Ah — ele concordou, sorrindo. — De fato. Está preparada para ele?

Eu estava? Era difícil dizer. Parecia bom no papel, mas, quando realmente colocado em prática, eu suspeitava que surgiriam algumas variáveis. Por outro lado, ainda não havia desistido de nenhum desafio.

— Tudo bem — concordei. — Você venceu. Seremos amigos.

— Amigos — ele repetiu. Selamos o acordo com um aperto de mãos.

Aquilo tinha acontecido havia duas semanas, e, desde então, já tínhamos nos falado várias vezes, atendo-nos a tópicos neutros como as negociações com a Rubber Records (ainda não estava acontecendo muita coisa, mas havia rumores de que marcariam A Reunião) e como estava o Macaco (bem, mas com uma infestação de pulgas que tinha deixado todos na casa amarela com coceira e mal-humorados). Até almoçamos juntos uma vez, sentados na calçada em frente à Flash Camera. Resolvemos que precisávamos de regras, e estabelecemos duas. Número um: nenhum toque desnecessário, o que só poderia causar confusão. Número dois: se acontecesse ou fosse dito algo que causasse desconforto, não haveria aquele silêncio tenso; teria que ser reconhecido o mais rápido possível, colocado às claras, abordado e destrinchado, como uma bomba sendo desarmada.

Claro que todas as minhas amigas acharam que eu estava louca. Dois dias depois que terminamos, eu estava com elas no Bendo e Dexter foi falar comigo. Quando ele saiu, me deparei com uma fileira de rostos com ar de superioridade moral, como se estivesse tomando cerveja com um monte de apóstolos.

— Ah, cara — Chloe disse, apontando pra mim —, não vai me dizer que vocês vão ser amigos.

— Bem, não exatamente — respondi, o que só as deixou mais perplexas. Lissa, que tinha passado boa parte do verão lendo o tipo de livro de autoajuda que eu costumava associar a Jennifer Anne, parecia especialmente decepcionada. — Olha só, nós nos damos melhor como amigos do que como namorados. E namoramos por muito pouco tempo.

— Isso não vai dar certo — Chloe disse, acendendo um cigarro. — Essa coisa de amizade é para os fracos. Quem costumava dizer isso?

Revirei os olhos, olhando para cima.

— Ah, é mesmo! — ela exclamou, estalando os dedos. — Era você! Você sempre disse isso, assim como sempre disse que nunca sairia com nenhum cara que tivesse uma banda...

— Chloe — eu disse.

— ... ou cederia a um cara insistente, já que ele ia acabar perdendo o interesse no momento em que te conquistasse...

— Dá um tempo.

— ... ou ficaria com alguém com boas relações com a ex-namorada, porque, se ela não tivesse entendido a mensagem, ele não devia estar sendo muito claro.

— Espere um pouco — eu disse. — Essa última afirmação não tem nada a ver com a história.

— Duas em três — ela respondeu, sacudindo a mão. — Meu argumento está provado.

— Remy — Lissa disse, pegando minha mão —, está tudo bem. Você é humana. Comete os mesmos erros que qualquer uma de nós. Sabe, naquele livro que eu estava lendo, *Aceitação: O que o amor pode e não pode fazer*, tem um capítulo inteiro sobre como desrespeitamos nossas regras pelos homens.

— Não estou desrespeitando minhas regras — rebati, odiando ter ido parar na turma dos que recebem conselhos, me tornando a Desesperada de Plantão em um único verão.

Na Toyotafaire, Chloe e eu deixamos minha mãe conversando com outra fã e fomos para um gramado em busca de um pouco de sombra. O Truth Squad já estava quase pronto. Don tinha dito alguns dias antes que contratara a banda para tocar uma hora de músicas relacionadas a carros, enfatizando a ideia de se divertir dirigindo no verão.

— Certo, tenho alguns prospectos para nós — Chloe disse enquanto o Truth Squad começava a tocar "Baby You Can Drive My Car".

— Prospectos?

Ela fez que sim com a cabeça.

— Universitários.

— Hum — eu murmurei, me abanando.

— Ele se chama Matt — ela continuou — e está no terceiro ano. Bonitinho, alto. Quer ser médico.

— Não sei — eu disse. — Está muito calor para um encontro.

Ela olhou para mim.

— Eu sabia — Chloe exclamou, sacudindo a cabeça. — Eu *sabia*.

— Sabia o quê?

— Que você deixou de ser uma de nós.

— O que isso significa?

Ela cruzou os tornozelos, tirando o sapato e inclinando o corpo para trás.

— Você diz que está solteira e pronta para voltar a sair com a gente.

— Estou mesmo.

— Mas — ela continuou — toda vez que tentei marcar um encontro ou te apresentar alguém, você recusou.

— Foi só aquela vez — eu disse. — E porque não curto skatistas.

— Foram duas vezes — ela me corrigiu. — Da segunda vez o cara era gatinho e alto, do jeito que você gosta, então não me venha com desculpas esfarrapadas. Nós duas sabemos qual é o problema.

— Sabemos? E qual é?

Ela virou a cabeça e apontou na direção do palco onde o Truth Squad estava em plena atividade, enquanto duas crianças com camisetas do KaBoom dançavam, pulando de um lado para o outro.

— Seu "amigo" ali.

— Pode parar — eu disse, insinuando que aquilo era ridículo. E era mesmo.

—Você ainda o encontra toda hora — ela disse, levantando um dedo para começar a contar os argumentos.

— A gente trabalha a meio metro um do outro, Chloe.

—Vocês se falam — ela disse, levantando mais um dedo. — Aposto que você até passa de carro na frente da casa dele mesmo não sendo caminho para sua casa.

Eu não ia me dignar a responder aquilo. Minha nossa!

Por um instante ou dois, ficamos ali sentadas. O Truth Squad tocava um agitado medley de "Cars", "Fun, Fun, Fun" e "Born to Be Wild". Havia um número limitado de músicas relacionadas a carros, e eles já pareciam estar forçando um pouco a barra.

— Então tá — eu disse. — Me fale desses caras.

Ela inclinou a cabeça, desconfiada.

— Não precisa me fazer nenhum favor — Chloe afirmou. — Se não está pronta para sair com alguém, vai dar na cara. Sabemos muito bem disso. Não vale a pena se dar ao trabalho.

— Me fala mais deles — eu disse.

— Certo. São todos do segundo ano e...

Ela continuou falando e eu ouvi apenas metade, notando que o Truth Squad estava ampliando o tema consideravelmente ao tocar "Dead Man's Curve", não exatamente o tipo de música que deixava alguém animado para desembolsar cinco dígitos por um carro novinho. Don também percebeu, olhando feio para Dexter até a música ser encerrada antes do fim, quando a curva estava prestes a ficar fatal. No lugar dela, seguiram tocando "The Little Old Lady from Pasadena" de maneira um pouco desajeitada.

Dava para ver Dexter revirando os olhos para John Miller entre as estrofes, e senti aquele remorso de novo, me livrando dele rápido, sem querer correr o risco de ouvir Chloe repetir "Eu te disse". Era hora de voltar à ativa, antes que causasse danos permanentes à minha reputação.

— ... então marcamos para hoje à noite, às sete. Vamos nos encontrar no Rigoberto's para jantar. Os aperitivos são grátis a essa hora.

— Tudo bem — eu disse. — Estou dentro.

O problema de Voltar à Ativa que todos sempre esquecem é que pode ser um saco.

Era o que eu estava pensando aquela noite, por volta das oito e meia, sentada à mesa do Rigoberto's, comendo um pãozinho velho e desejando que Evan — um cara robusto com o cabelo na altura do ombro que precisava urgentemente de uma lavagem — fechasse a boca para mastigar.

—Você pode repetir — eu disse baixinho a Chloe, que já estava agarrada a seu par, o único bonito do grupo — onde encontrou esses caras?

— No Walmart — ela respondeu. — Eles estavam comprando sacos de lixo, e eu também. Dá pra acreditar?

Até dava. Mas porque Evan já tinha contado que eles estavam indo recolher lixo no dia em que conheceram Chloe. Seu clube de RPG havia adotado um trecho da estrada e passava um sábado por mês trabalhando na limpeza. Eles passavam o resto do tempo livre desenhando esboços dos "alter egos" deles no jogo e combatendo ogros e demônios com o rolar de dados no porão de alguém. Em apenas uma hora, eu já sabia mais sobre orcs, klingons e uma raça superior inventada pelo próprio Evan, chamada triciptiors, do que jamais quisera saber.

O par de Chloe, Ben, era bonitinho. Ficou bem claro, no entanto, que ela não se deu ao trabalho de avaliar os outros quando marcou o encontro. Evan era, bem, Evan, e os gêmeos David e Darrin estavam usando camisetas de *Star Wars* e passaram o jantar inteiro ignorando Lissa e Jess e discutindo animes. Jess lançava olhares mortais na direção de Chloe, enquanto Lissa apenas sorria com educação, pensando — eu sabia — em seu colega de trabalho no KaBoom, P. J., mesmo que acreditasse que ninguém sabia que estava a fim dele. Aquilo era Voltar à Ativa, e me dei conta de que, nas semanas anteriores, não tinha sentido falta alguma daquilo.

Depois do jantar, os irmãos Darrin e David foram embora, acompanhados de Evan, claramente tão decepcionados conosco quanto nós com eles. Jess caiu fora dizendo que tinha que botar os irmãos mais novos na cama. Chloe e Ben permaneceram à mesa, dividindo um tiramisu. Sobramos apenas eu e Lissa.

— E agora? — ela perguntou quando entramos no meu carro. — Bendo?

— Ah, não — eu disse. — Vamos para a minha casa ver um filme ou algo assim.

— Boa ideia.

Quando entrei na garagem de casa e os faróis iluminaram o gramado, a primeira coisa que vi foi minha mãe sentada nos degraus da frente. Estava descalça, cotovelos apoiados nos joelhos. Quando me viu, levantou, balançando os braços, como se estivesse no meio do oceano, segurando-se em um bote salva-vidas, e não a cinco metros de mim, em terra firme.

Saímos do carro. Não cheguei a dar dois passos quando ouvi alguém dizer à minha esquerda:

— Finalmente!

Me virei: era Don, e ele estava segurando um taco de croquet. Seu rosto estava vermelho, a camisa para fora da calça, e ele parecia irritado.

— O que está acontecendo? — perguntei para minha mãe, que atravessava o gramado na nossa direção, rápido, movimentando as mãos.

— "O que está acontecendo"? — Don repetiu em voz alta. — Estamos trancados para fora há uma hora e meia, sem conseguir entrar. Tem noção de quantas mensagens deixamos no seu celular? Tem?

Ele estava *gritando* comigo. Levei um momento para absorver aquilo, porque nunca tinha acontecido antes. Nenhum dos meus padrastos anteriores tivera muito interesse no papel de pai, mesmo quando eu e Chris éramos novos o bastante para tolerar aquilo. Fiquei sem palavras.

— Não fique aí parada. Responda! — ele berrou, e Lissa deu um passo para trás, com um olhar nervoso no rosto. Ela odiava confrontos. Ninguém gritava em sua família, e todas as discussões e desacordos eram abordados em voz baixa, controlada e empática.

— Don, querido — minha mãe disse, ficando ao meu lado. — Não tem necessidade de ficar irritado. Ela está aqui agora, e todos vamos poder entrar. Remy, me dê suas chaves.

Não me mexi e não tirei os olhos de Don.

— Eu estava jantando — respondi calmamente. — Não levei meu celular.

— Ligamos *seis vezes*! — ele exclamou. — Tem ideia de que horas são? Tenho uma reunião de vendas às sete da manhã e não tenho tempo pra ficar esperando do lado de fora, tentando arrombar minha própria casa!

— Don, por favor — minha mãe disse, tocando o braço dele. — Fica calmo.

— Cadê as chaves de vocês? — perguntei a ela.

— Bem — ela disse. — Nós...

—Viemos num carro novo, a chave ficou no antigo — Don disse. — Mas isso não vem ao caso. A questão é que deixamos mensagens pra você e pro seu irmão, que não responderam nem se importaram, e ficamos aqui fora mais de uma hora, prestes a arrombar a janela...

— Mas ela está aqui agora — minha mãe disse com animação —, então vamos entrar logo. Tudo vai ficar...

— Barbara, pelo amor de Deus, não me interrompa quando eu estiver falando! — ele retrucou, virando a cabeça para ela. — Minha nossa!

Por um instante, todos ficaram em silêncio. Olhei para minha mãe, sentindo um ímpeto de proteção que não vivenciava havia anos, já que normalmente era eu que gritava com ela ou, com mais frequência, apenas desejava poder gritar. Mas, independentemente da raiva que minha mãe pudesse suscitar em mim, sempre houve uma linha bem clara, pelo menos na minha cabeça, demarcando a curta porém sempre nítida distância entre o Nós que era minha família e qualquer homem que estivesse em sua vida. Don não conseguia enxergar isso, mas eu sim.

— Ei — eu disse para Don, em voz baixa —, não fale com ela desse jeito.

— Remy, querida, me dê as chaves — minha mãe disse, tocando meu braço. — Pode ser?

— Você... — Don disse, apontando para minha cara. Fiquei olhando para seu dedo gordo, concentrada apenas nele, enquanto todo o resto desaparecia: Lissa parada ao meu lado, minha mãe suplicando, o cheiro da noite de verão. —Você precisa aprender a ter um pouco de respeito, mocinha.

— Remy — ouvi Lissa dizer calmamente.

— E você — eu disse para Don — precisa respeitar minha mãe. A culpa é toda sua, de mais ninguém, e você sabe muito bem disso. Esqueceu a chave e ficou trancado pra fora. Fim da história.

Ele ficou ali parado, ofegante. Dava para ver Lissa se encolhendo perto da entrada, pouco a pouco, como se pudesse desaparecer completamente se desse mais alguns passos.

— Remy — minha mãe repetiu. — As chaves.

Tirei o chaveiro do bolso, ainda encarado Don, e entreguei para minha mãe. Ela pegou as chaves e se apressou a atravessar o gramado. Ele ainda olhava fixamente para mim, como se achasse que eu recuaria. Estava errado.

A luz da varanda se acendeu de repente e minha mãe bateu palmas.

— Está aberta! — ela gritou. — Tudo fica bem quando termina bem!

Don largou o taco de croquet, que caiu na garagem com uma batida seca. Depois deu as costas para mim e saiu com passos longos e irritados. Quando chegou na frente dos degraus, passou pela minha mãe, ignorando-a enquanto falava com ele, e desapareceu pelo corredor. Um segundo depois, ouvi uma porta bater.

— Que idiota — eu disse a Lissa, que já estava perto da caixa de correio, fingindo ler a nova inscrição STARR/ DAVIS.

— Ele estava bem bravo, Remy. — Ela se aproximou da entrada da garagem com cuidado, como se esperasse que Don reaparecesse na porta, pronto para o segundo round. — Talvez teria sido melhor só pedir desculpas.

— Desculpas por quê? — perguntei. — Por não ser adivinha?

— Sei lá. Seria mais fácil.

Olhei para a porta, onde minha mãe esperava com a mão na maçaneta, olhando para o corredor que levava à cozinha escura, na direção em que Don tinha entrado em disparada.

— Ei — eu gritei. Ela virou a cabeça. — Qual é o problema dele?

Tive a impressão de ouvir Don dizer alguma coisa do lado de dentro. Ela fechou um pouco a porta, inclinando o corpo naquela direção. De repente, me senti estranha, como se a distância entre nós fosse muito maior do que eu pensava. Como se aquela linha, sempre tão clara para mim, houvesse, de alguma forma, mudado de lugar, ou nunca tivesse estado onde sempre pensei que estivesse.

— Mãe? Está tudo bem? — perguntei.

— Está, sim. Boa noite, Remy — ela disse. E fechou a porta.

— Estou falando — eu disse a Jess. — Foi muito bizarro.

Na minha frente, Lissa confirmou.

— Foi péssimo — ela disse. — Assustador.

Jess tomou um gole de coca, se enrolando um pouco mais na blusa de frio. Tínhamos ido para a casa dela depois de ir embora da casa da minha mãe, já que eu não passaria a noite sob o mesmo teto de Don e seu chilique. E tinha outra coisa: uma sensação estranha de quase traição, como se eu e minha mãe estivéssemos sempre no mesmo time e, de repente, ela tivesse virado a casaca, preferindo me deixar de lado em prol de alguém capaz de apontar para minha cara e exigir um respeito que não havia chegado nem perto de conquistar.

— É um comportamento mais ou menos normal — Jess me disse. — Essa coisa de minha-casa-minhas-regras. Muito masculino. Coisa de pai.

— Ele não é meu pai — retruquei.

— Tem a ver com dominação — Lissa acrescentou. — Como nas matilhas. Ele estava deixando claro que é o macho alfa.

Olhei para ela.

— Bem, você é a fêmea alfa — ela corrigiu rápido. — Mas ele não sabe disso ainda. Está te testando.

— Não quero ser a fêmea alfa — resmunguei. — Quero ser respeitada.

— É estranho que sua mãe engula essas coisas — Jess disse em um tom de voz reflexivo. — Ela nunca foi disso. Você puxou dela.

— Acho que está com medo — afirmei, e ambas olharam para mim, surpresas.

Eu mesma estava surpresa, e só me dei conta depois que disse aquilo em voz alta.

— De ficar sozinha, quer dizer. Ela está no quinto casamento. Se não der certo desta vez...

— E você está indo embora para a faculdade — Lissa acrescentou. — E Chris logo deve casar...

Suspirei, mexendo o refrigerante diet com o canudo.

— ... então ela acha que é a última chance. Precisa fazer funcionar. — Lissa se recostou, abrindo o saquinho de Skittles que tinha comprado e jogando uma bala vermelha na boca. — Pode ser que ela tenha escolhido ficar do lado dele em vez do seu só por enquanto. Porque é com ele que vai ter que conviver por tempo indeterminado.

Jess olhou para mim, como se esperasse algum tipo de reação.

— Bem-vinda à vida adulta — ela disse. — É tão ruim quanto o colégio.

— É por isso que não acredito em relacionamentos — eu disse. — São tão limitantes. Por que ela toleraria esse comportamento infantil dele? Acha que *precisa* dele, ou algo do tipo?

— Bem — Lissa disse lentamente —, talvez ela precise.

— Duvido muito — respondi. — Se ele saísse de casa amanhã, ela teria um novo pretendente em uma semana. Pode apostar.

— Acho que ela ama Don — Lissa disse. — E amar é precisar

de alguém. É aturar características ruins porque a outra pessoa, de alguma forma, te completa.

— Amor é uma desculpa para aturar muita merda sem motivo — eu disse, e Jess riu. — É assim que acontece. O amor joga fora as balanças, então as coisas que deveriam pesar muito não parecem ter peso nenhum. É uma bagunça. Uma armadilha.

— Tá — Lissa disse, sentando com o corpo reto. — Então vamos falar de cadarços desamarrados.

— Quê? — perguntei.

— Dexter — ela disse. — Os cadarços dele estavam sempre desamarrados. Não é?

— O que isso tem a ver?

— Responda a pergunta.

— Não lembro — respondi.

— Sim, você lembra. E sim, estavam. Além disso, ele era desajeitado, seu quarto era uma bagunça, ele era completamente desorganizado e comeu no seu carro.

— *Ele comeu no seu carro?* — Jess perguntou, incrédula. — Não acredito!

— Foi só uma vez — eu disse, ignorando a cara de é-um-milagre-aleluia-irmãos que ela fez. — O que vocês estão querendo dizer?

— Estamos dizendo — Lissa interrompeu — que são coisas que te fariam mandar qualquer outro cara passear em segundos. Mas, com Dexter, você aturou.

— Não aturei.

— Aturou, sim — ela disse, pegando mais uma bala. — Por que você acha que passou por cima dessas coisas?

— Não vai me dizer que é porque eu amava Dexter — alertei.

— Não — ela disse. — Mas talvez você pudesse ter amado.

— Improvável — respondi.

— Extremamente improvável — Jess concordou. — Mas você deixou ele comer no carro, então acho que tudo é possível.

— Você agia diferente perto dele — Lissa disse. — Havia algo que eu nunca tinha visto em você. Talvez *fosse* amor.

— Ou desejo — Jess disse.

— Pode ser — eu disse, inclinando o corpo para trás e me apoiando nas mãos. — Mas nunca fui pra cama com ele.

Jess arregalou os olhos.

— Nunca?

Neguei com a cabeça.

— Quase fui. Mas não aconteceu. — Na noite em que ele tocou violão pra mim, aquela primeira vez, dedilhando acordes da música do meu pai, eu estava preparada. Já fazia algumas semanas, o que era um recorde. Mas quando ficamos perto um do outro, ele se afastou um pouco, pegando minha mão e a colocando junto ao seu peito, encostando o rosto no meu pescoço. Foi sutil, mas claro. Ainda não. Agora não. Me perguntei o que ele estaria esperando, mas não encontrei um bom momento para dizer aquilo em voz alta. Agora, jamais saberia.

— Isso prova — Lissa disse, estalando os dedos como se tivesse acabado de descobrir urânio. — É perfeito.

— Prova o quê? — perguntei.

— Se fosse um cara qualquer, você teria ido pra cama com ele. Sem dúvida.

— Cuidado com o que fala — eu disse, apontando para ela. — Eu mudei, você sabe.

— Mas você teria ido pra cama com ele, não teria? — ela perguntou. Era tão insistente aquela nova Lissa. — Você o conhecia bem o bastante, gostava dele, já estavam saindo há algum tempo. Mas não rolou sexo. Por quê?

— Não tenho ideia — respondi.

— Porque — ela disse em tom eloquente, gesticulando — significava alguma coisa para você. Era mais do que um cara qualquer e uma noite da qual você sairia livre e leve. Parte da mudança que vi em você. Que todas vimos. Significava mais, e isso te assustou.

Olhei para Jess, mas ela estava coçando o joelho, preferindo não entrar no assunto. E o que Lissa sabia? Foi Dexter quem interrompeu as coisas, não eu. Mas não insisti, e haviam surgido outras oportunidades. Não que significasse alguma coisa. Não mesmo.

— Está vendo? — Lissa disse, satisfeita consigo mesma. — Você está sem palavras.

— Não estou — respondi. — Essa é a coisa mais idiota que já ouvi.

— Dexter — ela disse calmamente — foi o mais perto que você chegou do amor, Remy. Amor de verdade. Você escapou, no último segundo. Mas chegou perto. Muito perto. Podia ter amado Dexter.

— De jeito nenhum — afirmei. — Sem chance.

Quando cheguei em casa, mais tarde naquela mesma noite, me dei conta de que, ironicamente, estava trancada para fora. Tinha deixado a chave com a minha mãe. Por sorte, Chris estava em casa, então bastou eu bater na janela da cozinha, fazendo-o dar um pulo de uns cinco metros e tremer como vara verde, o que compensou meu esforço de dar a volta nos arbustos espinhentos do quintal no meio do escuro.

— Oi — ele disse casualmente ao abrir a porta dos fundos, indiferente, como se ambos não tivéssemos acabado de testemunhar sua reação descontrolada. — Onde está sua chave?

— Aqui, em algum lugar — respondi, segurando a porta antes que batesse. — Mamãe e Don ficaram trancados para fora mais cedo. — Contei todos os detalhes sórdidos enquanto ele comia um sanduíche de manteiga de amendoim feito com as bundas do pão, assentindo e revirando os olhos nos momentos certos.

— Não acredito — ele disse quando terminei. Fiz sinal para que falasse mais baixo. As paredes de casa eram finas. — Que idiota. Ele gritou com ela?

Confirmei.

— Mas não foi violento. Era mais como um pirralho mimado.

Chris olhou para o resto das bundas de pão nas mãos.

— Isso não me surpreende. Ele é um bebezão. Da próxima vez que eu tropeçar num daqueles suplementos na varanda, ele vai ver só. *Vai mesmo.*

Aquilo me fez sorrir e me lembrou do quanto gostava do meu irmão. Apesar das nossas diferenças, tínhamos uma história. Ninguém entendia de onde eu vinha como ele.

— Ei, Chris — chamei enquanto ele pegava o leite na geladeira e enchia o copo.

— Quê?

Sentei na beirada da mesa, passando a mão sobre a superfície. Dava para sentir grãozinhos de açúcar ou sal, finos mas distintos, sob meus dedos.

— O que te fez resolver amar Jennifer Anne?

Ele virou e olhou para mim, depois engoliu o leite fazendo um barulho que sempre resultava em broncas da minha mãe quando éramos crianças. Ela dizia que parecia que ele estava bebendo pedras.

— Resolver amar?

—Você entendeu.

Ele negou.

— Não. Não faço ideia.

— O que te fez sentir que valia o risco? — expliquei melhor.

— Não é um investimento financeiro, Remy — ele respondeu, guardando o leite na geladeira. — Não tem matemática envolvida.

— Não foi isso que eu quis dizer.

— O que você quis dizer?

Dei de ombros.

— Sei lá. Esquece.

Chris colocou o copo na pia e o encheu de água.

—Você quer saber por que me apaixonei por Jennifer Anne?

Eu não sabia ao certo se conseguiria discutir mais profundamente aquela questão.

— Não. Quer dizer... quando você parou pra pensar se queria ou não se abrir, sabe, para a possibilidade de se machucar, se seguisse em frente com ela... O que passou pela sua cabeça?

Ele levantou uma sobrancelha.

—Você está bêbada?

— Não — respondi. — Nossa. É uma pergunta simples.

—Tão simples que ainda nem sei o que você está perguntando. — Ele apagou a luz sobre a pia e secou as mãos no pano de prato. —Você quer saber como eu ponderei se deveria ou não me apaixonar por ela? É mais ou menos isso?

— Esquece — eu disse, saindo da mesa. — Nem sei o que estou tentando descobrir. Vejo você de manhã.

Quando me aproximei da entrada, vi que minhas chaves estavam sobre a mesa, perto da escada, esperando por mim. Coloquei-as no bolso de trás.

Estava no segundo degrau quando Chris apareceu na porta da cozinha.

— Remy.

— Sim?

— Se é isso que está perguntando, a resposta é: não ponderei.

Nem um pouco. Simplesmente aconteceu. Nem questionei. Quando me dei conta, já tinha acontecido.

Fiquei ali parada, olhando pra ele.

— Não entendo — respondi.

— O quê?

— Nada.

Ele deu de ombros e apagou a última luz da cozinha, depois começou a subir a escada, passando por mim.

— Não se preocupe — ele disse. — Você vai entender.

Chris desapareceu pelo corredor e, um minuto depois, eu o ouvi fechando a porta, falando em voz baixa na ligação obrigatória para dar boa-noite para Jennifer Anne. Lavei o rosto, escovei os dentes e estava indo para a cama quando parei perto da porta entreaberta do quarto dos lagartos.

A maioria das gaiolas estava apagada. As luzes eram acesas e apagadas automaticamente seguindo ciclos que faziam os animais acreditar, suponho, que ainda estavam tomando banho de sol sobre pedras no deserto, e não presos em gaiolas num armário adaptado. Do outro lado do quarto, na prateleira do meio, havia uma luz acesa.

Era um aquário de vidro, e sua base estava coberta de areia. Havia gravetos entrecruzados, e em cima de um deles estavam dois lagartos. Quando me aproximei, vi que estavam enroscados — não estavam cruzando, deixando a natureza seguir seu curso, mas entrelaçados de uma forma quase carinhosa, se isso era possível, como se estivessem abraçados. Os dois estavam de olhos fechados e dava para ver o contorno de suas costelas, reveladas e escondidas a cada respiração.

Ajoelhei diante do aquário, pressionando o indicador no vidro. O lagarto que estava em cima abriu os olhos e olhou para mim, sem hesitar. Sua pupila aumentou um pouco quando ele focou meu dedo.

Eu sabia que não significava nada. Eram apenas lagartos, de sangue frio, tão inteligentes quanto uma minhoca, eu imaginava. Mas havia algo tão humano neles que, por um instante, todas as coisas que haviam acontecido nas semanas anteriores pareceram embaçadas na minha cabeça: Dexter e eu terminando, o rosto preocupado da minha mãe, o dedo de Don apontado para mim, Chris sacudindo a cabeça, incapaz de colocar em palavras o que me parecia o mais simples dos conceitos. E tudo se resumia a amor, ou a falta dele. Tudo o que arriscamos, sem saber muito bem, ao nos apaixonarmos ou nos afastarmos e nos fecharmos, protegendo nosso coração com toda a força.

Voltei a olhar para o lagarto à minha frente, me perguntando se havia enlouquecido por completo. Ele olhou para mim, resolveu que eu não era uma ameaça e lentamente voltou a fechar os olhos. Cheguei mais perto, ainda observando, mas a luz já estava diminuindo automaticamente. Antes que eu me desse conta, estava tudo escuro.

13

— Remy, querida. Pode vir aqui um minuto?

Saí de trás da recepção, deixando sobre a mesa uma pilha de faturas de creme hidratante, e fui para a sala de manicure/pedicure, onde Amanda, nossa melhor profissional, passava um pano na mesa. Atrás dela, Lola batia com a tesoura na palma da mão.

— O que está acontecendo? — perguntei, desconfiada.

— Sente aqui — Amanda me disse. Quando vi, já estava sentada: Talinga tinha entrado atrás de mim e empurrado meus ombros para baixo, fechando uma capa no meu pescoço antes que eu me desse conta do que estava acontecendo.

— Espera aí — eu disse enquanto Amanda pegava minhas mãos e, rápida como um raio, esticava-as sobre a mesa que havia entre nós. Ela separou meus dedos e começou a atacar minhas unhas com movimentos ágeis com a lixa, mordendo o lábio.

— Uma rápida transformação — Lola disse calmamente, chegando por trás de mim e levantando meu cabelo. — Dar um jeito nas unhas, aparar as pontas, um pouco de maquiagem…

— De jeito nenhum — eu disse, me livrando dela. — Você não vai tocar no meu cabelo.

— Só uma aparada! — ela respondeu, me puxando de volta

para o lugar. — Garota ingrata. Muitas mulheres pagam caro por isso. E você vai ganhar de graça!

— Aposto que não — resmunguei, e todas riram. — Qual é a pegadinha?

— Fique com as mãos paradas ou vou cortar mais do que a cutícula — Amanda alertou.

— Não tem pegadinha — Lola disse animada, e me preparei quando ouvi o som da tesoura. Minha nossa, ela *realmente* estava cortando meu cabelo. — É um bônus.

Olhei para Talinga, que testava cores de batom no dorso da mão, olhando para mim de vez em quando para imaginar como ficariam.

— Bônus?

— Um extra. Um presente! — Lola deu uma de suas risadas escandalosas. — Especialmente para você, srta. Remy.

— Um presente — repeti, preocupada. — O que é?

— Adivinha — Amanda disse, sorrindo para mim enquanto começava a aplicar uma camada de esmalte vermelho na unha do meu mindinho.

— É maior do que uma caixa de sapato? — perguntei.

Todas começaram a rir histericamente, como se fosse a coisa mais engraçada do mundo.

— Digam o que está acontecendo — pedi, séria —, senão vou embora daqui. Podem apostar.

Elas ainda estavam rindo, tentando se controlar. Finalmente, Talinga respirou fundo e disse:

— Remy, querida, arranjamos um *homem* pra você.

— Um homem? — eu disse. — Nossa. Pensei que ia ganhar uns cosméticos, ou coisa assim. Algo de que eu *precise*.

—Você *precisa* de um homem — Amanda disse, passando para a unha seguinte.

— Não — Talinga disse. — *Eu* preciso de um homem. Remy precisa de um garoto.

— Um garoto legal — Lola a corrigiu. — E hoje é seu dia de sorte, porque temos um para você.

— Podem esquecer — eu disse enquanto Talinga se inclinava para perto de mim, cutucando meu rosto com um pincel de maquiagem. — É aquele que você quis me apresentar uma vez? Bilíngue, com mãos ótimas?

— Ele vai chegar às seis — Lola continuou falando, me ignorando completamente. — O nome dele é Paul, tem dezenove anos e acha que está vindo pegar umas amostras para a mãe. Em vez disso, vai ver você, com seu lindo cabelo...

— E maquiagem — Talinga acrescentou.

— E unhas — Amanda disse —, se você parar de se mexer, droga.

— ... e vai ficar completamente surpreso — Lola finalizou. Depois deu mais duas tesouradas e passou a mão no meu cabelo, verificando seu trabalho. — Nossa, você estava cheia de pontas duplas. Deplorável!

— Por que acham — eu disse lentamente — que vou aceitar uma coisa dessas?

— Porque ele é bonito — Talinga disse.

— Porque você precisa aceitar — Amanda acrescentou.

— Porque — Lola afirmou, tirando a capa de mim — você pode.

Eu tinha que admitir que elas tinham razão. Paul *era* bonito. Também era engraçado, pronunciava meu nome direito, tinha um aperto de mão firme — e, certo, mãos ótimas — e pareceu levar na esportiva o fato de ter sido enganado, trocando um olhar desconfiado comigo quando Lola "encontrou" um vale-jantar do meu restaurante mexicano favorito e logo se convenceu de que nunca o usaria.

— Você percebeu — Paul me perguntou — que isso está fora do nosso controle?

— Percebi — concordei. — Mas é um jantar grátis.

— É — ele reconheceu. — Tem razão. Mas, sério, não precisa ir por obrigação.

— Nem você — eu disse.

Ficamos lá por um instante, enquanto Lola, Talinga e Amanda, na sala ao lado, estavam tão quietas que deu para ouvir o estômago de alguém roncar.

— Vamos de uma vez — eu disse. — Pra deixar todo mundo feliz.

— Certo. — Ele sorriu para mim. — Pego você às sete?

Anotei meu endereço atrás de um cartão do Joie e o vi sair e ir até o carro. Ele era bonitinho, e eu *estava* solteira. Já haviam se passado três semanas desde o término do namoro com Dexter e eu não só estava lidando bem com isso como havíamos quase conseguido o impossível: uma amizade. E agora aparecia aquele garoto legal, uma oportunidade. Por que não aproveitar?

Uma possível resposta surgiu quando eu estava indo para o carro, procurando a chave e os óculos escuros na bolsa. Eu não estava olhando para onde ia, muito menos ao redor, e não notei Dexter saindo da Flash Camera e atravessando o estacionamento até ouvir um clique alto, levantar os olhos e me deparar com ele parado ali, segurando uma câmera descartável.

— Oi — ele disse, girando o filme com o dedo. Depois colocou a câmera na frente do olho de novo e inclinou o corpo um pouco para trás, me pegando de outro ângulo. — Uau, você está linda. Tem um encontro ou coisa do tipo?

Hesitei, e ele tirou a foto. Clique.

— Na verdade... — eu disse.

Por um instante, ele não se mexeu, não rodou o filme, não fez nada, apenas ficou me olhando pelo visor, paralisado. Depois tirou a câmera da frente do rosto, bateu na testa com a mão e disse:

— Ai. Ah, cara. Momento constrangedor. Desculpa.

— Foi um encontro arranjado — eu disse rápido. — Coisa da Lola.

—Você não precisa explicar — ele disse, rodando o filme, clique-clique-clique. — Sabe disso.

Então aconteceu. Uma daquelas pausas longas-demais-para--ser-apenas-uma-pausa-normal-no-meio-da-conversa.

— Certo. Então tá — eu disse.

— Ah, cara, constrangedor. Duplamente constrangedor — ele disse. Depois deu de ombros, como se tentasse se livrar do pensamento, e continuou: —Tudo bem. Afinal, é um desafio, certo? Não é para ser fácil.

Olhei para a bolsa, percebendo que a chave estava, na verdade, no bolso da calça. Tirei-a de lá, satisfeita por poder me concentrar em algum tipo de tarefa, por mais idiota que fosse.

— E então — ele disse casualmente, apontando a câmera acima da minha cabeça e tirando uma foto da fachada do Joie. — Quem é o cara?

— Dexter. Sério.

—Amigos falam dessas coisas, certo? É só uma pergunta. Como se eu perguntasse do tempo.

Refleti sobre aquilo. Sabíamos onde estávamos nos metendo: comer dez bananas tampouco era fácil.

— É filho de uma cliente do salão. Acabei de conhecer.

— Ah — ele disse, surpreso. — Honda preto?

Confirmei.

— Sei. Eu vi ele sair. — Ele girou o filme novamente. — Parecia um cara legal e honrado.

Honrado, pensei comigo mesma. Como se ele estivesse concorrendo para presidente do grêmio estudantil ou se oferecendo como voluntário para ajudar uma velhinha a atravessar a rua.

— É só um jantar — eu disse enquanto ele tirava outra foto, inexplicavelmente, dos meus pés. — O que está fazendo com essa câmera?

— É de um lote com defeito — ele explicou. — Alguém do escritório central deixou a caixa no sol e todas ficaram tortas. Disseram que a gente podia ficar com elas. Mais ou menos como as mexericas, sabe? Não dá pra recusar coisa grátis.

— Mas as fotos vão sair? — perguntei, notando, ao chegar mais perto, que a câmera estava torta, deformada, como a fita VHS que eu tinha esquecido no painel do carro no verão anterior. Parecia que nem daria para tirar o filme, muito menos revelá-lo.

— Sei lá — ele disse, tirando outra foto. — Talvez sim. Talvez não.

—Acho que não — eu disse. — O filme deve ter estragado no calor.

—Vai saber? — ele disse, segurando a câmera com o braço esticado e abrindo um grande sorriso ao tirar uma foto de si mesmo. — Talvez esteja normal. Não dá pra saber até revelar.

— Mas provavelmente vai ser uma perda de tempo — eu disse. — Por que se dar ao trabalho?

Ele largou a câmera e olhou para mim, bem nos meus olhos, não através das lentes nem de soslaio, apenas eu e ele.

— Essa é a grande questão, né? — ele disse. — Tem um problema aqui. Eu acho que as fotos podem sair. Talvez não fiquem perfeitas. Podem ficar embaçadas ou ser cortadas pela metade. Mas acho que vale a pena tentar. Eu sou assim.

Fiquei ali parada, atônita, enquanto ele erguia a câmera e tirava mais uma foto minha. Olhei diretamente para Dexter quando clicou, mostrando que havia entendido sua metáfora barata.

— Tenho que ir — afirmei.

— Certo — ele disse, sorrindo para mim. — A gente se vê depois.

Ele colocou a câmera no bolso de trás, correndo entre os carros e voltando para a Flash Camera. Talvez revelasse as fotos e achasse que ficaram perfeitas: meu rosto, meus pés, o Joie aparecendo ao fundo. Ou talvez saísse tudo preto, sem luz, nem ao menos o contorno de um rosto ou de uma forma visível. Era aquele o problema, no fim das contas. Eu não perdia tempo com as possibilidades, enquanto ele mergulhava nelas. Pessoas como Dexter corriam riscos como cães perseguem cheiro de comida, pensando apenas no que haveria adiante, nunca racionalizando. Era bom sermos apenas amigos. Se é que éramos mesmo. Nosso relacionamento nunca teria durado. Sem chance.

Haviam se passado dois dias desde a cena com Don na frente de casa, e até então eu tinha conseguido evitá-lo, programando minhas idas à área comum — a cozinha — quando sabia que ele estava fora ou no banho. Minha mãe era mais fácil: ela estava completamente imersa em seu romance, encarando as últimas cem páginas a toda a velocidade. Mal notaria uma bomba explodindo na sala de estar se aquilo significasse afastá-la de Melanie e Brock Dobbin e seu amor impossível.

Por isso, fiquei surpresa ao encontrá-la sentada à mesa da cozinha, com uma xícara de café à frente, quando cheguei em casa para me arrumar para o encontro com Paul. Ela apoiava a cabeça na mão e olhava fixamente para a pintura da moça nua, tão perdida em seus pensamentos que deu um salto quando toquei seu ombro.

— Ah, Remy — ela disse, pressionando um dedo na têmpora e sorrindo. — Você me assustou.

— Desculpa. — Puxei uma cadeira e sentei de frente para ela, deixando a chave sobre a mesa. — O que está fazendo?

— Esperando Don — ela disse, ajeitando o cabelo com os dedos. — Vamos encontrar um pessoal importante da Toyota para jantar, e ele está uma pilha de nervos. Acha que, se não os impressionarmos, vão cortar os benefícios da concessionária.

— Tipo o quê?

— Não sei — ela disse, suspirando. — É coisa da concessionária. A noite toda vai ser à base desse tipo de conversa, e enquanto isso eu tenho Melanie e Brock em um café em Bruxelas, com o marido indiferente se aproximando. A última coisa que eu queria era conversar sobre números de vendas e técnicas de financiamento. — Ela lançou um olhar saudoso ao escritório, como se estivesse sendo atraída por uma força parecida com a das marés. — Às vezes você não gostaria de ter duas vidas?

Inexplicavelmente, ou talvez não, Dexter surgiu de repente na minha cabeça, me observando através de uma câmera descartável deformada. Clique.

— Às vezes — respondi, tentando esquecer. — Acho que gostaria.

— Barbara! — Don berrou, abrindo a porta da nova ala. Eu não podia vê-lo, mas sua voz chegava nítida até nós. — Você viu minha gravata vermelha?

— Sua o quê, querido?

— Minha gravata vermelha, aquela que sempre uso nos jantares do pessoal de vendas. Você viu?

— Ah, querido, não sei — ela disse, virando o corpo na cadeira. — Talvez se você...

— Deixa pra lá, vou usar a verde — Don disse, fechando a porta novamente.

Minha mãe sorriu para mim, como se ele fosse incrível, depois pegou minha mão.

— Chega de falar de mim. Como você está?

— Bem — eu disse. — Lola marcou um encontro para mim hoje à noite.

— Com quem? — Ela me olhou preocupada.

—Vi o cara no salão — eu disse. — Ele parece legal. E é só um jantar.

— Ah — ela disse, acenando com a cabeça. — Só um jantar. Como se nada pudesse acontecer em meio a três pratos e uma garrafa de vinho. — Minha mãe ficou lá parada, piscando. — Isso é bom — ela disse de repente. — Ah, nossa. É melhor eu anotar.

Eu a vi pegar um envelope, uma conta de luz antiga, e uma caneta. *Três pratos — apenas um jantar — nada poderia acontecer*, rabiscou na lateral, terminando com um grande ponto de exclamação, depois colocou o envelope embaixo do açucareiro, onde provavelmente permaneceria esquecido, até que um dia estaria totalmente sem inspiração e o encontraria. Ela deixava esses escritos por toda a casa, dobrados nos cantos, no fundo das estantes, como marcadores de página. Uma vez encontrei um sobre focas, que depois acabou sendo importante no enredo de *Memórias de Truro*, dentro de uma caixa de absorventes debaixo da pia. Acho que nunca se sabe quando a inspiração vai bater.

— Bem, vamos ao La Brea — eu disse —, então provavelmente vai ser um prato só. A chance de acontecer alguma coisa é ainda menor.

Ela sorriu para mim.

— Nunca se sabe, Remy. O amor é tão imprevisível. Às vezes você conhece um homem há anos e, de repente, bum! Você começa a olhar para ele de um jeito diferente. Outras vezes é já naquele primeiro encontro, naquele primeiro momento. É o que torna o amor tão incrível.

— Não vou me apaixonar por ele. É só um encontro — afirmei.

— Barbara! — Don gritou. — O que você fez com as minhas abotoaduras?

— Querido — ela disse, virando-se novamente. — Nem *toquei* nas suas abotoaduras. — Ela ficou ali, esperando. Quando ele não disse mais nada, deu de ombros, virando de novo pra mim.

— Meu Deus — eu disse, abaixando a voz. — Não sei como você aguenta.

Ela sorriu, estendendo o braço para tirar meu cabelo da frente do rosto.

— Ele não é tão ruim.

— É um bebezão — eu disse. — E essa mania de tomar suplemento me deixaria louca.

— Pode ser — ela disse. — Mas eu amo Don. Ele é um homem bom, é gentil comigo. Nenhum relacionamento é perfeito, nunca. Sempre é preciso fazer acordos, ceder, abrir mão de alguma coisa para ganhar uma recompensa que vale a pena. Sim, Don tem hábitos que testam minha paciência. E com certeza tenho vários que fazem o mesmo com ele.

— Pelo menos você age como adulta — eu disse, embora soubesse muito bem que nem sempre era verdade. — Ele não consegue nem se vestir sozinho.

— Mas — ela continuou, ignorando minha observação — o amor que temos um pelo outro é maior que essas pequenas diferenças. E essa é a chave. É como um grande gráfico em forma de pizza, em que o amor tem que ser a fatia maior. O amor compensa muita coisa, Remy.

— O amor é uma enganação — eu disse, arrastando o saleiro e desenhando um círculo.

— Ah, querida, não! — Ela estendeu o braço e pegou minha mão, apertando meus dedos. — Você não acredita nisso de verdade, acredita?

Dei de ombros.

— Ainda preciso ser convencida do contrário.

— Ah, Remy. — Os dedos dela eram menores que os meus, mais frios, as unhas pintadas de rosa vivo. — Como pode dizer uma coisa dessas?

Olhei para ela. Um, dois, três segundos. E então ela entendeu.

— Ah — minha mãe disse, soltando minha mão —, só porque alguns casamentos não duram não quer dizer que foi tudo em vão. Tive muitos anos bons com seu pai, Remy, e a melhor parte é que deles saíram Chris e você. Os quatro anos que passei com Harold foram maravilhosos, até o finalzinho. E mesmo com Martin e Win, fui feliz na maior parte do tempo.

— Mas eles terminaram, todos eles — eu disse. — Fracassaram.

— Pode ser que algumas pessoas pensem assim. — Ela cruzou as mãos sobre o colo e pensou por um momento. — Mas eu acho que seria pior ter ficado sozinha esse tempo todo. Sim, talvez tivesse protegido meu coração de algumas coisas, mas teria sido melhor? Me fechar por medo de que não fosse pra sempre?

— Talvez — eu disse, cutucando a beirada da mesa. — Porque, nesse caso, pelo menos você estaria segura. O destino do seu coração é escolha *sua*, e ninguém mais tem direito a voto.

Ela considerou o que eu disse, realmente refletindo, depois falou:

— É verdade que eu sofri na vida. Bastante. Mas também é verdade que amei e fui amada. E isso tem seu próprio peso. Um peso maior, na minha opinião. Voltando ao gráfico de pizza: no final, vou olhar para minha vida e ver que a maior parte foi de amor. Os problemas, os divórcios, a tristeza... também vão estar lá, mas em fatias menores.

— Eu acho que é preciso se proteger — eu disse. — Não dá pra simplesmente se entregar.

— Não — ela disse com seriedade. — Não dá. Mas afastar as pessoas e negar o amor não te torna mais forte. Na verdade, te deixa mais fraca. Porque você está agindo por medo.

— Medo de quê? — perguntei.

— De arriscar — ela disse. — De se soltar e ceder, e é isso que nos transforma no que somos. Riscos. Isso é viver, Remy. Ficar com tanto medo a ponto de nem tentar é um desperdício. Posso dizer que cometi muitos erros, mas não me arrependo de nada. Porque pelo menos não passei a vida toda à margem, imaginando como seria viver.

Fiquei ali, sem saber o que dizer em seguida. Percebi que sentia pena da minha mãe sem motivo. Todos aqueles anos em que me compadeci dela e de todos os seus casamentos, enxergando o fato de continuar tentando como uma grande fraqueza, sem entender que, para ela, era exatamente o oposto. Pela sua lógica, eu terminar com Dexter me transformava em uma pessoa mais fraca que ele, e não mais forte.

— Barbara, temos que estar lá em dez minutos, então vamos... — Don apareceu na porta da cozinha, gravata torta, paletó dobrado sobre o braço. Ele parou quando me viu. — Ah. Oi, Remy.

— Oi — respondi.

— Ah, olha só sua gravata — minha mãe disse, levantando. Ela foi até ele, passou as mãos na frente da camisa e a endireitou, apertando o nó. — Pronto. Está arrumado.

— Temos que ir — Don deu um beijo na testa dela, que se afastou. — Gianni odeia esperar.

— Então vamos — minha mãe disse. — Remy, querida, divirta-se. E pense no que eu disse.

— Pode deixar — respondi. — Divirtam-se.

Don foi para o carro, com a chave na mão — no que prestei atenção, claro —, mas minha mãe foi até mim quando levantei e colocou as mãos nos meus ombros.

— Não deixe minha história transformar você numa cética, Remy — ela disse calmamente. — Está bem?

Tarde demais, pensei quando ela me deu um beijo. Depois a vi ir para o carro, onde Don esperava. Ele colocou a mão nas costas dela, conduzindo-a a seu assento. Naquele exato momento, comecei a achar que podia entender o que ela estava falando. Talvez um casamento, como a vida, não fosse composto apena de Grandes Momentos, bons ou ruins. Talvez fossem todas as pequenas coisas — como ser conduzida adiante lentamente, com segurança, dia após dia — que fortaleciam até o mais tênue dos laços.

Eu continuava com sorte. Realmente, Paul não tinha sido uma má escolha.

Estava receosa quando ele foi me buscar, mas me surpreendi quando começamos a falar de imediato sobre faculdades. Um dos melhores amigos dele estudava em Stanford, e Paul tinha ido visitá-lo no Natal.

— O campus é incrível — ele disse enquanto a banda mariachi começava a tocar mais uma vez "Parabéns a você" do outro lado do restaurante. — E a proporção de professores e alunos é muito boa. Você não tem contato só com os assistentes, sabe?

Assenti.

— Ouvi dizer que são muito rigorosos.

Ele sorriu.

— Bom, você conseguiu entrar, então duvido que vai ter problemas. Você deve ter praticamente gabaritado o vestibular.

— Imagina — eu disse, sacudindo a cabeça.

— Já eu — ele disse com eloquência, tomando um gole de água — acertei o suficiente para me enquadrar entre os idiotas. É por isso que estou na faculdade local, tirando notas medianas, enquanto você parte para liderar o mundo. Pode me mandar um cartão-postal. Ou, melhor ainda, vir me visitar no trabalho depois que eu me formar. Provavelmente vou te dar batatas fritas e refrigerantes maiores porque somos amigos e tal.

Sorri. Paul era sedutor e riquinho, mas eu estava gostando dele. Era o tipo de cara que tinha muito assunto, porque sempre encontrava algo em comum com qualquer um. Além de Stanford, já havíamos conversado sobre esqui aquático (ele era péssimo, porém viciado), o fato de ser bilíngue (sua avó era venezuelana) e de, no fim do verão, voltar para a faculdade, onde era membro da fraternidade Sigma Nu, estudava psicologia e liderava um time de basquete masculino que descreveu como tendo "muita garra, nenhuma habilidade". Ele não era palhaço, tampouco desajeitado, e seus cadarços estavam amarrados. Sem que eu visse o tempo passar, nossa comida tinha chegado, a gente tinha comido, e ainda estávamos lá, conversando, mesmo depois de terem tirado os pratos da mesa, dando uma dica sutil de que estávamos demorando demais.

— Certo — ele disse quando finalmente saímos, deixando o garçom mais feliz. — Quero ser totalmente transparente, então tenho que admitir que estava um pouco preocupado com este encontro.

— E eu tenho que admitir que você não era o único.

Quando chegamos ao carro, ele me surpreendeu ao destrancar a porta e a segurar aberta para eu entrar. Legal, pensei enquanto ele dava a volta até o lado do motorista. Muito legal.

— *Se* tivesse sido um desastre completo — ele disse ao entrar —, agora eu diria que me diverti muito, te levaria pra casa e te acompanharia até a porta, depois passaria em todos os sinais vermelhos pra sair logo do seu bairro.

— Muito elegante — afirmei.

— Mas — ele continuou —, como não foi, queria te convidar para uma festa que uns amigos meus estão dando. Que tal?

Considerei minhas opções. Até então, a noite tinha sido boa. Um encontro agradável. Não havia acontecido nada de que eu me arrependeria ou sobre o que teria que refletir mais tarde. As coisas estavam fluindo conforme o esperado, mas, por algum motivo, eu não conseguia tirar da cabeça o que minha mãe dissera. Talvez eu mantivesse o mundo a certa distância — e até então tinha funcionado. Mas nunca se sabe.

— Seria ótimo — respondi. — Vamos.

— Legal. — Ele sorriu e ligou o motor. Quando começou a dar ré, eu o peguei olhando para mim e soube, naquele momento, que as coisas já estavam acontecendo. Era engraçado como era fácil recomeçar depois de apenas três semanas. Tinha chegado a pensar que Dexter havia me impactado mais, havia me transformado, mas lá estava eu com outro garoto, em outro carro, iniciando o ciclo novamente. Dexter foi o diferente, a aberração. A situação atual era algo com que eu estava acostumada, e era bom voltar a dar passos seguros.

— Cara — Lissa disse, mergulhando uma batata frita no ketchup —, é como se você tivesse encomendado um cara sob medida ou coisa assim. Como pode?

Sorri, tomando um gole de coca diet.

— Acho que foi só sorte.

— Ele é um gato. — Lissa enfiou outra batata na boca. — Nossa, todos os bons já têm dona.

— Essa choradeira significa que o P. J. KaBoom tem namorada? — Jess perguntou.

— Não o chame assim — Lissa disse, zangada, comendo outra

batata. — E eles já terminaram uma vez neste verão. Ela não veio em nenhum evento.

—Vaca — Jess disse, e eu ri alto.

— A questão — Lissa continuou, ignorando nós duas — é que não é justo eu ter levado um fora e agora o cara de quem gosto não estar disponível, enquanto a Remy fica não só com o namorado músico engraçado, mas com o gatinho da faculdade. Não está certo. — Ela comeu mais uma batata. — E não consigo parar de comer. Não que alguém se importe, já que não sou nada atraente mesmo.

— Ah, por favor — Jess resmungou. — Só falta a música triste.

— Namorado músico engraçado? — perguntei.

— O Dexter era legal — ela disse, limpando a boca. — E agora tem o Paul, perfeito também. E tudo o que me resta é um estoque eterno de KaBoom e o apetite de um caminhoneiro.

— Não há nada de errado com um apetite saudável — Jess disse a ela. — Os caras gostam de algumas curvas.

— Já tenho curvas — Lissa respondeu. — O que vem depois? Dobras?

Chloe, a mais magra entre nós, reagiu com mau humor:

—Tem outros nomes também.

Lissa suspirou, empurrando a bandeja para longe e limpando as mãos no guardanapo.

—Vou indo. Tenho que estar no clube em quinze minutos para a prova de atletismo. Vamos dar o KaBoom para os atletas.

— Bem — Jess disse, sem rodeios —, não esqueça de usar proteção.

Lissa fez cara feia. Já estava cansada de piadas com o KaBoom, mas era fácil demais fazê-las.

Já no salão, Paul passou para me ver no caminho para casa, voltando de seu trabalho como salva-vidas na ACM. Não pude deixar de reparar nas duas madrinhas de casamento que esperava para fazer a mão antes da festa, devorando-o com os olhos quando entrou, bronzeado e com cheiro de protetor solar e cloro.

— Ei — ele disse, e levantei e o beijei, bem de leve, porque estávamos naquele estágio do relacionamento. Fazia uma semana e meia, e nos víamos quase todos os dias: almoços, jantares, festas. — Sei que está ocupada hoje, mas só quis dar um oi.

— Oi — eu disse.

— Oi. — Ele sorriu para mim. Meu Deus, como era lindo. Eu não parava de pensar que se tivesse saído com ele quando Lola tentou nos apresentar da primeira vez, o verão inteiro teria sido diferente. Completamente.

Paul atendia quase todos os critérios da minha lista. Era alto. Bonito. Não tinha hábitos irritantes. Era mais velho que eu, mas não mais de três anos. Se vestia bem, mas não fazia mais compras do que eu. Estava dentro dos limites aceitáveis em termos de higiene pessoal (loção pós-barba e perfume, sim; gel e bronzeamento artificial, não). Era inteligente o bastante para ser bom de papo, mas não era nerd. E o melhor era que também iria embora no fim do verão e já tínhamos combinado que continuaríamos amigos e seguiríamos cada um seu caminho.

O que me deixava com um cara legal, bonito e atencioso com vida e hobbies próprios, que gostava de mim, beijava muito bem, pagava o jantar e não tinha problema com nenhuma das condições que tantos antes dele falharam em cumprir. E tudo isso saiu de um encontro às cegas. Incrível.

— Sei que hoje é a noite das meninas — Paul disse enquanto eu escorregava as mãos pelo balcão para pegar as dele —, mas estava pensando se daria pra te encontrar mais tarde.

— Nada disso. Só as mulheres mais idiotas deixam as amigas na mão por um cara. É contra o código — eu disse.

— Ah — ele disse, balançando a cabeça. — Bem. Valeu a tentativa.

Do outro lado do estacionamento, vi o furgão branco do Truth Squad parando na Flash Camera. Ted estacionou na zona de descarga e saiu pelo lado do motorista, batendo a porta, então desapareceu dentro da loja.

— Então, o que vai fazer hoje à noite? — perguntei. — Coisas de menino?

— É — ele disse enquanto eu olhava de novo para a Flash Camera e observava Dexter seguindo Ted até o furgão. Eles conversavam, agitados. Discutiam? Entraram no furgão e foram embora, passando direto pela placa de "Pare" depois do Mayor's Market em direção à avenida principal.

— ... uma banda que os caras querem ver vai tocar naquela balada perto da universidade.

— Sério? — perguntei, sem prestar muita atenção, enquanto o furgão branco fechava uma perua, que reagiu com uma buzinada raivosa.

— É, Trey disse que eles são muito bons... Spinnerbait, acho que é esse o nome.

— Odeio o Spinnerbait — eu disse automaticamente.

— O quê?

Olhei para ele, percebendo que estivera completamente alheia durante toda a conversa.

— Ah, nada. Eu só, hum, ouvi dizer que essa banda era, tipo, um lixo.

Ele arregalou os olhos.

— Uau. Sério? O Trey disse que são ótimos.

— Ah, bem — me apressei em dizer. — Tenho certeza de que ele sabe mais do que eu.

— Duvido disso. — Paul se inclinou sobre o balcão e me beijou. — Ligo à noite, tudo bem?

Concordei.

— Claro.

Enquanto ele saía, as duas madrinhas me olharam com admiração, como se eu merecesse respeito porque um cara daqueles estava comigo. Mas eu estava distraída, registrando as luzes no cabelo da sra. Jameson como depilação e depois cobrando cinquenta paus em vez de cinco por um creme para cutículas. Pelo menos estava quase na hora de ir pra casa.

Eu já estava entrando no carro quando ouvi alguém bater no vidro do lado do passageiro. Ergui os olhos. Era Lucas.

— Ei, Remy — ele disse quando baixei o vidro. — Pode me dar uma carona pra casa? Dex já foi no furgão. Não quero gastar a sola do sapato.

— Claro — eu disse, apesar de já estar atrasada. Tinha que pegar Lissa, e a casa amarela ficava para o outro lado. Mas não podia recusar.

Ele entrou e começou a mexer no rádio enquanto eu saía do estacionamento de ré. Aquilo, em outro momento, teria sido motivo para jogá-lo para fora, mas deixei passar porque estava bem-humorada.

— Que CDs você tem aí? — ele perguntou, passando pelas estações pré-programadas e parando em algum som experimental e barulhento na rádio universitária.

— Estão no porta-luvas — eu disse, apontando. Ele o abriu e passou os olhos pelos CDs, que eu tinha organizado em ordem alfabética, mas só porque estava com tempo sobrando quando fiquei presa no trânsito uns dias antes. Lucas não parava de fazer barulhos para mostrar seu desinteresse, suspirando baixinho e resmungando. Minha coleção, como as rádios programadas, não estava à altura de seus padrões. Mas eu não precisava impressioná-lo. Graças ao Dexter, sabia não só que o nome de batismo dele era Archibald, mas que no ensino médio ele tinha cabelo comprido e tocava em uma banda de *hair metal* chamada Residew. Havia uma única foto de Lucas no teclado com o cabelo cheio de laquê. E a foto estava com Dexter.

— Então — eu disse, sentindo necessidade de encher o saco dele de algum jeito —, ouvi dizer que o Spinnerbait vai tocar aqui hoje.

Ele virou a cabeça e olhou para mim.

— Onde?

— No Murray's — eu disse enquanto passávamos por um semáforo amarelo.

— Onde fica isso?

— Do outro lado da cidade, perto da universidade. É um lugar bem grande. — Eu conseguia ver Lucas mesmo olhando para a frente. Ele mastigava a manga da camisa e parecia irritado.

— Odeio o Spinnerbait — Lucas vociferou. — Bando de babacas. Som totalmente fabricado, e os fãs são um bando de universitários loiros de cabelo arrumadinho, que dirigem o carro do papai e não têm o menor critério.

— Ai — eu disse, incapaz de não reparar que aquela descrição, apesar de dura, representava Trey, o melhor amigo do Paul, e o próprio Paul, para quem não conhecia muito bem. Eu, claro, conhecia.

— Bom, é uma notícia importante — Lucas disse quando virei na rua deles. — Mas não tão importante quanto o que está acontecendo.

— O que está acontecendo? — perguntei, lembrando na hora do furgão acelerando ao sair do Mayor's Village mais cedo.

Lucas olhou para mim, e dava pra ver na cara dele que estava decidindo se era ou não da minha conta.

— Coisa de banda de alto nível — ele disse, misterioso. — Estamos quase lá. Praticamente.

— Sério? — eu disse. — Quase lá onde?

Lucas deu de ombros enquanto eu desacelerava e a casa amarela despontava. Dava para ver Ted e Mary Medonha no jardim, sentados em cadeiras de praia: ela com os pés no colo dele, ambos compartilhando uma caixa de bolinhos.

— A Rubber Records quer fazer uma reunião com a gente. Vamos para Washington na semana que vem, você sabe, conversar.

— Uau — eu disse, percorrendo o caminho até a entrada da casa, onde o furgão estava estacionado torto. Ted olhou para nós, levemente interessado, e Mary acenou quando Lucas abriu a porta e saiu. — Isso é demais.

— Adivinha — ele gritou para Ted. — O Spinnerbait vai tocar hoje à noite.

— Odeio o Spinnerbait! — Mary disse.

— Onde? — Ted perguntou, enquanto Lucas fechava a porta e dava a volta pela frente do carro.

— Obrigado pela carona — ele disse, batendo no vidro semiaberto.

— Cara, como assim? — Ted berrou. — Eles estão invadindo nosso território!

— É uma disputa entre gangues! — ele respondeu, e os dois riram.

Lucas começou a se distanciar, mas buzinei e ele se virou.

— Ei.

— Diga. — Ele voltou alguns passos na minha direção.

— Boa sorte com tudo — eu disse, e então me senti meio estranha, reparando que mal o conhecia. Ainda assim, por algum motivo precisei dizer alguma coisa. — Quer dizer, boa sorte pra vocês.

— Vamos ver no que dá — ele disse, dando de ombros.

Quando saí, Lucas arrastava um engradado para se juntar ao piquenique de Ted e Mary, e Ted arremessou um bolinho para ele.

Dei uma última olhada na casa e vi o Macaco sentado na porta, ofegante. Me perguntei onde estaria Dexter, depois lembrei que não era mais da minha conta. Mas, se estivesse em casa, provavelmente teria saído pra me dar um oi. Porque *éramos* amigos.

Comecei a descer a rua, passando devagar pela placa de "Pare". No retrovisor, via Ted, Mary e Lucas sentados, conversando, mas agora Dexter estava com eles, agachado perto da mesa improvisada, desembrulhando um bolinho enquanto Macaco os rodeava, abanando o rabo. Todos conversavam e, por um milésimo de segundo, senti uma angústia, como se estivesse perdendo alguma coisa. Estranho. Então, o cara no carro atrás de mim buzinou, impaciente, e voltei para a realidade, saindo daquela confusão mental e seguindo em frente.

Quando cheguei, a casa estava quieta. Minha mãe estava fora da cidade, em uma conferência de escritores de que participava todo ano em agosto, fazendo seminários para aspirantes a romancistas, recebendo litros de admiração por três dias e duas noites em Florida Keys. Chris estava praticamente morando e dormindo na casa de Jeniffer Anne, onde havia mais do que bundas de pão e ele podia tomar café da manhã admirando gravuras de alegres jardins floridos, em vez de peitos neoclássicos. Eu gostava da casa vazia, mas as coisas entre mim e Don ainda estavam esquisitas, então aceitei a proposta de Lissa de dormir na casa dela no fim de semana e avisei o marido da minha mãe por um bilhete formal que prendi debaixo da pirâmide cada vez maior de latas de suplemento alimentar na mesa da cozinha.

Fui para o escritório e abri a cortina. Na prateleira perto da escrivaninha havia uma pilha de papéis: o novo romance, ou o quanto havia dele até então. Botei-o no colo, cruzei as pernas e comecei a folhear. Quando deixei Melanie, ela encarava uma fria cama de casal com um marido distante e percebia que seu casamento tinha sido um erro. Aquilo era por volta da página 200; lá pela 250, ela tinha ido embora de Paris e estava de volta a Nova York, trabalhando com moda para uma mulher odiosa que tinha a palavra "vilã" tatuada na testa. Por uma incrível coincidência, Brock Dobbin também estava em Nova York, depois de se ferir em algum tipo de revolta num país subdesenvolvido enquanto investia em sua premiada carreira de fotojornalista. Nos desfiles de outono, eles tinham trocado olhares, cada um de um lado da passarela, e um romance ressurgiu.

Pulei para a página 300, onde era óbvio que as coisas tinham dado errado: Melanie estava em um hospital psiquiátrico, dopada por analgésicos, enquanto sua ex-chefe recebia o crédito por toda a linha que ela tinha desenvolvido. Seu marido indiferente, Luc, também estava de volta, envolvido em algum tipo de esquema financeiro complexo. Brock Dobbin parecia ter sumido por completo, mas o encontrei na página 374, em uma prisão mexicana, onde enfrentava acusações duvidosas de ter traficado drogas e havia caído nos encantos de uma indigente local chamada Carmelita. Naquele ponto minha mãe perdia a linha de raciocínio, mas lá pela página 400, ela parecia ter recuperado o fôlego e todos estavam em Milão se preparando para os desfiles. Luc tentava se reconciliar com Melanie, mas suas intenções não eram boas, enquanto Brock tinha voltado ao trabalho e apurava uma história sobre o lado sujo nos bastidores da moda com sua Nikon e um senso de justiça que nenhum ferimento, nem mesmo uma pedrada na cabeça na Guatemala, era capaz de acalmar.

A última folha no meu colo era a 405. Nela, Melanie e Brock tomavam um café em Milão.

Eles só tinham olhos um para o outro, como se o tempo que haviam passado separados os tivesse deixado ávidos de desejo, transmitido somente pelo olhar, proibido de ser expresso em palavras. As mãos de Me-

lanie tremiam, mesmo quando enroladas em seu xale de seda, o tecido oferecendo um conforto mínimo na brisa fria.

— *Você o ama?* — *Brock perguntou. Seus olhos verdes, tão profundos e penetrantes, observavam-na com atenção.*

Melanie ficou surpresa com sua objetividade. Mas parecia que o tempo na prisão tinha lhe dado uma urgência, uma necessidade de respostas. Ele a encarou, esperando.

— *Ele é meu marido* — *ela disse.*

— *Não foi o que perguntei.* — *Brock estendeu o braço e pegou a mão dela, envolvendo-a com a sua. Seus dedos eram calejados e grossos, ásperos contra a pele pálida dela.* — *Você o ama?*

Melanie mordeu o lábio, engolindo o choro que temia que escapasse se fosse pressionada a dizer a verdade sobre Luc e seu coração frio. Brock a deixara tantos meses antes sem nenhuma escolha. Ela achou que estivesse morto, assim como o amor dos dois. Vê-lo andando em sua direção no café tinha sido como ver um fantasma, fazendo a passagem daquele mundo para o seu.

— *Não acredito no amor* — *ela disse.*

Brock apertou sua mão.

— *Como pode dizer isso depois do que tivemos? Do que ainda temos?*

— *Não há nada entre nós* — *ela disse, e puxou a mão de volta.* — *Sou casada. E farei meu casamento dar certo porque...*

— *Melanie.*

— *Porque aquele homem me ama* — *ela completou.*

— *Este homem aqui* — *Brock disse, com a voz séria* — *te ama.*

— *Você demorou demais.* — *Melanie levantou. Ela tinha tentado esquecer Brock Dobbin muitas e muitas vezes, dizendo a si mesma que poderia construir uma vida com Luc. Luc, tão educado e sofisticado, tão firme e forte. Brock estava sempre entrando e saindo de sua vida, fazendo promessas, compartilhando com ela um amor ardente, até que simplesmente ia embora, deixando-a para trás em uma névoa de memórias enquanto desaparecia, atravessando o mundo, indo atrás de uma história que nunca seria deles. Talvez Luc nunca a amasse do mesmo jeito que Brock, preenchendo seu corpo e sua mente com uma alegria que fazia o resto do mundo desaparecer. Mas aquela alegria nunca durava, e ela queria acreditar em um "para sempre". Mesmo que fosse com alguém que às vezes a deixava sonhando com coisas melhores à noite.*

— Melanie — Brock a chamou enquanto ela descia a rua de pedra, enrolando-se em seu lenço. — Volte.

Eram palavras que ela conhecia bem. A própria Melanie as havia dito, na estação em Praga. Do lado de fora do Plaza, quando ele entrou em um táxi. No convés do iate, quando o barco de Brock ganhou velocidade, cortando as ondas. Era sempre ele que partia. Mas não daquela vez. Ela continuou andando e não olhou para trás.

Vá, Melanie, pensei, colocando a última folha sobre a pilha no colo. Mas eu tinha que admitir: não era típico das heroínas da minha mãe virar as costas para um homem apaixonado em troca de um homem com defeitos que oferecia segurança. Estaria ela defendendo o conformismo? Era um pensamento inquietante. Minha mãe tinha sido tão incisiva ao me dizer que eu estava errada sobre o amor. Mas era cedo demais para saber: sempre haveria mais páginas por vir, mais palavras a serem escritas, antes de a história terminar.

14

— Para naquela loja ali — Paul disse a Trey, que estava dirigindo.

Trey assentiu e ligou a seta. No banco da frente, Lissa virou para olhar para mim e levantou as sobrancelhas enquanto apontava com a cabeça para o console traseiro, que tinha não apenas o cinzeiro e o porta-copos padrão, mas também um tocador de CD separado e uma tela de vídeo.

— Esse carro é incrível — ela sussurrou. Eu tinha que concordar. Trey dirigia um Excursion, um utilitário enorme todo equipado. Parecia uma nave espacial, cheio de botões acesos e alavancas, e eu meio que esperava ver em algum lugar à esquerda do volante um pequeno interruptor com a inscrição VELOCIDADE DA LUZ.

Paramos na frente do Quik Zip e Trey desligou o motor.

— Quem quer o quê? — ele perguntou. — Temos uma viagem longa pela frente.

— Precisamos mesmo nos abastecer — Paul disse, abrindo a porta. Um som agudo curto e contido ressoou: plim-plim-plim. — Cerveja e...?

— Skittles — Lissa completou para ele, que riu.

— Um pacote de Skittles — ele disse. — Certo. Remy?

— Coca diet — eu disse. — Por favor.

Paul saiu do carro e fechou a porta. Trey também saiu, deixando a chave no contato e o rádio baixinho. Estávamos a caminho do cinema drive-in na cidade vizinha, que fazia sessões triplas nas noites de verão. Não era um encontro duplo, já que Trey tinha namorada na faculdade e também tínhamos convidado Chloe e Jess. Mas Jess ia ficar de babá e Chloe, que tinha dado um fora no nerd, estava atrás de um cara que tinha conhecido no shopping.

— Se eu tivesse um carro assim — Lissa disse, virando totalmente para trás —, moraria dentro dele. Seria perfeitamente possível. E ainda sobraria espaço para alugar.

— É enorme — concordei, dando uma espiada atrás de mim, onde havia mais duas fileiras de assentos antes de chegar no porta-malas. — É meio ridículo, na verdade. Quem precisa de tanto espaço?

—Talvez ele faça muitas compras — Lissa sugeriu.

— Ele está na faculdade — eu disse.

— Bem — ela disse, dando de ombros —, só sei que queria que ele não tivesse namorada. Decidi que gosto de garotos gatos e ricos.

— Como não gostar? — eu disse, distraída, enquanto via Paul e Trey darem uma olhada no cara atrás do balcão. (Todo mundo sabia quais balconistas do Zip verificavam as identidades com mais atenção.) Eles foram para o fundo da loja e pegaram não apenas um, mas dois pacotes de Skittles para Lissa no caminho. Aqueles garotos não faziam nada com moderação. Tudo o que Paul havia comprado para mim nas duas semanas desde que tínhamos começado a sair era tamanho "super" ou "duplo", e ele sempre pegava a carteira imediatamente, sem nem levar em consideração minhas tentativas de dividir a conta de vez em quando. Ele ainda era o Paul Perfeito, o Exemplo Número Um de Namorado Ideal. Mas alguma coisa me incomodava, como se eu não estivesse me divertindo o bastante com aquilo.

Ouvi um barulho, virei o rosto e me assustei ao ver o furgão do Truth Squad parar bem ao nosso lado. Tentei sair do campo de visão deles, até que lembrei que os vidros do utilitário tinham uma película tão escura que não dava para enxergar lá dentro. Ted estava no volante, com um cigarro na boca, e John Miller ocupava o banco do passageiro. Enquanto observávamos, ele se inclinou e puxou a maçaneta, abrindo a porta, mas esqueceu de soltá-la e foi levado junto, saindo do campo de visão e deixando a porta entreaberta.

Ted olhou para o assento vazio, suspirou de um jeito irritado e saiu do furgão, batendo a porta.

— Idiota — ele disse alto enquanto dava a volta pela frente do carro, onde ainda podíamos vê-lo. Ted olhava para o chão. — Você se machucou?

Não deu pra ouvir a resposta de John Miller. De qualquer forma, eu já estava distraída, porque vira Dexter pulando, desajeitado, para o banco da frente do furgão, passando por cima do câmbio, depois caindo no banco do motorista e saindo pela porta, até desabar no chão de uma forma só um pouco mais graciosa que John Miller. Ele usava a mesma camiseta laranja do dia em que o conheci, com uma camisa branca por cima. Tinha mais uma daquelas câmeras descartáveis deformadas para fora do bolso. Olhou na janela de Lissa, mas não conseguiu ver nada. Ela ficou olhando de volta, como se estivesse do lado de dentro de um espelho falso.

— Não é o Dexter ali? — ela sussurrou. O vidro de Trey, do lado do motorista, estava aberto. Dexter tirou a câmera do bolso e se inclinou, batendo uma foto do vidro escuro. O flash iluminou o interior do carro por um instante, e ele enfiou a câmera de volta no bolso, errando da primeira vez, acertando na segunda.

— É — eu disse, vendo-o tropeçar de leve enquanto dava a volta pela frente do furgão, esticando a mão para se apoiar no para-choque do carro de Trey. Ele trançava as pernas, e não do típico jeito desajeitado. Parecia bêbado.

— Atenção, vocês dois — Ted anunciou enquanto Dexter se recompunha. — Eu disse que traria vocês aqui e trouxe. Mas tenho um encontro com a Mary e ela já está brava comigo, então esse é o fim da linha. Não sou taxista.

— Meu bom homem — ouvi John Miller dizer, em uma voz falsa de Robin Hood —, você cumpriu seu dever.

— Você não vai levantar? — Ted perguntou.

John Miller levantou. Ainda usava sua roupa de trabalho, mas parecia todo amarrotado, como se alguém tivesse feito uma bola com ele e guardado no bolso por algumas horas. A camisa estava para fora, a calça totalmente amassada, e ele também tinha uma câmera descartável despontando para fora do bolso. Além disso, exibia um arranhão na bochecha que parecia recente, talvez resultado da queda do furgão. John Miller tocou o machucado, como se estivesse surpreso por encontrá-lo ali, então deixou a mão cair.

— Meu bom homem — Dexter disse, colocando o braço nos ombros de Ted, que olhou feio para ele, claramente de saco cheio. — Devemos o maior dos favores ao senhor.

— Meu bom homem — John Miller ecoou —, pagaremos a dívida com ouro, donzelas e nossa eterna aliança à vossa causa. Hurra!

— Hurra! — Dexter repetiu, levantando o punho.

— Vocês dois podem parar com essa merda? — Ted surtou, chacoalhando o braço de Dexter. — É irritante.

— Como desejar, meu camarada — John Miller disse. — Levante a taça e hurra!

— Hurra! — Dexter disse, de novo.

— Chega — Ted foi para o furgão. — Fui. Vocês que digam quantos hurras quiserem...

— Hurra! — eles gritaram em coro. John Miller, levantando os braços, parecia prestes a cair de novo.

— Mas vão voltar pra casa sozinhos. E não façam nada idiota, beleza? Não temos dinheiro para fiança.

— Hurra! — John Miller disse, saudando Ted enquanto ele ia embora. — Obrigado, meu bom senhor!

Ted mostrou o dedo do meio, claramente irritado, então convenceu o motor do furgão a ressuscitar e deu ré, deixando-os em frente ao Quik Zip, onde começaram a tirar fotos um do outro posando ao lado das prateleiras de jornal. Lá dentro, vi Paul e Trey batendo papo com o cara do balcão enquanto ele colocava as cervejas num saco de papel.

— Beleza, agora faça beicinho — Dexter dizia a John Miller, que fazia pose de modelo, estufando o peito e usando uma pilha de folhetos como acessório, formando um leque na frente do rosto e espiando por cima, com olhar sedutor. — Isso, assim está bom! Ótimo! — O flash piscou e Dexter avançou o filme, dando uma risadinha. — Beleza, agora faça cara de triste. Certo. Você está sério. Está magoado...

John Miller olhou para a via, repentinamente pesaroso, contemplando o Double Burger, do outro lado da rua, com uma expressão melancólica.

— Lindo! — Dexter disse, e os dois caíram na gargalhada. Dava para ouvir Lissa rindo na minha frente.

John Miller tinha feito sua melhor pose, enrolando-se com a roupa dentro da cabine telefônica e piscando várias vezes, quando Dexter bateu uma última foto e o filme acabou.

— Droga — ele disse, balançando a câmera, como se aquilo fosse fazer mais fotos aparecerem do nada. — Tudo bem, já deu.

Eles sentaram no meio-fio. Eu continuava achando que devíamos baixar o vidro e dizer alguma coisa para que soubessem que estávamos ali, mas parecia tarde demais para isso.

— Vamos falar a verdade, meu bom homem — John Miller

disse, solene, girando a câmera descartável nas mãos. — Estou triste. E sério. E magoado.

— Meu bom homem — Dexter disse, apoiando as mãos no chão e esticando as pernas —, eu compreendo.

— A mulher que amo não me quer — John Miller olhou para o céu, apertando os olhos. — Ela acha que não sirvo para marido e, nas palavras dela, sou um pouco imaturo. Hoje, desafiando essa proclamação, pedi demissão ainda que ganhasse nove dólares por hora sem fazer muita coisa.

— Há outros empregos, meu caro — Dexter disse.

— Além de tudo isso — John Miller prosseguiu —, a banda provavelmente vai ser rejeitada por mais uma gravadora por causa da integridade artística de Sir Ted, que levará todos nós à aposentadoria por se recusar a admitir que suas óperas sobre batatas são um lixo.

— Sim — Dexter disse, concordando com a cabeça. — É verdade. O jovem Ted pode, de fato, dar um tiro em nossos pés.

Aquilo era novidade pra mim, mas não me surpreendia. Dexter tinha me contado que a insistência de Ted para que não gravassem covers numa demo já tinha prejudicado a banda antes.

— Mas você, bom senhor — John Miller deu um tapinha no ombro de Dexter, meio desequilibrado —, tem seus próprios problemas.

— Isso é verdade — Dexter disse, concordando.

— Ah, as mulheres — John Miller suspirou.

Dexter passou a mão no rosto e olhou para o asfalto.

— Ah, as mulheres. De fato, caro amigo, elas me deixam perplexo.

— Ah, a formosa Remy — John Miller disse, de forma grandiosa, e senti meu rosto ficar vermelho. Lissa, no banco da frente, tampou a boca com a mão.

— A formosa Remy — Dexter repetiu — não me viu como um risco que valia a pena.

— De fato.

— Eu sou, é claro, um pilantra. Um patife. Um *músico*. Não poderia dar nada além de pobreza, vergonha e canelas machucadas pelos meus membros inquietos. O melhor para ela é nossa separação.

John Miller fingiu esfaquear a si mesmo no coração.

— Palavras gélidas, meu caro.

— Hurra — Dexter concordou.

— Hurra — John Miller repetiu. — De fato.

Eles ficaram ali sentados, sem dizer nada por um instante. No banco de trás do Excursion, eu sentia o coração bater. Sabia que não havia nada que pudesse fazer para consertar aquilo. E sentia vergonha por estar me escondendo.

— Quanto dinheiro você tem? — John Miller disse, de repente, procurando no próprio bolso. — Acho que precisamos de mais cerveja.

— Eu acho — Dexter disse, tirando um maço de notas e algumas moedas que prontamente derrubou no chão — que você tem razão.

Então Paul e Trey saíram da loja e Paul gritou para a gente:

— Ei, Remy! Você queria diet ou normal? Não lembro. — Ele enfiou a mão no saco que trazia e tirou duas garrafas, uma de cada. — Peguei as duas, mas...

Lissa apertou o botão do vidro para baixá-lo, depois olhou para mim, sem saber o que fazer. Eu gelei, com os olhos em Dexter. Ele olhou para Paul e depois, compreendendo lentamente a situação, para o utilitário, para nós.

— Diet — Dexter disse alto, olhando bem para mim, como se de repente pudesse me ver.

Paul voltou os olhos para ele.

— O quê?

Dexter limpou a garganta.

— Ela quer diet — ele disse. — Mas não de garrafa, como essa aí.

— Do que está falando? — Paul disse com um leve sorriso.

— Remy toma coca diet — Dexter disse, levantando. — De máquina. Extragrande, bastante gelo. Não é isso, Remy?

— Remy — Lissa disse baixinho. — Não é melhor a gente...

Abri a porta e saí, desabando no chão — era impressionante como o Excursion era alto — antes mesmo de saber o que estava fazendo. Andei até eles. Paul ainda sorria, confuso, enquanto Dexter só olhava para mim.

— Hurra — ele disse, mas dessa vez John Miller não acompanhou.

— Pode ser essa mesmo — eu disse a Paul, pegando a bebida. — Obrigada.

Dexter não parava de olhar para a gente, e dava pra ver que Paul se sentia desconfortável, tentando entender o que acontecia ali.

— Não, tudo bem — Dexter disse, de repente, como se alguém tivesse perguntado. — Nem um pouco esquisito. Mas falaríamos se fosse, não? Porque o acordo é esse. Somos amigos.

Naquele momento, Trey já ia para o carro, julgando, sabiamente, que era melhor ficar de fora daquilo. John Miller entrou no Quik Zip. E então estávamos só nós três.

Paul lançou um olhar para mim.

— Está tudo bem?

— Está tudo ótimo — Dexter respondeu.

Paul ainda olhava para mim, esperando uma confirmação.

— Tudo bem. Me dá só um minuto?

— Claro. — Ele apertou meu braço enquanto Dexter observava, lançando um olhar penetrante na direção dele. Andou até o carro, entrou e fechou a porta.

Dexter olhou para mim.

— Sabe — ele disse —, você podia ter avisado que estava ali.

Eu mordi o lábio, olhando para baixo, para a coca diet. Abaixei o tom de voz e disse:

—Você está bem?

— Estou — ele respondeu, rápido demais, e então estalou os dedos, todo sorridente. — Maravilhosamente fantástico! — E então voltou a olhar para o carro. — Cara — ele disse, balançando a cabeça. — Aquela coisa tem uma porcaria de adesivo do Spinnerbait, pelo amor de Deus. É melhor se apressar, Remy, aqueles dois já devem estar impacientes.

— Dexter.

— O quê?

— Por que está agindo assim?

— Assim como?

Certo, eu sabia o motivo. Aquele, na verdade, era o comportamento-padrão pós-rompimento, como Dexter devia ter agido o tempo todo. Mas não tinha aparecido antes, então fiquei um pouco confusa.

— Foi você que disse que a gente devia continuar amigo.

Ele deu de ombros.

— Ah, para com isso. Você estava só fingindo concordar com a minha proposta.

— Não — eu disse.

— Isso é tudo coisa sua — ele disse, apontando um dedo meio trêmulo para o meu peito. — Você não acredita no amor, então, seguindo a mesma lógica, não deve acreditar em gostar de alguém. Ou em amizade. Ou em nada que possa envolver o menor risco pessoal.

— Escuta aqui — eu disse, começando a ficar irritada. — Tudo o que eu fiz foi ser sincera com você.

— Ah, ótimo, vamos te dar uma medalha então! — ele disse, batendo palmas. — Você termina comigo porque posso gostar de você de verdade, gostar o bastante para não querer passar só o verão juntos, e agora *eu* sou o vilão?

— Certo — eu disse —, então você preferia que eu tivesse mentido e dito que sentia o mesmo, e aí te desse um fora um mês depois?

— O que teria sido muito inconveniente — ele disse, sarcástico — porque te faria perder o sr. Spinnerbait ali.

Revirei os olhos.

— Então é isso? — perguntei. — Você está com ciúmes?

— Isso tornaria tudo mais simples, né? — ele disse, concordando com a cabeça. — E Remy gosta de simplicidade. Você acha que entende tudo, que pode analisar minha reação e o que estou dizendo em um pequeno gráfico. Mas a vida não é assim.

— Ah, sério? — eu disse. — Então como ela é? Me conta.

Ele se inclinou bem perto e abaixou o tom da voz.

— Fui sincero com você. Não estava fazendo nenhum joguinho. Tudo o que eu disse era verdade, desde o primeiro dia. Cada palavra.

Minha mente viajou para o passado, os desafios, as piadas, as músicas cantadas pela metade. Que verdade significativa havia ali? Só naquele primeiro dia ele tinha dito algo importante, e era só...

Ouvi um zumbido atrás de mim, depois a voz de Lissa, fraca e hesitante.

— Hã, Remy? — ela chamou, então limpou a garganta, como se percebesse como soou. — Vamos perder o começo do filme.

— Beleza — eu disse, olhando para trás. — Já estou indo.

— Já terminamos aqui — Dexter explicou, acenando para o

utilitário. Para mim, acrescentou: — Então foi isso que significou para você? Só para deixar claro. Eu e você, não foi nada além do que você vai ter com o garoto Spinnerbait, ou com o cara depois dele, ou com o que vier depois. Certo?

Por um milésimo de segundo, quis dizer que ele estava errado. Mas havia algo na forma como afirmara aquilo, uma raiva arrogante, que me impediu. Ele tinha dito que eu era uma vaca, e antes eu teria sentido orgulho disso. Então beleza. Eu entraria no jogo.

— Certo — eu disse, dando de ombros. — É isso mesmo.

Dexter ficou ali parado, olhando pra mim, como se eu tivesse acabado de me transformar na frente dele. Mas eu sempre tinha sido aquela garota. Só havia escondido muito bem.

Comecei a ir na direção do carro. Paul abriu a porta de trás para mim.

— Ele está te incomodando? — perguntou, com a expressão séria. — Porque, se estiver...

— Não — eu disse, balançando a cabeça. — Está tudo bem. Terminou.

— Jovem cavaleiro! — Dexter gritou para Paul enquanto ele fechava a porta. — Esteja avisado: quando ela está com a coca de máquina na mão, é uma arma violenta. Ela vai te acertar, meu bom homem. Quando menos esperar!

—Vamos embora — Paul disse, e Trey concordou, começando a dar ré.

Enquanto nos afastávamos, estava decidida a não olhar para trás. Mas, no retrovisor de Lissa, dava para vê-lo ali parado, com a camisa esvoaçante, braços abertos levantados, como se partíssemos para uma grande viagem e ele se despedisse de nós ao ser deixado para trás. Boa viagem, cuidem-se. Vão em paz. Hurra.

No dia seguinte, quando voltei depois de passar a noite na casa da Lissa, minha mãe estava em casa. Larguei a chave na mesa de canto, a bolsa na escada, e estava entrando na cozinha quando a ouvi.

— Don? — ela chamou, e sua voz ecoou no corredor que levava à nova ala. — Querido? É você? Peguei um voo antecipado, pensei em fazer uma surpresa... — Ela virou ao sair do corredor, as sandálias estalando no chão, e então parou quando viu que era eu. — Ah, Remy. Oi. Pensei que era Don.

— Percebi — eu disse. — Como foi na Flórida?

— Divino! — Ela veio e me abraçou. Tinha um belo bronzeado e um corte de cabelo novo, mais curto e com alguns fios loiros, como se na Flórida você fosse obrigado por lei a ser tropical. — Maravilhoso. Revigorante. Rejuvenescedor!

— Uau — eu disse quando ela me soltou e dei um passo para trás. — Tudo isso em apenas três dias?

— Ah — ela suspirou, entrando antes de mim na cozinha —, era exatamente do que eu precisava. As coisas estão tão movimentadas e estressantes desde o casamento, e mesmo antes disso, com todo o planejamento... Era demais, sabe?

Decidi não chamar a atenção para o fato de que quem planejou tudo fui eu. Encostei na pia enquanto ela pegava uma lata de suplemento alimentar da geladeira, abria e tomava um gole.

— Mas assim que cheguei lá... — minha mãe disse, pondo a mão no coração e fechando os olhos, de forma dramática. — Um paraíso completo. O surfe. O pôr do sol. Ah, e os fãs. Me senti como se finalmente fosse eu mesma de novo. Entende?

— Sim — concordei, embora já fizesse um tempo que não me sentia nada parecida comigo mesma. Passara a noite inteira pensando em Dexter balançando os braços e me chamando.

— Então voltei pra casa em um voo antecipado, esperando

compartilhar esse sentimento com Don, mas... ele não está aqui. — Ela tomou outro gole do suplemento, olhando pela janela da cozinha. — Acho que estou ansiosa.

— Ele quase não ficou aqui — eu disse. — Acho que trabalhou o fim de semana todo.

Ela balançou a cabeça, séria, colocando a lata no balcão.

— Tem sido um problema enorme para nós. O trabalho dele. O meu trabalho. Todos os detalhes de cada um. Sinto que ainda não tivemos a chance de realmente criar um laço de marido e mulher.

Oh-oh, pensei de novo, quando um alarme tocou na minha cabeça.

— Bem — comecei —, vocês estão casados há poucos meses.

— Exatamente — ela disse. — Enquanto estive fora, percebi que temos que nos concentrar no casamento. O trabalho pode esperar. Tudo pode esperar. Acho que por muito tempo me senti culpada por colocar outras coisas em primeiro lugar, mas não desta vez. Sei que tudo vai ser melhor agora.

Tudo bem. Aquilo parecia positivo.

— Isso é ótimo, mãe.

Ela sorriu para mim, satisfeita.

— Acredito mesmo nisso, Remy. O ajuste pode ser complicado, mas esse é para durar. Finalmente entendo o que é preciso para ter uma parceria verdadeira. E me sinto ótima.

Ela sorria, feliz com aquela nova conversão. Como se em algum lugar na costa sudeste finalmente tivesse encontrado a resposta para o quebra-cabeça, que havia lhe escapado por tanto tempo. Minha mãe sempre fugia dos relacionamentos quando as coisas começavam a ficar difíceis, por não querer sujar as mãos. Talvez as pessoas pudessem mudar.

— Ah, mal posso esperar para ver Don — ela disse, indo até a mesa e pegando a bolsa. — Acho que vou até a concessionária levar o almoço. Ele *adora* quando faço isso. Querida, se ele ligar, não conte nada, tá? Quero que seja surpresa.

— Tudo bem — eu disse, e ela me deu um beijo, saiu pela porta e cruzou o gramado até o carro. Era preciso admirar aquele tipo de amor tão absoluto que não podia esperar algumas horas. Nunca tinha sentido nada tão forte por ninguém. Era bonita aquela necessidade desesperada de dizer algo a alguém no mesmo instante. Quase romântico, na verdade. Se eu gostasse daquele tipo de coisa.

Na manhã seguinte, eu estava na fila do Jump Java, esperando o cappuccino de Lola meio dormindo, quando vi o furgão branco do Truth Squad estacionar lá fora, perto da saída de incêndio. Ted saiu e entrou no café, tirando algumas notas amassadas do bolso.

— Ei — ele disse quando me viu.

— Ei — respondi, fingindo ler com atenção uma história sobre a criação de novos distritos na primeira página do jornal.

A fila estava grande e cheia de pessoas mal-humoradas que queriam bebidas com especificidades tão complexas que eu ficava com dor de cabeça só de ouvir os pedidos. Scarlett estava na máquina de café, tentando dar conta de um grande número de pedidos — leite de soja, desnatado, duplo — com um olhar amargo no rosto.

Ted estava um pouco atrás de mim na fila, mas o cara entre nós saiu, irritado com a espera. O que nos deixou um perto do outro, então não tivemos outra escolha a não ser conversar.

— Lucas me contou que vocês têm uma reunião com a Rubber Records — eu disse.

— É. Hoje à noite, em Washington. Saímos daqui a uma hora.

— Sério? — exclamei, enquanto a fila andava cerca de um centímetro.

— É. Querem que a gente toque para eles no escritório. E talvez em um show na quinta, se conseguirem um lugar. Aí, se gostarem, talvez a gente consiga alguma coisa permanente lá.

— Isso é ótimo.

Ele deu de ombros.

— É, se gostarem do nosso som. Mas estão pressionando para a gente tocar covers, o que, você sabe, é totalmente contrário à nossa integridade como banda.

— Ah — eu disse.

— Quer dizer... os outros caras, eles fariam qualquer coisa por um contrato, mas pra mim é mais do que isso. O que importa é a música, cara. Arte. Expressão pessoal. Não um monte de baboseira corporativa.

Um executivo com o *Wall Street Journal* na mão deu uma espiada na gente, mas Ted apenas o encarou, indignado, até ele desviar o olhar.

— Então vão tocar a "Ópera da batata"? — perguntei.

— Acho que sim. É o que eu queria fazer desde o início. Que gostem de nós pelo nosso som original ou não gostem. Mas você conhece Lucas. Ele nunca apoiou o negócio da batata. É tão ignorante que chega a ser ridículo. Quer dizer, ele era de uma banda de *hair metal*. O que sabe sobre música de verdade?

Eu não sabia bem o que dizer.

— E tem o John Miller, que tocaria qualquer coisa contanto que não tivesse que voltar para a escola e fazer trabalho de escritório para o pai. O que nos deixa apenas com o Dexter, e você sabe como ele é.

Fiquei surpresa, de leve, com aquilo.

— Como ele é? — repeti.

Ted revirou os olhos.

— Sr. Positivo. Sr. Tudo-vai-ficar-bem-eu-juro. Se deixarmos na mão dele, aparecemos lá sem planejar nada, sem exigências, e só vemos no que vai dar. — Ted sacudiu a mão de um jeito despreocupado, bobo, salientando aquilo. — Sem planos, sem nenhuma preocupação. Nunca! Odeio gente assim. Você sabe do que estou falando.

Respirei fundo, imaginando como responderia. Era a mesma coisa que me irritava no Dexter, mas vindo do Ted soava tão mesquinho e negativo. Claro, talvez Dexter não pensasse nas coisas com cuidado, mas pelo menos dava para...

— Próximo! — Scarlett gritou. Eu era a primeira da fila. Dei um passo e disse a ela que queria o pedido de sempre da Lola, então passei para o lado para que Ted pudesse pedir seu café preto, extragrande, sem tampa.

— Bem — eu disse enquanto ele pagava —, boa sorte essa semana.

— Obrigado — ele respondeu.

Saímos juntos. Ele foi para o furgão e eu na direção do Joie, onde fazia contagem regressiva dos meus últimos dias como a extraordinária recepcionista. Era 20 de agosto, e eu partiria para a faculdade em três semanas, data em que eu presumira que deixaria Dexter para trás, se tivéssemos ficado juntos. Notei então que teria sido eu a deixada para trás, vendo-o partir. Engraçado imaginar todas as maneiras como as coisas poderiam ter se desenvolvido. Daquele jeito era melhor, muito melhor. Claro que era.

Com Dexter fora uma semana inteira, eu não tinha que me preocupar com encontros ao acaso ou momentos esquisitos. Deixava a vida muito mais fácil e me inspirava a resolver as coisas de verdade, como se o fato de ele estar no mesmo bairro fosse suficiente para afetar meu equilíbrio.

Primeiro, fiz uma limpeza. Em tudo. Limpei meticulosamente

meu carro, polindo cada centímetro, e troquei o óleo. Lavei o interior, reorganizei meus CDs em ordem alfabética e limpei os vidros e o para-brisa do lado de dentro. Aquilo me inspirou tanto que arrumei o quarto, enchendo quatro sacos de lixo de roupas para levar ao brechó, depois fui direto à arara de descontos da Gap, para me abastecer com roupas novas para a faculdade. Fui tão zelosa que até me espantei.

Como eu tinha ficado tão desorganizada? Antes, manter as marcas de aspirador de pó no carpete do meu quarto era natural. Atacada por aquele fervor repentino, encontrara marcas de lama no closet, rímel derramado na gaveta de maquiagem, um sapato sem par enfiado debaixo da cama. Me perguntei se estava em algum tipo de estado de negação. Restaurar a ordem no meu universo pessoal de repente pareceu imperativo, e dobrei as camisetas, organizei os sapatos e arrumei as contas na minha gaveta secreta, deixando todas voltadas para o mesmo lado, em vez de jogadas de um jeito preguiçoso e bagunçado, como se fosse trabalho da minha gêmea malvada.

A semana toda, continuei fazendo listas e riscando itens, terminando cada dia com uma grande sensação de realização, superada apenas pela exaustão total e completa. Aquilo, disse a mim mesma, era exatamente o que queria: uma partida limpa, tranquila e sem esforço, botando todos os pingos nos *is*. Havia apenas algumas poucas pontas soltas, um par de itens para resolver. Mas eu já tinha um plano, com os passos numerados e bem definidos, e ainda sobraria tempo.

— Oh-oh — Jess disse, pessimista, ao sentarmos no Bendo. — Conheço aquele olhar.

Chloe olhou para o relógio.

— Bem — ela disse —, está chegando a hora. Você viaja em três semanas.

— Ah, não! — Lissa choramingou, quando finalmente caiu a ficha. — Não o Paul. Ainda não.

Dei de ombros, fazendo um círculo na mesa com a cerveja.

— Faz sentido — eu disse. — Quero me concentrar em ficar com a minha família. E vocês. Não tem motivo para arrastar esse negócio só para ter uma grande cena no aeroporto com ele.

— Bom argumento — Chloe concordou. — Ele não é do tipo aeroporto.

— Mas eu gosto do Paul — Lissa disse. — Ele é tão gentil.

— Ele é — eu disse. — Mas é temporário. Como eu sou para ele.

— Então ele vai se juntar ao clube — Chloe disse, levantando a cerveja. — Ao Paul.

Bebemos, mas eu ainda pensava no que Dexter tinha dito no estacionamento do Quik Zip, sobre como ele não seria diferente do cara anterior, ou do posterior. E não era, mesmo. Era só um pontinho entre Jonathan Cretino e Paul Perfeito, mais um namoro de verão que já desaparecia da memória.

Era mesmo? Dexter estava na minha cabeça. Sabia que era porque as coisas tinham terminado mal, apesar dos nossos esforços. *Ele* era uma coisa que eu não tinha resolvido conforme o planejado, e não podia riscá-lo da lista como queria.

Paul, por outro lado, estava perto de ser riscado. Mas, sinceramente, eu não tinha ficado muito animada desde o começo. Não era culpa dele. Talvez eu só estivesse cansada e precisasse de uma pausa em vez de começar algo novo. Mas tantas vezes me senti como se estivesse no piloto automático, agindo de forma mecânica quando conversávamos ou saíamos para jantar, ou com os amigos dele, ou mesmo dando uns amassos na escuridão do quarto dele ou do meu. Às vezes, quando não estávamos juntos, eu tinha dificuldade até para me lembrar dele com nitidez. Parecia, à luz disso, a hora certa para terminar as coisas bem e definitivamente.

— O clube dos ex-namorados — Jess disse, encostando no assento. — Nossa. Com quantos caras Remy já saiu?

— Cem — Lissa disse imediatamente, e depois se encolheu quando olhei para ela. — Quer dizer... não sei.

— Cinquenta — Chloe concluiu. — Não foi menos que isso.

Todas olharam para mim.

— Não faço ideia — eu disse. — Por que estamos falando disso?

— Porque é relevante. Agora, quando você está prestes a ir embora para espalhar sua experiência não só por esta cidade, mas pelo *país*...

Jess gargalhou alto.

— ... é justo que a gente lembre dos grandes sucessos do seu passado, no momento em que embarca rumo ao futuro.

— Você está bêbada? — perguntei a ela.

— Primeiro! — ela disse, me ignorando. — Randall Baucom.

— Ah, Randall — Lissa suspirou. — Eu adorava aquele garoto.

— Isso foi no sexto ano — observei. — Nossa, vamos voltar quanto no tempo?

— Depois — Jess disse —, no sétimo ano, Mitchell Loehmann, Thomas Gibbs, Elijah sei-lá-o-quê...

— Aquele do cabeção — Lissa acrescentou. — Como era o sobrenome dele?

— Nunca saí com nenhum cabeçudo — eu disse, indignada.

— Depois foram seis meses de Roger — Chloe disse, balançando a cabeça. — Não foi uma boa época.

— Ele era um babaca — concordei.

— Lembra quando te traiu com a Jennifer Task e toda a escola ficou sabendo, menos você? — Lissa perguntou.

— Não — eu disse, desolada.

— Seguindo em frente — Chloe anunciou —, chegamos

ao nono ano, e o trio problemático Kel, Daniel e Evan, quando Remy, metódica, passou o rodo em todos os atacantes do time de futebol.

— Espera aí — eu disse, sabendo que estava na defensiva, mas tinha que contestar. — Você está me fazendo parecer uma vadia.

Silêncio. Então todas caíram na gargalhada.

— Não tem graça — resmunguei. — Eu mudei.

— Sabemos que mudou — Lissa disse, séria, dando tapinhas na minha mão daquele jeito doce dela. — Estamos falando sobre os velhos tempos.

— Por que não falamos de vocês, então? — perguntei. — Que tal Chloe e as cinquenta e poucas pessoas com quem saiu?

— Assumo alegremente cada uma delas — ela disse, sorrindo para mim. — Meu Deus, Remy. O que aconteceu com você? Perdeu o jeito? Não se orgulha mais das suas conquistas?

Apenas olhei para ela.

— Estou bem — eu disse.

A contagem continuou, enquanto eu tentava não torcer o nariz. Havia caras de quem eu não lembrava — como Anton, que vendia vitaminas no shopping — e caras de quem queria não lembrar, como Peter Scranton, que não só acabou se revelando um completo idiota como estava envolvido com uma garota de Fayetteville que viajou duas horas só para me bater. Aquele sim foi um fim de semana divertido. E os nomes continuavam a surgir.

— Brian Tisch — Lissa disse, abaixando um dedo. — Que tinha aquele Porsche azul.

— Edward, de Atlantic Beach — Jess acrescentou. — O rolo obrigatório durante duas semanas no verão.

Chloe respirou fundo e disse, dramática, com uma mão vibrando sobre o peito:

— *Dante.*

— Ah, cara! — Jess disse, estalando os dedos. — O aluno de intercâmbio. Remy internacionalizando sua marca!

— O que nos leva — Chloe disse, por fim — a Jonathan. E depois Dexter. E agora...

— Paul — Lissa disse, triste, dando um gole na cerveja. — Paul Perfeito.

Que estava naquele momento entrando no Bendo e parando para que verificassem sua identidade. Então ele me viu. E sorriu. Começou a atravessar o bar, como Jonathan tinha feito, sem saber o que estava para acontecer. Respirei fundo, dizendo a mim mesma que aquilo já devia parecer natural, como cair na água e nadar. Mas só fiquei ali sentada enquanto ele se aproximava.

— Oi — Paul disse, sentando ao meu lado.

— Oi.

Ele pegou minha mão e envolveu meus dedos com os dele, e de repente me senti muito cansada. Outro rompimento. Outro fim. Eu nem tinha tentado descobrir como ele reagiria, o tipo de preparação que sempre fazia antes.

— Quer uma cerveja? — ele perguntou. — Remy?

— Olha só — eu disse, e as palavras saíram sozinhas, sem que eu precisasse pensar. Era apenas um processo, frio e indiferente, como colocar números em uma equação, e eu poderia muito bem ser outra pessoa, ouvindo e vendo aquilo acontecer. — Precisamos conversar.

15

— E pela vez que ela mandou a horrorosa da sra. Tucker sentar e esperar a vez dela... — Talinga disse, girando a taça.

— E aquela vez que desenroscou a esposa do juiz do secador... — Amanda entrou na conversa.

— E — Lola disse, mais alto que as duas — por todos os dias em que não tolerou nossa bagunça...

Uma pausa. Talinga fungou e limpou o olho com uma unha muito longa, vermelho-vivo, perfeita.

— A Remy — Lola concluiu, e brindamos, derramando champanhe no chão. — Vamos sentir saudade.

Bebemos. Era o que fazíamos, brindar e beber, desde que Lola fechara o salão oficialmente para atendimento às quatro da tarde, duas horas antes, para que pudéssemos celebrar minha partida em grande estilo. Mal tínhamos trabalhado até então. Talinga me dera uma pulseira de flores, que insistira para que eu usasse, então eu tinha passado o dia atendendo o telefone como se estivesse esperando meu acompanhante aparecer com o carro do pai para me levar ao baile de formatura. Mas a pulseira tinha sido um gesto meigo, como o bolo, o champanhe e o envelope com quinhentos dólares dentro.

— Para despesas eventuais — Lola disse quando me entregou. — Coisas importantes.

— Tipo manicure — Amanda acrescentou. — E sobrancelhas.
Foi quase o bastante para me fazer chorar, mas eu sabia que elas chorariam junto. As garotas do Joie adoravam uma boa choradeira. Mas, acima de tudo, o envelope me lembrou que tudo aquilo estava mesmo acontecendo. Stanford. O fim do verão. O começo da minha vida real. Não era mais algo distante no horizonte: estava bem à vista de todos.

Os sinais apareciam por todos os lados. Eu recebia quilos de coisas da faculdade pelo correio, formulários e listas de coisas a fazer de última hora, e meu quarto estava cheio de caixas, com etiquetas indicando o que ia e o que ficava para trás. Eu nem cogitava a possibilidade de a minha mãe manter o quarto como algum tipo de santuário para a Antiga Remy. No instante em que o avião decolasse, ela estaria rondando ali, tentando imaginar se as novas prateleiras para abrigar uma biblioteca decente caberiam. Quando eu voltasse para casa, tudo estaria diferente. Principalmente eu.

Todas estavam prontas para partir. Lissa era a que mais chorava, apesar de a viagem dela ser apenas até o outro lado da cidade, onde, da janela de seu dormitório, dava pra ver a torre da igreja que ficava no quarteirão de sua casa. Jess tinha arranjado um emprego no hospital, no administrativo da ala infantil, e suas aulas à noite começaram logo depois do Dia do Trabalho. Chloe estava ocupada com as próprias caixas e comprando coisas novas para levar para a faculdade, longe o bastante para que os garotos ainda não conhecessem sua reputação de arrasadora de corações. Nosso tempo livre, que um dia pareceu durar uma eternidade, estava acabando.

Na noite anterior, desenterrei meu discman do fundo do armário, sentei na cama, tirei o CD do meu pai com cuidado e o guardei de volta na embalagem. O discman eu levaria, mas quando fui colocar o CD na caixa com os outros, alguma coisa me impediu. Meu pai ter me deixado como legado a expectativa de que os homens me decepcionariam não significava que eu deveria aceitar aquilo. Ou carregar a lembrança para o outro lado do país. Então deixei o CD numa gaveta da escrivaninha, agora vazia. Ainda não tinha fechado as caixas com fita adesiva, então dava tempo de mudar de ideia.

— Muito bem, meninas — Lola disse, pegando a garrafa de champanhe. — Quem quer mais?

— Eu — Talinga disse, estendendo o copo. — E vamos comer mais bolo.

—Você não precisa de mais bolo — Amanda disse.

—Também não preciso de mais champanhe —Talinga respondeu. — Mas até parece que isso vai me impedir de tomar.

Todas riram, então o telefone tocou e Lola saiu correndo para atender, ainda com a garrafa na mão. Peguei uma rosa de cima do bolo, pus na boca e senti o açúcar derretendo na língua. Deveria preservar meu apetite para o jantar que minha mãe faria à noite, uma das últimas comemorações familiares antes da minha partida. A disposição que tinha ganhado na Flórida parecia se manter, fazendo com que se esforçasse em dobro para bancar a esposa. O livro dela tinha sido interrompido, e eu me perguntava onde Melanie estaria. Não era do feitio da minha mãe abandonar uma história, principalmente tão perto do final. Mas, toda vez que sentia aquela ansiedade, lembrava a mim mesma que ela ficaria bem. Tinha que ficar.

Fui até a janela da frente, bebericando o champanhe, e olhei para o estacionamento. Do outro lado, pude ver que a porta da Flash Camera estava aberta. Senti o efeito do champanhe enquanto encostava na janela, pressionando a testa contra o vidro. O Truth Squad tinha voltado alguns dias antes. Eu tinha visto Lucas à distância, comendo batata frita na frente do Mayor's Market, mas sabia que não devia ir até lá perguntar como tinham sido as coisas em Washington. Desde o dia em que fui embora da casa amarela, deixando todos para trás no jardim, sentia com mais clareza que o destino deles não estava, de forma alguma, entrelaçado ao meu.

Ainda assim, continuei pensando em Dexter. Ele era a única ponta solta que restava, e eu odiava pontas soltas. Acertar as coisas não seria um ato sentimental. Queria fazer isso porque não podia cruzar o país com a sensação de que havia deixado o ferro de passar ligado. Tinha a ver com saúde mental, disse a mim mesma. Era necessário.

Assim que pensei nisso, eu o vi passar pela porta da Flash Camera. Reconheci na hora seu andar irregular e desajeitado. Na hora certa, pensei. Virei o resto do champanhe e conferi meu batom. Seria uma boa sensação poder lidar com aquela última coisinha e ainda chegar em casa a tempo para o jantar.

— Aonde você vai? — Talinga gritou enquanto eu abria a porta. Ela e Amanda tinham acabado de ligar o som que deixávamos nos lavatórios e dançavam no salão vazio, ambas descalças, enquanto Lola pegava mais bolo. — Você precisa de mais champanhe, Remy! Isso é uma festa.

— Volto em um segundinho — eu disse. — Pode servir outra taça para mim?

Ela confirmou e encheu a própria taça, enquanto Amanda gargalhava, perdia o equilíbrio e caía em cima de um expositor de esmaltes. Todas morreram de rir, e a porta encerrou o som lá dentro quando passei para o calor da rua.

Minha cabeça zumbia enquanto eu cruzava o estacionamento até a Flash Camera. Quando entrei, vi Lucas atrás do balcão, trabalhando na máquina de revelar fotos. Ele olhou para mim e disse:

— E aí? Quando é a festa de formatura?

Comecei a responder, então percebi que ele estava falando da pulseira de flores, que agora estava meio frouxa, como se ela, também, tivesse consumido mais champanhe do que deveria.

— Dexter está por aí?

Lucas deu ré com a cadeira de rodinhas e enfiou a cabeça pela porta atrás dele.

— Dex! — ele disse.

— Que foi? — Dexter gritou de volta.

— Cliente!

Dexter saiu, limpando as mãos na camisa, com um sorriso amigável, estilo em-que-posso-ajudar?, como era típico dele. Quando me viu, sua expressão mudou, mas só um pouco.

— E aí? — ele disse. — Quando é o baile?

— Essa foi fraca — Lucas resmungou, voltando à máquina. — E atrasada.

Dexter ignorou e foi até o balcão.

— Então — ele disse, pegando uma pilha de fotos e as embaralhando —, em que podemos ajudar? Precisa revelar algumas fotos? Fazer uma ampliação? As de quatro por seis estão em promoção.

— Não — eu disse, com o som da máquina em que Lucas trabalhava ao fundo. Ela fazia seu ruído característico enquanto cuspia as preciosas memórias de alguém. — Só queria falar com você.

— Tudo bem. — Ele continuou mexendo nas fotos, sem olhar para mim de verdade. — Fale.

— Como foi em Washington?

Dexter deu de ombros.

— Ted teve um chilique, toda aquela coisa de integridade artística. Saiu nervoso. Conseguimos convencer os caras a marcar outra reunião, mas por ora estamos condenados a fazer outro casamento hoje à noite enquanto esperamos. Na expectativa. Tem acontecido muito ultimamente.

Fiquei ali parada por um instante, juntando as palavras. Ele estava sendo meio babaca, mas continuei mesmo assim.

— Então — eu disse —, logo vou embora, e...

— Eu sei. — Dessa vez ele olhou pra mim. — Semana que vem, né?

Confirmei.

— E eu só queria fazer as pazes com você, sabe?

— Fazer as pazes? — Ele largou as fotos. A que ficou em cima era de um grupo de mulheres posando ao redor de uma colcha, todas sorrindo. — Estamos em guerra?

— Bem — eu disse —, não ficamos em bons termos naquela noite. No Quik Zip.

— Eu estava meio bêbado — ele admitiu. — E, hã... talvez não estivesse lidando com sua relação com o Spinnerbait tão bem quanto deveria.

— A relação com o Spinnerbait — eu disse devagar — já chegou ao fim.

— Bem... Não posso dizer que sinto muito por isso. Eles são, tipo, a banda mais lixo do mundo, e os fãs...

— Certo, certo — eu disse. — Eu sei. Vocês odeiam o Spinnerbait.

— Odeio o Spinnerbait! — Lucas resmungou.

— Olha só. — Dexter se debruçou sobre o balcão, olhando pra mim. — Eu gostava de você, Remy. E talvez não pudéssemos ser amigos mesmo. Mas você definitivamente não perdeu tempo, né?

— Nunca quis te magoar — disse a ele. — E queria que fôssemos amigos. Mas isso nunca funciona. Nunca.

Ele ponderou a respeito.

— Tudo bem. Acho que você está certa. Talvez nós dois sejamos meio culpados aqui. Não fui totalmente sincero quando disse que poderia ser seu amigo. E você não foi totalmente sincera quando disse que me amava.

— Quê? — eu disse, meio alto demais. Era o champanhe. — Nunca disse que te amava.

— Talvez não com todas as palavras — ele disse, voltando a embaralhar as fotos. — Mas nós dois sabemos a verdade.

— Não — eu disse, mas podia sentir agora aquela ponta solta se enrolando lentamente, cada vez mais próxima de ser amarrada.

— Cinco dias a mais — ele chutou, mostrando a mão aberta — e teria me amado.

— Duvido.

— Bom, é um desafio. Cinco dias, e então...

— Dexter — eu disse.

— Estou brincando. — Ele largou as fotos e sorriu para mim. — Mas nunca saberemos, né? Poderia ter acontecido.

Sorri de volta.

— Talvez.

E ali estava. Um desfecho. O último item entre tantos, eliminado da minha lista com um tique grande e grosso. Eu quase sentia o peso se esvair, o sentimento lento e firme de que todos os meus planetas se alinhavam e tudo, pelo menos naquele momento, estava certo.

— Remy! — Ouvi alguém gritar do lado de fora e me virei para ver Amanda na porta do Joie, com uma touca, estalando os dedos. — Está perdendo a dança! — Atrás dela, Talinga e Lola riam.

— Uau — Dexter disse enquanto Amanda continuava com seu rebolado, alheia ao casal de idosos que passava carregando um saco de alpiste e a olhava com reprovação. — Parece que trabalhamos no lugar errado.

— É melhor eu voltar — eu disse.

— Tudo bem, mas antes de ir, tem que ver uma coisa. — Ele abriu uma gaveta, tirou uma pilha de fotos impressas e as espalhou no balcão, na minha frente. — Os últimos e melhores cliques para o nosso mural da vergonha. Olha só.

As fotos eram bem ruins. Uma era de um homem de meia-idade posando no estilo fisiculturista, flexionando os músculos enquanto sua barriguinha saltava para fora de uma sunga minúscula. Outra tinha duas pessoas em pé na proa de um navio: o homem tinha um sorriso largo, adorando aquilo, enquanto a mulher estava literalmente *verde*, e dava pra saber que na próxima foto haveria vômito. Depravação e constrangimento eram os principais temas da coleção, cada foto mais idiota ou mais nojenta que a anterior. Estava tão distraída reagindo à imagem de algo que parecia um gato tentando cruzar com um iguana que quase não vi a foto de uma mulher de calcinha e sutiã, posando de forma sedutora.

— Ah, Dexter — eu disse. — Sinceramente.

— Ei. — Ele deu de ombros. — Não deu pra evitar.

Estava prestes a responder quando de repente percebi uma coisa. Eu *conhecia* aquela mulher. Tinha cabelo escuro, o lábio inferior projetado de forma sedutora, estava sentada na beira de uma cama com as mãos na cintura para ressaltar o decote. Mas, mais importante ainda, eu conhecia o que estava atrás dela: uma tapeçaria larga e feia com cenas bíblicas. Bem acima dela, do lado esquerdo, estava a cabeça de João Batista sendo servida numa bandeja.

— Ai, meu Deus — eu disse. Era o quarto da minha mãe. E aquela mulher na cama era Patty, a secretária de Don. Olhei para a data impressa no pé da fotografia: 14 de agosto. O fim de semana anterior. Quando eu estava na casa de Lissa e minha mãe na Flórida, decidindo que a partir de então tudo ficaria bem.

— Uma foto e tanto, né? — Dexter perguntou, espiando a fotografia. — Sabia que ia gostar dela.

Olhei para ele e agora todas as peças se encaixavam. Desfecho. Certo. Aquela era a vingancinha de Dexter, seu jeito de me provocar quando eu estava com a guarda baixa. De repente, fiquei tão brava que pude sentir o sangue subir no rosto, quente e vermelho.

— Seu *cretino* — eu disse.

— Quê? — Ele arregalou os olhos.

— Você acha que isso é um joguinho? — eu disse, ríspida, jogando a foto nele. Acertei no peito. Ela bateu e caiu no chão. — Quer me dar o troco assim? Eu estava tentando acertar as coisas, Dexter. Pensei que fosse mais maduro!

— Remy — ele disse, com as mãos levantadas. Atrás dele, Lucas afastou a cadeira e olhou para a minha cara. — Do que você está falando?

— Claro — eu disse. — Toda a conversa sobre fé e amor. E aí faz uma coisa dessas, só pra me magoar. E não só eu! Minha família...

— Remy. — Ele tentou alcançar e segurar minha mão, para me acalmar, mas eu a puxei e bati o pulso com força na caixa registradora, como se não estivesse sob meu controle. — Me diz...

— Vai se foder! — eu gritei, e minha voz saiu muito aguda.

— Qual é o problema? — Ele respondeu gritando e abaixou pra pegar a foto no chão. Ele olhou para ela. — Eu não...

Mas eu já estava atravessando a loja na direção da porta. Não conseguia parar de pensar na minha mãe, envolvida por uma onda de perfume e esperança, tentando tanto fazer aquele casamento, mais do que todos, funcionar. Ela estava pronta para sossegar, desistir de tudo, até mesmo de sua própria voz, apenas para ficar com aquele homem que não só a traía como guardava um registro. Filho da mãe. Eu o odiava. Odiava Dexter. Eu tinha chegado tão perto de querer estar errada sobre até onde o coração poderia me levar. Eu tinha pedido uma prova, e ela tinha tentado. Não é tangível, ela dissera, não dá pra distinguir com tanta clareza. Mas as acusações contra o amor eram sólidas. Fáceis de sustentar. Dava até para segurá-las nas mãos.

Descobrir aquilo sobre Don meio que acabou com a festa para mim. O que não foi um problema, na verdade, já que Amanda tinha dormido na mesa da sala de depilação e Lola e Talinga estavam comendo o resto do bolo e se lamuriando sobre qual das duas tinha a vida amorosa mais patética. Nos despedimos pela última vez e então fui embora, carregando o envelope que tinham me dado, uma amostra grátis do meu condicionador favorito e o fardo de saber que o marido mais recente da minha mãe era o pior de todos. O que significava muita coisa, parando pra pensar.

Minha cabeça estava limpa enquanto dirigia pra casa, com o ar-condicionado no máximo, tentando me acalmar. A surpresa de ver Patty na cama da minha mãe, no quarto dela, tinha me deixado sóbria rápido, do jeito que só más notícias são capazes. Estava tão brava com Dexter por ter me mostrado a foto que, enquanto dirigia, me perguntava como nunca tinha visto aquele lado duas-caras, mesquinho e cruel dele. Dexter tinha dado um golpe certeiro. E baixo, envolvendo minha família na história. Ele podia me magoar, sem problema. Podia lidar com isso. Mas minha mãe era diferente.

Estacionei na rua e desliguei o motor, então fiquei ali sentada esperando o ar-condicionado ganir até parar. Estava apreensiva com o que tinha que fazer. Sabia que outra pessoa não diria nada, deixaria o casamento, por mais falso que fosse, seguir seu curso. Mas eu não podia permitir isso. Não seria capaz de partir sabendo que minha mãe estaria presa ali, vivendo uma mentira. Com minha firme crença na escola "arranque-de-uma-vez-como-band-aid" de contar más notícias, tinha que falar com ela.

Enquanto subia até a varanda, no entanto, senti uma coisa estranha. Não sabia dizer exatamente o quê: era mais uma intuição, inexplicável. Mesmo antes de dar de cara com as latas de suplemento alimentar, espalhadas pela entrada da casa, algumas na grama, outras debaixo de arbustos, uma em pé nos degraus como se esperasse para ser recolhida, tive a sensação de que era tarde demais.

Abri a porta e senti que ela batia em alguma coisa: outra lata. Estavam por todos os lados conforme segui para a cozinha.

— Mãe? — eu disse, e ouvi minha voz ecoando nos balcões e armários. Sem resposta. Na mesa, estava o monte de comida para o jantar em família: bifes e espigas de milho, a maior parte ainda dentro das sacolas do supermercado. Perto delas, uma pilha de cartas, com um envelope aberto, endereçado à minha mãe em letras bastão perfeitas.

Atravessei a cozinha, tropeçando em outra lata, e fui até a porta do escritório dela. A cortina estava abaixada, o velho sinal de ocupada-não-incomode, mas dessa vez a afastei e entrei.

Ela estava sentada na cadeira, diante da máquina de escrever. Uma cópia da foto que eu tinha jogado em Dexter estava sobre ela. Posicionada da mesma forma que estaria uma folha de papel antes de se girar o cilindro.

Minha mãe parecia muito calma, o que era estranho. Qualquer tipo de fúria que a tivesse levado a espalhar as latas já tinha passado, deixando-a ali sentada com uma expressão de resignação ao contemplar o rosto de Patty, tão petulante e artificial, olhando para ela.

— Mãe? — eu disse mais uma vez, e então estendi a mão e coloquei sobre a dela, com cuidado. — Você está bem?

Ela engoliu em seco e confirmou com a cabeça. Dava para ver que tinha chorado. O rímel estava borrado, formando arcos pretos embaixo dos olhos. Aquilo, pensei, era a coisa mais perturbadora de todas. Mesmo na pior das circunstâncias, minha mãe sempre pareceu firme.

— Eles tiraram no meu quarto — ela disse. — Esta fotografia. Na minha cama.

— Eu sei — disse. Ela virou a cabeça e olhou pra mim, confusa, e eu dei para trás, sabendo que era melhor manter em segredo o fato de que existia mais uma cópia da foto. — É a tapeçaria do seu quarto. Atrás dela.

Ela voltou o olhar para a foto e, por um instante, nós duas a encaramos, e o único som de fundo era o da geladeira cuspindo uma nova leva de cubos de gelo no cômodo ao lado.

— Pena que não acertei — ela disse por fim.

Pus a mão sobre a dela e sentei, puxando a cadeira para mais perto.

— Pois é — eu disse, com a voz suave. —Você volta da Flórida se sentindo bem de verdade, e aí descobre que ele é um cretino que...

— Não — ela disse, distraída, interrompendo minha frase. — Não acertei *nele*. Joguei todas aquelas latas, e nenhuma pegou. Tenho uma péssima mira. — Então ela suspirou. — Se pelo menos tivesse acertado uma, estaria me sentindo melhor.

Levei um instante para assimilar aquilo.

—Você jogou todas aquelas latas? — perguntei.

— Estava muito irritada — ela explicou. Então fungou e limpou o nariz com um lenço de papel que segurava na outra mão. — Ah, Remy. Meu coração está em pedaços.

Qualquer graça que eu pudesse ter visto nela arremessando latas em Don — e era engraçado, sem dúvida — foi embora quando minha mãe disse aquilo.

Ela fungou mais uma vez, e apertou os dedos em volta dos meus, segurando firme.

— E agora? — ela disse, balançando o lenço de papel de um jeito desesperado, um borrão branco passando pelos olhos. — O que vou fazer?

Minha úlcera, havia muito dormente, rugiu, como se respondesse. Ali estava eu, tão perto de escapar, e então minha mãe estava novamente à deriva, precisando demais de mim. Senti outro lampejo de ódio por Don, tão egoísta que me deixou aquela bagunça para arrumar enquanto fugia são e salvo. Queria ter estado ali quando tudo veio à tona, porque era boa de mira. Não teria errado. Sem chance.

— Bem — eu disse —, primeiro, você precisa ligar para aquele advogado. O sr. Jacobs. Ou Johnson. Don levou alguma coisa com ele?

— Só uma mala — ela disse, voltando a enxugar os olhos.

Já podia ouvir o clique enquanto eu entrava no modo gerenciamento de crise. Não fazia tanto tempo que Martin tinha ido embora. Podia estar guardado, mas ainda estava lá.

— Tudo bem — continuei —, então precisamos avisar que ele tem que combinar um horário específico pra voltar e pegar tudo. Don não pode aparecer a hora que quiser, e uma de nós tem que estar aqui. É melhor entrar em contato com o banco, só por segurança, e bloquear a conta conjunta. Não que ele não tenha dinheiro, mas as pessoas fazem coisas esquisitas nos primeiros dias, certo?

Ela não respondeu. Ficou apenas olhando para o quintal pela janela, onde as árvores se curvavam.

— Olha, vou procurar o número do advogado — eu disse, levantando. — Ele não deve estar trabalhando, porque é sábado e tal, mas pelo menos podemos deixar uma mensagem, para retornar assim que chegar...

— Remy.

Parei no meio da frase e percebi que ela tinha virado a cabeça para olhar para mim.

— Sim?

— Ah, querida — ela disse baixinho. — Está tudo bem.

— Mãe — eu disse. — Sei que está chateada, mas a gente tem que...

Ela pegou minha mão e me puxou de volta para a cadeira.

— Eu acho — ela disse, e então parou. Respirou e soltou: — Acho que é hora de eu cuidar disso sozinha.

— Ah. — Num primeiro momento, me senti um pouco ofendida, o que foi uma surpresa. — É que eu achei...

Ela abriu um sorriso frágil, então deu um tapinha na minha mão.

— Eu sei — ela disse. — Mas você já resolveu problemas o suficiente, não acha?

Só fiquei ali sentada. Era o que eu sempre quis. A saída oficial, o momento em que ia ser finalmente libertada. Mas não me senti do jeito que pensei que sentiria. Em vez da sensação de vitória, fiquei estranhamente só, como se tudo tivesse desabado de repente, me deixando apenas com o som das batidas do meu próprio coração. Aquilo me assustou.

Foi quase como se minha mãe tivesse pressentido aquilo, ou visto no meu rosto.

— Remy — ela disse com a voz suave —, vai ficar tudo bem. É hora de se preocupar consigo mesma, pra variar. Posso resolver aqui.

— Por que agora? — perguntei.

— Parece justo — ela respondeu. — Não acha? Apenas parece... certo.

Eu achava? Tudo pareceu tão confuso, repentino. Então surgiu uma imagem na minha cabeça. O país, se estendendo por tanta terra, minha mãe e eu separadas não somente por nossas diferenças de opinião, mas por quilômetros e quilômetros de distância, longe demais para alcançar com um só toque ou olhar. Ela estava triste, mas não derrotada. Podia ter me negado um pedaço da infância, ou da infância que achava que merecia, mas não era tarde demais para que me desse algo em troca. Uma compensação, anos por anos. Os anos que se passaram em troca dos que estavam por vir.

Me aproximei dela, até nos encostarmos. Joelho com joelho, braço com braço, testa com testa. Me inclinei para perto e apreciei a atração que senti ali, algo quase magnético que nos prendia uma à outra. Sabia que isso sempre existiria, não importava quanta distância houvesse entre nós. Aquela forte sensação das coisas que compartilhávamos, boas e ruins, que haviam nos levado até ali, onde minha própria história começava.

16

Antes de Chris e Jennifer Anne chegarem para o jantar, recolhi todas as latas do jardim e de vários pontos da casa e as joguei com um satisfatório estrondo na lata de lixo reciclável. Minha mãe estava tomando banho, depois de insistir que fôssemos adiante com o jantar em família, apesar do que tinha acontecido. Embora eu fizesse o melhor para me ajustar ao novo papel de observadora naquela separação, alguns hábitos eram difíceis de largar. Ou foi o que disse a mim mesma quando tirei a grande mulher pelada da parede da cozinha, empurrando-a para trás da geladeira.

Depois da nossa conversa, minha mãe tinha me atualizado sobre os detalhes sórdidos. O caso com a Patty vinha acontecendo havia algum tempo, desde antes de minha mãe e Don se conhecerem. Patty estava casada, e o relacionamento tivera uma série de términos e recomeços, ultimatos e recuos, terminando, no fim, com Don dizendo que, se não era sério o bastante para que ela deixasse o marido, ele seguiria em frente. O casamento com minha mãe, no entanto, foi um catalisador para a separação dela, e apesar de terem tentado ficar distantes, eles não conseguiram — nas palavras de Don — "lutar contra o sentimento". Minha mãe estremeceu quando repetiu a frase, e tenho certeza de que estremeci ao ouvir. Foi Patty que enviou a fotografia, cansada de esperar. Don, segundo minha mãe, nem mesmo negou, só suspirou e foi até o quarto fazer as malas. Aquilo dizia muita coisa. Que tipo de vendedor de carros não tentava ao menos usar a conversa para se livrar de um problema?

— Ele não conseguiu — minha mãe disse quando perguntei. — Ele a ama.

— Ele é um cretino — eu disse.

— Foi uma pena — ela concordou. Ela enfrentava tudo muito bem, mas me perguntei se não era porque ainda estava em choque. — Tudo, no fim das contas, tem a ver com o momento certo.

Ponderei a respeito enquanto empilhava os bifes em um prato, então fui até a churrasqueira nova e a abri. Depois de brigar por uns quinze minutos com o sistema de alta tecnologia, supostamente-à-prova-de-idiotas, decidi que queria que minhas sobrancelhas permanecessem intactas e revirei uma pilha de cadeiras de praia para pegar nossa velha churrasqueira Weber. Alguns punhados de carvão, um pouco de fluido acendedor e estava pronta.

Enquanto mexia o carvão, não parava de pensar em Dexter. Se antes ele era uma ponta solta, agora era uma linha inteira dependurada, capaz de desfazer tudo com uma única puxada. Adicionei-o à lista de histórias ruins de ex-namorados, mais uma para o cânone. Era onde pretendia que ele ficasse, desde o princípio.

Estava na cozinha, preparando nachos, quando Chris e Jennifer Anne estacionaram. Eles atravessaram o gramado, trazendo a vasilha que era a marca registrada dela, de mãos dadas. Mal podia imaginar como Jennifer Anne, que tinha achado detestável meu ceticismo em relação ao casamento, reagiria às notícias. Chris, imaginei, entraria imediatamente no modo protetor, pelo bem da mamãe, embora no fundo fosse se sentir grato por ter seu pão de volta, com bundas e tudo.

Eles entraram, conversando e rindo. Pareciam bem despreocupados. Olhei para eles e percebi que ambos estavam corados, e Jennifer Anne estava o mais relaxada que eu já tinha visto, como se tivesse tomado uma dose dupla de autoestima naquele dia. Chris parecia bem feliz também, pelo menos até reparar no espaço vazio na parede acima da mesa da cozinha.

— Ah, cara — ele disse, e seu queixo caiu. Ao lado dele, Jennifer Anne ainda sorria. — O que está acontecendo?

— Bem — eu disse. — Então...

— Estamos noivos! — Jennifer Anne gritou, mostrando a mão esquerda.

— ... Don tinha uma amante e foi embora pra ficar com ela — terminei.

Por um instante, houve um silêncio completo enquanto Jennifer Anne assimilava o que eu tinha dito e eu voltava a fita, finalmente ouvindo as novidades dela. Então nós duas deixamos escapar ao mesmo tempo:

— Quê?

— Ah, meu Deus — Chris suspirou, apoiando as costas na geladeira com um estrondo.

— Vocês estão noivos? — perguntei.

— Sim, é que... — Jennifer Anne disse, pondo a mão na frente do rosto. Agora eu podia ver um anel no dedo dela: um diamante de bom tamanho, cintilante ao refletir a luz que brilhava sobre a pia.

— Maravilhoso — ouvi minha mãe dizer. Ao me virar, vi que ela tinha chegado por trás de mim e agora estava ali parada, com os olhos um pouco marejados, mas sorrindo. — Minha nossa. É simplesmente *maravilhoso*.

Era prova de sua crença total e absoluta nas histórias de amor que não só tinha escrito, mas vivido, o fato de ser capaz de falar aquilo naquele momento, nem duas horas depois de seu quinto casamento se dissolver em uma poça de traição, clichês e latas arremessadas. Enquanto a via atravessar a cozinha e puxar Jennifer Anne para um abraço, senti um carinho por ela de que não seria capaz três meses antes. Minha mãe era forte em todos os pontos que eu era fraca. Ela caiu, ela se machucou, ela sentiu. Ela viveu. E, mesmo com todos os tombos, ainda tinha esperança. Talvez na próxima vez desse certo. Talvez não. Mas, sem entrar no jogo, não dá pra saber.

Comemos na mesa do quintal, em pratos de papel. A contribuição da minha mãe tinha sido a carne brasileira, a salada de alcachofra importada e o pão italiano fresquinho. A de Jennifer Anne tinha sido macarrão, salada verde e gelatina. Podiam ser mundos diferentes colidindo, mas, quando começou a conversa sobre planos e preparativos para o casamento, ficou claro que havia algo em comum.

— Não tenho ideia de como começar — Jennifer Anne disse. Ela e Chris ficaram de mãos dadas durante todo o jantar, o que era levemente repulsivo, mas tolerável considerando sua recente condição de noivos. — Salões de festa, bolo, convites… tudo. É muita coisa.

— Não é tão ruim assim — eu disse, espetando uma folha de alface com o garfo. — Só precisa pegar um bloquinho e pedir um segundo orçamento para tudo. E não escolham o Inverness Inn, porque eles cobram muito caro e nunca tem papel higiênico nos banheiros.

— Ah, casamentos são sempre divertidos! — minha mãe disse com a voz esganiçada, tomando um gole de vinho. Por um segundo, captei uma onda de tristeza passando por seu rosto, mas ela a espantou, sorrindo para Chris. — Qualquer coisa que vocês precisarem… ajuda, dinheiro… é só falar. Prometam que vão fazer isso.

— Prometemos — Chris disse.

Recolhi os pratos enquanto eles ainda conversavam, discutindo datas, lugares, todas as coisas em que eu estava pensando naquela mesma época no ano anterior, quando minha mãe era a noiva pronta pra casar. Parecia incongruente um casamento terminar no mesmo dia em que outro começava, mas era como se houvesse uma compensação no universo, uma troca necessária para manter o equilíbrio.

Quando abri a porta de tela, virei e olhei de novo para o quintal. Começava a escurecer. Dava pra ouvir o volume das vozes deles aumentando e diminuindo, e por um instante fechei os olhos e fiquei só escutando. Em momentos assim parecia que estava mesmo indo embora e, mais ainda, que minha família e aquela vida continuaria sem mim. Senti aquele vazio crescendo, mas o afastei. Fiquei ali parada por um tempo, na porta, memorizando o barulho. O momento. Guardando-o na memória, para ser lembrado quando eu mais precisasse.

Depois do jantar e da sobremesa, Jennifer Anne e Chris guardaram tudo e foram pra casa, carregando todo o lixo que eu tinha guardado do planejamento do casamento da minha mãe e Don — folhetos, listas de preços, números de telefone de tudo, de serviços de limusine ao melhor maquiador da cidade. No meu típico estilo cínico, tinha guardado porque sabia que precisaríamos daquilo de novo, e estava certa. Só que não da forma que eu imaginava.

Minha mãe me deu um beijo e foi para a cama, meio chorosa, mas bem. Fui para o quarto e verifiquei novamente algumas caixas, reorganizei itens e empacotei as últimas coisas. Então sentei na cama, agitada, e fiquei ouvindo o chiado do ar-condicionado até que não aguentei mais.

Quando cheguei no Quik Zip, atendendo ao chamado de uma

Zip diet extragrande, fiquei surpresa ao ver o carro de Lissa estacionado na frente dos telefones públicos. Fui sorrateiramente atrás dela na sessão de doces enquanto ela tentava decidir se pegava um pacote de Skittles ou de outra marca. Segurava um em cada mão e, quando cutuquei as costas dela, Lissa deu um pulo, gritando e mandando os dois pelos ares.

— Remy! — Ela deu um tapa na minha mão, com o rosto vermelho. — Meu Deus, você me assustou.

— Desculpa — eu disse. — Não resisti.

Lissa abaixou e pegou os doces.

— Não foi engraçado — ela resmungou. — O que está fazendo fora de casa? Achei que seria uma grande noite em família.

— E foi — eu disse, indo na direção da máquina de refrigerante. Era estranho como mesmo as menores coisas me deixavam nostálgica, e tive um momento de reverência silenciosa ao pegar um copo da pilha e enchê-lo de gelo. — Uma noite em família mais grandiosa do que você imagina. Quer um refri?

— Claro — ela disse, e dei um copo a ela. Ficamos um instante sem conversar enquanto enchia meu copo, parando nos intervalos certos para a espuma diminuir. Além disso, às vezes dava pra conseguir um pouco mais de xarope assim, o que deixava a bebida extramaravilhosa. Lissa fez a mesma coisa com seu 7UP, enquanto eu pegava uma tampa e um canudo. Comecei a beber, vendo se o sabor estava bom, então percebi que Lissa estava muito bonita. Parecia usar uma saia nova e tinha pintado as unhas dos pés. Estava cheirosa, com um leve aroma floral, e tive quase certeza de que tinha curvado os cílios.

— Certo — eu disse. — Confesse. O que vai fazer hoje?

Ela deu um sorriso dissimulado e jogou o pacote de bala no caixa. Enquanto o cara passava o código de barras, Lissa disse, de forma brusca:

— Tenho um encontro.
— Lissa — eu disse. — Não acredito.
— Três e setenta e oito — o cara disse.
— Vou pagar o dela também — Lissa disse, apontando com a cabeça para minha Zip diet.
— Obrigada — eu disse, surpresa.
— De nada. — Ela entregou algumas notas dobradas para o cara. — Bem, você sabe que sempre rolou um clima com o P.J.
— Sei — eu disse enquanto ela pegava o troco, e fomos para a porta.
— E o verão está quase acabando. Hoje, quando estávamos naquele festival de artes promovendo o KaBoom, eu decidi: "que se dane". Estava cansada de esperar, imaginando se ele ia tomar uma atitude. Então o chamei para sair.
— Lissa. Estou impressionada.
Ela enfiou o canudo na boca e tomou um golinho, dando de ombros.
— Não foi tão difícil quanto eu pensava, na verdade. Foi até... meio que legal. Deu uma sensação de poder. Gostei.
— Cuidado, P.J. — eu disse ao chegarmos no carro dela. Sentamos no capô. — Esta é uma garota completamente nova.
— Um brinde a isso — ela disse, e encostamos os copos.
Por um instante, ficamos ali sentadas, observando os carros passarem na rua à nossa frente. Outra noite de sábado no Quik Zip, uma entre tantas naqueles anos de amizade.
— Então — eu disse, motivada pelo momento. — Minha mãe e Don se separaram.
Ela arrancou o canudo da boca e virou para olhar para mim.
— Não.
— Sim.
— Não acredito! O que aconteceu?

Contei tudo a partir do momento que vi a foto na Flash Camera, fazendo alguns intervalos para que pudesse balançar a cabeça, pedir detalhes e chamar Don de todos os nomes que eu já tinha chamado, o que não impedia que eu entrasse na brincadeira de novo.

— Meu Deus — ela disse quando acabou. — Isso é horrível. Coitada da sua mãe.

— Eu sei. Mas acho que ela vai ficar bem. Ah, e Chris e Jennifer Anne estão noivos.

— Quê? — ela perguntou, surpresa. — Não acredito que você ficou aí calma e tranquila, tomando sua Zip diet, e teve uma conversa inteira comigo quando tinha uma informação tão importante guardada, Remy. Meu Deus!

— Desculpa — eu disse. — Foi um dia muito longo, acho.

Ela suspirou bem alto, ainda aborrecida comigo.

— Que verão — Lissa disse. — É difícil acreditar que há apenas alguns meses sua mãe e Don estavam casando e eu, levando um fora.

— Foi uma época ruim para relacionamentos — concordei. — Ruim o suficiente para se desistir do amor.

— Não — ela disse, tranquila, sem nem ponderar a respeito. — Nunca dá para fazer isso.

Tomei um gole comedido da Zip diet e tirei o cabelo do rosto.

— Não sei — eu disse. — Foi o que fiz. Quer dizer, não acredito que as coisas possam mesmo funcionar. Don só confirmou isso.

— Confirmou o quê?

— Que relacionamentos são um lixo. E que eu estava certa quando terminei com Dexter, porque nunca teria funcionado. Nem em um milhão de anos.

Ela pensou sobre aquilo por um instante.

— Quer saber? — Lissa disse, cruzando as pernas. — Acho que você está falando um monte de *merda*.

Quase engasguei com o canudo.

— Quê?

—Você ouviu. — Ela passou a mão no cabelo e colocou uma mecha atrás da orelha. — Remy, desde que te conheço você sempre achou que sabia tudo. E então aconteceu algo nesse verão que fez você se questionar se estava mesmo certa. Acho que sempre acreditou no amor, lá no fundo.

— Não — eu disse, decidida. — Já passei por várias coisas, Lissa. Vi coisas que...

— Eu sei — ela disse, com a mão levantada. — Sou nova nisso, não vou negar. Mas se não acreditasse mesmo, por que continuaria procurando o amor esse tempo todo? Tantos garotos, tantos relacionamentos. Pra quê?

— Sexo — eu disse, mas ela só balançou a cabeça.

— Não. Parte de você queria encontrar o amor. Para provar que estava errada. Você botava fé nisso. Sei que botava.

—Você está errada — eu disse. — Perdi a fé há muito tempo.

Lissa olhou para mim quando disse isso, com uma expressão de compreensão silenciosa no rosto.

— Talvez não — ela disse suavemente.

— Lissa.

— Não, me escuta. — Ela olhou para a rua por um instante, depois voltou os olhos para mim. — Talvez você só tenha depositado a fé no lugar errado, sabe? Está aí. Mas você não tem procurado nos lugares certos. Porque perder a fé é para sempre, já era. Mas colocar no lugar errado... quer dizer que ainda está por aí, em algum lugar. Apenas não onde achou que estivesse.

Quando ela disse isso, passou pela minha cabeça como um borrão o rosto de todos os garotos com quem tinha ficado. Foi rápido, as feições mesclando-se umas às outras, como as páginas de um dos meus antigos livros de "namorados dos sonhos" da Barbie, nenhuma delas nítida. Eles tinham certas coisas em comum, agora que eu parava para pensar: rosto bonito, um bom corpo, várias qualidades que eu tinha esboçado em mais uma lista mental. Eu sempre tinha me aproximado de garotos daquela forma, metódica, me certificando de que se encaixavam no perfil antes mesmo de dar o primeiro passo.

Exceto, claro, em um caso.

Ouvi uma buzina alta e ergui os olhos para ver Jess parando o carro do nosso lado. Para minha surpresa, Chloe estava no banco do passageiro.

— Ei — Jess disse quando elas saíram, batendo as portas —, ninguém me avisou que a gente ia se encontrar. O que houve?

Lissa e eu ficamos ali sentadas, olhando para as duas. Enfim, ela disse:

— O que está acontecendo esta noite? Todo mundo ficou louco? O que vocês estão fazendo juntas?

— Não se anime demais — Chloe disse. — O pneu do meu carro furou no shopping e nenhuma de vocês atendeu o telefone.

— Imaginem minha surpresa — Jess acrescentou, em tom jocoso — quando vi que era o último recurso dela.

Chloe fez cara feia para Jess, mas não foi maldosa, estava mais para irritada.

— Eu agradeci — ela falou para Jess. — E vou pagar um refrigerante, como prometi.

— O acordo eram refrigerantes para a vida toda — Jess disse —, mas por enquanto aceito só uma coca. Extragrande, com pouco gelo.

Chloe revirou os olhos e entrou na loja. Lissa desceu do capô, balançando o copo.

— Hora do refil — ela disse. — Quer?

Passei meu copo para ela, que seguiu Chloe e entrou, levando um em cada mão. Jess se aproximou e sentou no para-choque, rindo sozinha.

— Adoro que Chloe me deva uma — ela disse, vendo-a encher os copos com Lissa tagarelando do lado. Pelo jeito como Chloe olhava para ela, boquiaberta, consternada, sabia que estava ouvindo toda a história da minha mãe com Don. Então atualizei Jess, que teve uma reação parecida. Quando elas voltaram com nossas bebidas, estavam todas mais ou menos a par de tudo.

— Babaca — Chloe disse, determinada, dando um gole. Então fez cara feia, tossiu e disse: — Eca. É coca normal.

— Graças a Deus — Jess disse enquanto trocavam de bebida, as duas com cara de nojo agora. — Isso aqui estava com gosto de merda.

— Então vamos ver se entendi bem — Chloe disse, ignorando. — Patty mandou a foto para sua mãe?

— É — eu respondi.

— Ela revelou as fotos na Flash Camera?

— Isso.

Chloe engoliu, ponderando a respeito.

— E Dexter sabia quem ela era e quais eram as implicações, então mostrou pra você para se vingar por ter dado um fora nele?

— Exatamente.

Houve um momento de silêncio, em que tudo o que eu ouvia era o gelo mexendo no copo, o chiado dos canudos e alguns murmúrios duvidosos. Jess, por fim, disse:

— Não entendi qual é a lógica.

— Nem eu, agora que parei pra pensar — Lissa concordou.

— Não tem lógica — eu disse. — Ele só estava sendo um imbecil. Sabia que era o único jeito de me machucar de verdade, então fez isso, quando eu estava com a guarda baixa, tentando fazer as pazes.

Mais silêncio.

— O que foi? — perguntei, irritada.

— Eu acho — Chloe começou, hesitante — que talvez ele nem soubesse que você a conhecia.

— Ele conheceu Patty no almoço da minha mãe. E ela estava na Toyotafaire.

— Não pelada — Lissa chamou atenção.

— Mas o que isso tem a ver? Pelada ou não, ela tem o mesmo rosto.

— Mas — Chloe disse — como ele saberia que Don tinha tirado a foto? Ou que era o quarto da sua mãe? *Eu* nunca entrei lá. Ele entrou?

Fiquei quieta, porque o raciocínio de repente começou a fazer sentido na minha cabeça. Eu tinha presumido que Dexter havia visto o quarto da minha mãe e aquela tapeçaria bíblica horrível. Mas será que tinha? Para ele, era só uma foto de uma mulher que trabalhava para o meu padrasto, se divertindo seminua no quarto de alguém. De qualquer pessoa.

— Sou totalmente a favor de você ficar brava com Dexter — Chloe disse, batucando as unhas no capô do carro. — Mas tem que ser por um bom motivo. Encare, Remy Starr. Você está errada.

E eu estava. Estava tão pronta para culpar Dexter por tudo, pelo casamento da minha mãe ter se dissolvido, por me fazer confiar nele como havia muito tempo não confiava em ninguém. Mas nada daquilo era sua culpa.

— Ai, meu Deus — eu disse, baixinho. — E agora?

— Vá atrás dele e peça desculpas — Lissa disse, resoluta.

— Admita que foi um erro, mas não vá atrás dele, siga com a sua vida — Chloe se opôs.

Olhei para Jess, mas ela só deu de ombros.

— Não faço ideia. Você que decide.

Eu tinha gritado com Dexter. Mandado ele se foder, jogado a foto nele e saído correndo enquanto ele tentava explicar. Tinha dado o fora nele porque ele queria mais do que apenas um namoro de verão, sem rosto, com cheiro de sol e cloro, feito sob medida.

O que tinha mudado? Nada. Mesmo que fosse atrás dele, já seria tarde demais, não restava tempo para construir um alicerce antes que nos mudássemos para lados opostos do país, e todos sabiam que esse tipo de relacionamento *nunca* dava certo.

Era exatamente como minha mãe dissera. Tudo, no final, tinha a ver com o momento certo. Um segundo, um minuto, uma hora podem fazer toda a diferença. Tanta coisa dependendo só daquilo, pequenos instantes que juntos construíam uma vida. Assim como palavras construíam uma história. E o que Ted tinha dito? Uma palavra podia mudar o mundo.

"Oi", Dexter dissera naquele primeiro dia, quando sentou ao meu lado. Era só uma palavra. Se eu tivesse ficado um minuto a mais falando com Don no escritório, Dexter já poderia ter ido embora quando eu saísse. Se minha mãe e eu tivéssemos esperado uma hora a mais, talvez Don não estivesse na concessionária no dia que fomos comprar um carro novo. Se Jennifer Anne não tivesse precisado trocar o óleo naquele dia específico, daquela semana específica, talvez nunca tivesse olhado para o balcão da Jiffy Lube e visto Chris. Mas, alguma coisa, de algum modo, tinha feito todos aqueles caminhos convergirem. Não dava para encontrá-la numa lista ou colocá-la na equação. Tinha apenas acontecido.

— Ah, cara — Jess disse de repente, puxando a barra do meu jeans. — Olha só *aquilo*.

Ergui os olhos, com as ideias ainda girando na cabeça. Era Don. Estava dirigindo um Land Cruiser novinho, brilhante, com adesivo da concessionária, e estacionou do outro lado do Quik Zip. Ele não viu a gente quando saiu do carro e entrou na loja, passando a mão no cabelo ralo na nuca.

— Meu Deus — eu disse. — Falando em momento certo...

— Quê? — Lissa sussurrou.

— Nada. — Todas o observamos andar pelo corredor do Quik Zip, pegar um pote de aspirina e um saco de batata frita, o que, imaginei, devia ser a refeição preferida dos adúlteros. Mesmo quando estava pagando as compras não olhou para nós, preferiu ler as manchetes dos jornais empilhados ao lado do caixa. Então saiu, desenroscando a tampa da aspirina, e voltou para o carro.

— Babaca — Chloe disse.

Era verdade. Ele tinha magoado demais minha mãe, e não havia muito o que fazer para que ela se sentisse melhor. Exceto, talvez, uma coisa.

Don deu a partida e veio na nossa direção. Levantei minha Zip diet, sentindo o peso nas mãos.

— Ah, sim — Lissa sussurrou.

— No três — Jess disse.

Ele não viu a gente até passar ao lado do carro de Lissa, e nesse ponto meu braço já estava estendido, meu copo flutuando no ar e batendo direto no para-brisa, respingando refrigerante por todo o capô brilhante. Ele freou e deu uma leve guinada, enquanto outros dois copos acertavam a porta traseira e o teto solar. Mas foi Lissa, surpreendentemente, quem deu o melhor arremesso. Ela acertou com perfeição o vidro meio aberto e a tampa se soltou no impacto, espalhando uma onda de gelo e 7UP no rosto e na camisa dele. Don desacelerou, mas não parou, e os copos caíram pela rua enquanto ele se embrenhava no trânsito, deixando uma trilha molhada ao se distanciar de nós.

— Belo arremesso — Jess disse para Lissa. — Fez um ótimo arco.

— Obrigada — ela disse. — O da Chloe também foi bom. Que impacto!

— O segredo está no punho — Chloe disse, dando de ombros.

Então ficamos ali sentadas. Dava para ouvir o zumbido do letreiro luminoso do Quik Zip acima de nós, aquele ruído constante de lâmpadas fluorescentes, e por um instante me perdi naquilo, lembrando de Dexter, parado nesse mesmo lugar nem tanto tempo antes, acenando para mim. Com os braços abertos. Ele me chamava de volta, ou se despedia. Talvez um pouco dos dois.

Dexter sempre teve aquele otimismo destemido que fazia pessoas céticas como eu torcerem o nariz. Eu me perguntava se era o bastante para nós dois. Mas eu nunca saberia se ficasse parada ali. E o tempo estava passando. Minutos e segundos cruciais, capazes de mudar tudo.

Fui para o carro e minhas amigas me observaram partir, sentadas no capô de Lissa. Quando peguei a estrada, olhei pelo retrovisor e as vi: estavam acenando, agitando as mãos no ar, gritando alto, chamando meu nome. O quadrado daquele espelho era como uma moldura, sustentando a imagem delas se despedindo, me encorajando, até sumir lentamente da visão, cada centímetro efêmero, enquanto eu mudava de direção.

17

Eu sabia por experiência própria que existiam nove salões de festa decentes na cidade. No quinto deles encontrei o Truth Squad.

Vi o furgão branco assim que parei no estacionamento do Hanover Inn. Estava estacionado nos fundos, na frente da entrada de serviço, perto da van do bufê. Enquanto saía do carro, ouvi uma música ao fundo, a batida abafada de um baixo. Pelas enormes janelas do prédio, vi pessoas dançando. A noiva estava no centro, um borrão branco com um rastro de tule, comandando um trenzinho que traçava um círculo largo e irregular.

No saguão, passei por algumas garotas com vestidos azul-bebê horrorosos de madrinha com enormes laços nas costas, e por alguém aparando uma enorme escultura de gelo de sinos de casamento. O cartaz perto da porta dizia FESTA MEADOWS-DOYLE. Entrei de fininho pela porta oposta e andei colada à parede, tentando permanecer escondida.

A banda estava no palco, com as roupas de G Flats. Dexter cantava uma antiga canção da Motown, que reconheci como uma das covers habituais da banda, e atrás dele Ted tocava guitarra com uma expressão de tédio e irritação, como se o mero fato de estar ali já lhe causasse dor.

A música terminou com um floreio, cortesia de John Miller,

que então levantou para receber os aplausos. Eles vieram, mas eram poucos, então o baterista voltou a sentar, suspirando.

— Oi, pessoal — Dexter disse no microfone, com sua voz de apresentador de programa de TV. — Vamos dar os parabéns novamente a Janine e Robert, os Doyle!

Agora todos aplaudiram, e a noiva soprou beijos para todo mundo, radiante.

—A próxima música é um pedido especial da noiva para o noivo — Dexter continuou, olhando para Lucas, que acenou com a cabeça. — Mas todo mundo pode ficar à vontade para cantar junto.

A banda tocou os primeiros acordes de uma canção que mal reconheci, de um filme recente de sucesso. Era uma balada melosa, e mesmo Dexter, que normalmente era o mais bem-humorado do grupo, pareceu murchar enquanto cantava *Vou te amar até o sol desaparecer/ e meu coração endurecer...* Lá pelo segundo refrão, Ted parecia realmente enjoado, e a ânsia só passou quando teve que se concentrar no solo de guitarra que amarrava a estrofe final. Os noivos, no entanto, pareciam alheios àquilo, olhando nos olhos um do outro enquanto dançavam, com o corpo tão próximo que mal se mexiam.

A música terminou e todos bateram palmas. A noiva estava chorando, seu novo marido enxugava seus olhos enquanto todos faziam um barulho de ah-que-gracinha. O Truth Squad saiu do palco discutindo, Ted e Lucas falando e Dexter e John Miller atrás, sem conseguir acompanhá-los. Todos desapareceram por uma porta lateral quando a música de elevador começou e levaram o carrinho com o bolo, de quatro andares e coberto de rosas, até a pista de dança.

Quando fecharam a porta, me preparei para segui-los, mas algo me impediu. Dei um passo para trás, encostei na parede e fechei os olhos. Uma coisa era ir até lá em uma onda de euforia depois de dar um banho de refrigerante em Don, outra totalmente diferente era fazer aquela loucura. Era como dirigir do lado errado da estrada ou deixar o tanque de gasolina esvaziar antes de reabastecer, algo completamente contrário à minha natureza e a tudo em que acreditava até o momento.

Mas o que me tinha feito ir tão longe? Uma fileira de namorados. A reputação de ser uma vaca fria e amargurada. E uma bolha de segurança que mantive ao meu redor e que impedia qualquer um, mesmo com a melhor das intenções, de penetrar, mesmo que eu quisesse. A única forma de me alcançar de verdade era chegar escondido, entrar à força e derrubar as barricadas, o equivalente a uma missão camicase, com resultado desconhecido.

Naquela noite no Quik Zip, Dexter falou, com tanta raiva, que tudo o que tinha dito para mim, desde o primeiro dia, era verdade. Então tive um branco, não lembrei de nada. Encostada na parede, tudo veio à tona.

Fiquei pensando que a gente tinha alguma coisa em comum, ele tinha dito. *Senti uma química, vamos dizer.*

Isso foi logo depois de ele se jogar na cadeira ao meu lado, me fazendo bater o cotovelo, que ainda formigava.

E tive a sensação de que alguma coisa grande estava para acontecer.

Lembrei, de repente, como aquilo tinha soado ridículo. Alguém prevendo meu futuro em uma concessionária.

Com nós dois. A sensação de que nascemos para ficar juntos.

Nascemos para ficar juntos. Ele nem me conhecia. Só tinha me visto do outro lado da sala.

Você não sentiu?

Não naquele momento. Ou talvez, lá no fundo, em algum ponto perdido e escondido, eu tenha sentido. E depois, quando não consegui encontrá-la, a sensação foi atrás de mim.

— Vão cortar o bolo! — uma mulher de vestido verde brilhante avisou. Me afastei da parede e fui na direção da porta lateral. Fiquei presa em uma multidão de gente, todos deixando a taça vazia na mesa e indo para a pista de dança. Abri caminho, passando por ternos e smokings, vestidos com pregas e uma nuvem grossa de perfumes misturados até finalmente chegar do outro lado. A porta que dava para o estacionamento estava aberta agora, e ao sair vi que a banda tinha desaparecido, deixando para trás apenas algumas cascas de mexerica no meio-fio.

Atrás de mim, ouvi o rufo de tambores seguido pelo estardalhaço dos pratos, e o padrinho estava ao microfone, levantando a taça. John Miller estava na bateria, palitando os dentes, enquanto Lucas, escondido na lateral do palco, colocava mais cerveja no copo. Ted estava de pé ao lado do amplificador, carrancudo como se tivesse perdido uma aposta. Estiquei o pescoço procurando Dexter, mas então uma mulher enorme de vestido rosa parou na frente da porta, bloqueando minha visão. De repente percebi que era tarde demais.

Voltei para o ar fresco e cruzei os braços. O momento errado, de novo. Era difícil não pensar que era algum tipo de sinal do universo, para que eu soubesse que não era a coisa certa a fazer. Tinha tentado e falhado. Pronto. Era o fim.

Mas quem podia viver daquele jeito, na base de suposições enlouquecedoras, apenas seguindo a correnteza, sentindo um solavanco aqui e outro ali, sem rumo definido, correndo o risco de ser derrubado por qualquer onda grande e afundar? Era loucura, estupidez e...

Então o vi. Sentado no meio-fio, debaixo de um poste, joelhos dobrados contra o peito. E, por um instante, foi como se sentisse o momento certo, finalmente as peças se encaixando. Lá atrás, o padrinho terminava seu brinde, com a voz embargada, emotiva. Ao casal feliz, ele disse, e todos repetiram, as vozes se tornando uma só. Ao casal feliz.

E lá estava eu indo na direção de Dexter, apertando os dedos contra a palma das mãos. Pude ouvir os gritos quando os noivos cortaram o bolo. Então dei os últimos passos daquela longa jornada com rapidez, quase correndo, sentei com tudo e dei um esbarrão em Dexter, só o bastante para tirar o equilíbrio dele por um momento. Eu sabia, agora, que era assim que tinha que começar. O único jeito era uma colisão.

Eu o acertei e o assustei. Assim que recuperou o equilíbrio e a razão, ele ficou me olhando. Não disse uma palavra sequer. Porque sabíamos que elas tinham que vir de mim.

— Oi — eu disse.
— Oi.

Absorvi os cachos escuros, o cheiro de sua pele, o smoking barato com fios soltos na barra. Ele só ficou me encarando, não se afastou, tampouco se aproximou. Senti uma tontura repentina, sabendo que o salto era inevitável, que eu não estava só na beira do abismo, com os polegares para fora: já estava no meio da queda.

— Você achou mesmo, naquele primeiro dia, que nascemos para ficar juntos? — perguntei.

Ele olhou bem para mim e disse:
— Você está aqui, não está?

Só que havia tanto espaço entre nós. Não uma distância real que dava para medir em quilômetros, metros ou centímetros, todas as referências do quanto se chegara longe ou deixara para trás. Era um espaço enorme, pelo menos para mim. Enquanto eu me aproximava dele, cobrindo aquela distância, Dexter esperava ali do outro lado. Era o último trechinho que eu tinha que percorrer, mas, no fim das contas, eu sabia que só me lembraria dele. Então, quando o beijei, fechando o ciclo daquele verão e de todo o resto, eu me deixei cair, e não fiquei com medo do chão que eu sabia que uma hora chegaria. Apenas o puxei para mais perto e escorreguei a mão pelo seu pescoço até achar aquele ponto onde dava para sentir as batidas do seu coração. Seu pulso estava rápido, como o meu, e quando o encontrei apertei com força, como se fosse a única coisa nos conectando, e mantive o dedo ali.

novembro

18

Melanie sabia que tinha uma escolha. Havia uma época em que teria corrido atrás de Luc e da segurança que ele oferecia. E outra, em um passado mais distante, em que Brock pareceria a resposta para todas as perguntas que a mantinham acordada à noite, com o coração acelerado, imaginando como havia chegado àquele ponto. A escolha era clara, mas, ainda assim, obscura. Ela tomou o trem que a levaria à estação de Paris, escolheu um lugar próximo à janela e afundou no assento, colocando a mão no vidro. O campo logo desapareceria, dando lugar ao belo horizonte da cidade que foi cenário de grande parte do seu passado. Ela tinha a viagem inteira para decidir qual seria seu próximo passo. Quando o trem partiu e ganhou velocidade, Melanie se acomodou, desfrutando do movimento de ir adiante, que a levaria ao encontro de seu destino.

— Remy?

Ergui os olhos e vi minha colega de quarto, Angela, parada na porta.

— O que foi?

— Correio. — Ela sentou do meu lado e distribuiu os envelopes em duas pilhas. — Lixo da faculdade. Oferta de cartão de crédito. Alguma coisa das testemunhas de Jeová... Esse deve ser seu...

— Finalmente — eu disse. — Estava esperando há um tempão.
— Angela era de Los Angeles, dava aulas de aeróbica e nunca tinha arrumado a cama. Não era a combinação perfeita para mim, mas nos dávamos bem.

— Ah, e esse grandão é seu — ela disse, tirando um enorme envelope de papel pardo debaixo do livro de cálculo que carregava consigo. — Como está o livro?

— Legal — eu disse, então marquei a página e o fechei. Era só uma cópia antecipada do mais novo romance de Barbara Starr, *A escolha*, mas três garotas do meu andar já tinham pedido emprestada quando eu acabasse. O final provavelmente as surpreenderia, como aconteceu com a editora da minha mãe. Eu mesma tinha ficado surpresa ao ler o manuscrito no avião a caminho da faculdade. Em romances, você espera que a heroína termine com um homem. Mas Melanie fez a escolha de não escolher ninguém, guardou suas lembranças de Paris e foi viajar pelo mundo para começar de novo, sem velhos amores para detê-la. Nada mal para um desfecho, pensei. Era, afinal, o que eu tinha planejado para mim, não muito tempo antes.

Angela saiu do quarto e foi para a biblioteca, enquanto peguei o envelope pardo e abri, deixando o conteúdo cair no colo. A primeira coisa que vi foi um monte de fotos, presas por um elástico: a de cima era minha, apertando os olhos por causa do sol que batia no rosto. Tinha algo errado com ela, parecia pouco balanceada. A borda de cima estava borrada, e havia alguma imagem residual bizarra do lado esquerdo. Enquanto passava os olhos, notei que todas as fotos estavam meio esquisitas. A maioria era de Dexter, algumas poucas minhas, e várias de John Miller. Algumas eram de objetos inanimados, como um pneu ou uma mexerica, com os mesmos defeitos. Lembrei das câmeras amassadas que Dexter e os meninos levavam para cima e para baixo durante a maior parte do verão. Então as fotos tinham saído, afinal, como Dexter previra. Mas não eram perfeitas, como eu tinha dito que não seriam. No fim das contas, eram boas o bastante.

A outra coisa no envelope era um CD embalado cuidadosamente em papelão. Na etiqueta estava escrito RUBBER RECORDS e, embaixo, em letras menores, TRUTH SQUAD. Eu conhecia bem a primeira faixa: "Música da batata, parte 1". Conhecia a segunda melhor ainda.

Peguei meu discman e coloquei os fones de ouvido, então pus o CD dentro e apertei o play. Ele fez aquele chiado enquanto girava, procurando as faixas. Pulei a primeira, como sabia que a maioria das pessoas acabaria fazendo, para ouvir a segunda. Então deitei na cama, ouvindo os acordes da introdução, e peguei a última foto da pilha.

Era uma de mim e Dexter, no aeroporto, no dia que fui para a faculdade. A borda superior também estava meio borrada e havia uma estranha explosão de cores no canto inferior direito, mas, fora isso, era uma boa foto. Estávamos em frente a uma janela, ambos sorrindo, minha mão no ombro dele. Eu estava triste, mas não de um jeito dramático, tipo fim-da-história. Como Melanie, estava partindo em direção ao novo mundo. Mas levava uma parte do passado, e do futuro, comigo naquela jornada.

A canção crescia, os primeiros versos prestes a começar, numa melodia meio jazz, estilo retrô. Virei a fotografia e vi que tinha algo atrás. Rabiscado em tinta preta, manchado (claro), se lia: *Washington, Baltimore, Philadelphia, Austin... e você. Logo estarei aí.*

Aumentei o volume e deixei que meus ouvidos fossem preenchidos pela voz de Dexter, suave e fluida. Apesar de já tê-la ouvido tantas vezes, senti aquela pequena falta de ar quando começou.

Esta canção de ninar
Tem poucas palavras

Apenas alguns acordes
Neste quarto vazio
Mas você pode ouvir e ouvir
Aonde quer que vá
Vou te decepcionar
Mas esta canção vai continuar a tocar...

Eu sabia que não havia garantias. Não tinha como saber o que viria a seguir para mim, ou para ele, ou para qualquer um. Algumas coisas não duravam para sempre, mas outras, sim. Como uma boa música, ou um bom livro, ou uma boa lembrança que se pode pegar e desdobrar nos piores momentos, segurando pelos cantos e olhando bem de perto, esperando reconhecer a pessoa que se vê ali. Dexter estava a um país inteiro de distância. Mas eu tinha um bom pressentimento de que iria até mim, de um jeito ou de outro. E, caso contrário, eu já tinha provado que poderia encontrá-lo no meio do caminho.

Naquele momento, apenas sentei na cama e ouvi a música. Aquela que tinha sido escrita para mim por um homem que não sabia nada sobre mim, agora cantada por aquele que me conhecia melhor. Talvez alcançasse o sucesso que a gravadora previa, tocando a lembrança do nosso passado coletivo, impulsionando uma onda de nostalgia que levaria Dexter e a banda aonde tanto sonhavam. Talvez ninguém ouvisse. Mas eu não queria pensar no futuro nem no passado, apenas me perder nas palavras. Então deitei, fechando os olhos, e deixei que preenchessem minha cabeça, novas e familiares ao mesmo tempo, aumentando e diminuindo junto com a minha respiração, constantes, cantadas até eu adormecer.

ESTA OBRA FOI COMPOSTA PELA VERBA EDITORIAL EM BEMBO
E IMPRESSA PELA RR DONNELLEY EM OFSETE SOBRE PAPEL PÓLEN SOFT DA
SUZANO PAPEL E CELULOSE PARA A EDITORA SCHWARCZ EM JULHO DE 2016

A marca FSC® é a garantia de que a madeira utilizada na fabricação do papel deste livro provém de florestas que foram gerenciadas de maneira ambientalmente correta, socialmente justa e economicamente viável, além de outras fontes de origem controlada.